EDMOND GONDINET

THÉATRE
COMPLET

IV

LE HOMARD

LE CHEF DE DIVISION — LES GRANDS ENFANTS

L'ALOUETTE

PARIS

CALMANN LÉVY, ÉDITEUR

ANCIENNE MAISON MICHEL LÉVY FRÈRES

3, RUE AUBER, 3

1894

THÉATRE COMPLET

DE

EDMOND GONDINET

IV

PARIS. — IMPRIMERIE CHAIX. — 2398-1-94. — (Encre Lorilleux).

LE HOMARD

COMÉDIE

Représentée pour la première fois, à Paris,
sur le théâtre du PALAIS-ROYAL, le 2 avril 1874.

PERSONNAGES

MONTACABÈRE.	MM. GEOFFROY.
ROMANÈCHE.	GIL PÉRÈS.
PROSPER.	CALVIN.
HERMINIE.	Mlles ALICE REGNAULT.
ESTELLE	JULIETTE BARATAUD.

―――――――

Pour la mise en scène détaillée, s'adresser au régisseur général
du théâtre du PALAIS-ROYAL.

Toutes les indications sont prises de la gauche du spectateur. — Les
changements de position sont indiqués par des renvois au bas des pages.

LE HOMARD

Un salon chez Romanèche. — Porte d'entrée au fond. — Pan coupé à gauche, appartement de M. Romanèche; pan coupé à droite, appartement de madame Romanèche. — Cheminée à droite. Fenêtre à gauche, donnant sur le quai Voltaire. — Une table à gauche, en avant.

SCÈNE PREMIÈRE

HERMINIE, PROSPER, ESTELLE.

Herminie, en toilette de concert, est debout. Estelle, à genoux devant elle, arrange les plis de sa robe. — Prosper entre par la gauche, tenant des papiers à la main.

PROSPER, sans voir Estelle, courant à Herminie [*].

Enfin, je pourrai donc...

HERMINIE, vivement.

Vous cherchez mon mari?

PROSPER, comprenant.

Oui, madame.

HERMINIE.

Je l'attends aussi. Nous allons à une matinée musicale

* Prosper, Herminie, Estelle.

chez le ministre. — C'est bien, Estelle. (Estelle continue.) Il est
en retard.

PROSPER.

Notre éminent professeur a sans doute été retenu à l'École
de droit.

HERMINIE.

Son cours est toujours terminé avant une heure. — C'est
très bien, Estelle.

Estelle recommence de l'autre côté.

PROSPER*.

Aujourd'hui, notre illustre maître fait passer des exa-
mens.

HERMINIE.

Ah! — C'est tout à fait bien, Estelle. (Estelle continue.) —
Vous avez à lui parler?

PROSPER.

Il m'avait chargé de préparer sa prochaine leçon. « *De
legibus agrariis ante Gracchos ..* » (Estelle abandonne la robe.) « Et
de l'influence du tonnerre sur la politique : *Jove tonante,
cum populo agere nefas.* »

Estelle se dirige vers l'appartement de madame Romanèche et disparaît.

HERMINIE, vivement**.

Mon bracelet?

PROSPER, de même.

Je ne l'ai pas retrouvé.

HERMINIE.

Il est perdu!

* Prosper, Estelle, Herminie.
** Prosper, Herminie.

PROSPER.

Je chercherai encore.

HERMINIE, avec désespoir*.

Perdu dans un cabinet particulier!

PROSPER.

Si innocemment! — Mais vous...

HERMINIE.

Ne m'approchez pas.

PROSPER.

Madame!

HERMINIE.

Laissez-moi à mes remords.

PROSPER.

Vos remords! c'est moi qui en ai.

HERMINIE, venant à lui.

Rendez-moi ma lettre.

PROSPER.

Votre lettre!

HERMINIE.

Avez-vous oublié nos conventions?

PROSPER.

Je vous l'ai rendue.

HERMINIE.

Quand?

* Herminie, Prosper.

PROSPER.

Hier soir.

HERMINIE.

Où?

PROSPER.

Au Gymnase.

HERMINIE.

A quel moment?

PROSPER.

Pendant le second acte.

HERMINIE.

Je ne l'ai pas.

PROSPER.

Vous ne l'avez pas !

Estelle revient avec un éventail qu'elle va poser sur la table.

HERMINIE, reprenant son calme*.

Ce qui me plaît en vous, monsieur de Virvalais, c'est que vous êtes dévoué à mon mari.

PROSPER.

Comment ne serais-je pas dévoué au célèbre professeur qui a daigné me choisir pour son secrétaire?

HERMINIE.

Estelle, voulez-vous préparer l'habit, la cravate blanche et les gants de M. Romanèche?

ESTELLE, se dirigeant vers l'appartement de Romanèche.

Oui, madame.

---

* Estelle, Herminie, Prosper.

HERMINIE, à Prosper, en suivant Estelle des yeux.

Mon mari a encore renvoyé son valet de chambre*. (Vivement, aussitôt qu'Estelle est sortie.) Pendant le second acte?

PROSPER.

A l'entrée de la jeune fille.

HERMINIE.

Je n'écoutais pas.

PROSPER.

Vous veniez de vous apercevoir que votre bracelet manquait.

HERMINIE.

Oui.

PROSPER.

Vous m'avez obligé à courir au restaurant.

HERMINIE.

Je crois bien!

PROSPER.

J'y ai couru, j'ai cherché, je n'ai rien trouvé, je suis revenu, vous aviez disparu.

HERMINIE.

Oui, oui.

PROSPER.

Je n'ai osé interroger personne. J'avais pourtant laissé mon paletot avec vos fourrures.

HERMINIE.

Votre paletot y était! Il ne manquait plus que cela.

* Prosper, Herminie.

PROSPER.

Qu'est-il devenu?

HERMINIE.

Est-ce que je sais? — Parlons de la lettre : la lettre d'abord.

PROSPER.

Vous l'aviez enfermée dans votre corsage.

HERMINIE.

Ah! mon Dieu!

PROSPER.

Quoi?

HERMINIE.

Nous ne la retrouverons pas.

PROSPER.

Comment?

HERMINIE.

Je me suis évanouie.

PROSPER.

Vous?

HERMINIE.

Quand j'ai vu ce mari si généreux pardonner à sa femme, quand il l'a appelée si noblement: Créature de Dieu! j'ai pensé à M. Romanèche... et j'ai eu une crise de nerfs.

PROSPER.

Dans la baignoire?

HERMINIE.

On m'a transportée au foyer.

PROSPER.

Quelle aventure!

HERMINIE.

Et... comme j'étouffais...

PROSPER.

C'est horrible!

HERMINIE, baissant les yeux.

On a dégrafé mon corsage.

PROSPER.

Ciel!

Estelle revient avec un habit, une cravate blanche et des gants.

HERMINIE, changeant de ton.

C'est aujourd'hui la fête de mon mari, la Saint-Joseph.
Y avez-vous pensé, monsieur de Virvalais?

PROSPER*.

Oh! certainement.

Estelle pose lentement les divers objets sur une chaise, près de la cheminée.

HERMINIE.

Mais non, mais non, pas ici.

ESTELLE, prête à sortir **.

Je croyais...

Elle se met en devoir de reprendre le tout avec la même lenteur.

HERMINIE.

C'est bien, c'est bien, laissez cela maintenant.

Estelle se dirige vers la porte du fond.

* Prosper, Herminie, Estelle.
** Prosper, Estelle, Herminie.

HERMINIE, à Prosper.

Vous voyez. (Lui montrant un bouquet sur la cheminée.) Mes fleurs sont prêtes.

Estelle est sortie.

PROSPER, vivement*.

Vous vous êtes évanouie! Et je n'étais pas là.

HERMINIE.

Heureusement! — J'ai failli mourir, mon ami.

PROSPER.

Comment?

HERMINIE.

Mais j'ai été merveilleusement soignée par un médecin, un excellent médecin, dont vous chercherez à savoir le nom. Je ne veux plus consulter que lui. Mon honneur est entre ses mains.

PROSPER.

Votre honneur!

HERMINIE**.

Une crise de nerfs, un bracelet égaré, une lettre perdue! — Quel exemple pour les femmes qui voudraient manquer à leurs devoirs!

Elle s'assied près de la table.

PROSPER.

Mais non; ce n'est pas un exemple à donner. — Vous n'avez manqué à rien du tout.

HERMINIE.

Je détestais mon mari. J'avais besoin de le dire, je vous

---

* Prosper, Herminie.
** Herminie, Prosper.

l'écrivais, — cela me calmait. — (Se levant tout à coup.) Puis, on m'a appris qu'avant son mariage il était aimable et galant comme tout le monde. Alors, j'ai voulu me révolter tout à fait, aller au spectacle avec un autre, dîner au restaurant avec un autre, — car vous étiez un autre, vous. C'était votre mérite.

PROSPER.

Je l'ai encore; je l'aurai toujours, — et si votre mari...

HERMINIE, vivement.

Je vous prie de le respecter maintenant.

PROSPER.

Je suis prêt à tout pour vivre près de vous. — Voilà un an que je suis son secrétaire, ou plutôt son valet. Les autres ne restent que huit jours. (Avec conviction.) Je peux bien dire que c'est le caractère le plus désagréable...

HERMINIE.

Non, monsieur, vous ne le pouvez pas.

PROSPER.

Vous en conveniez.

HERMINIE.

Avant, quand je n'étais pas coupable.

PROSPER.

Mais rien n'est changé.

HERMINIE.

Une femme qui trompe son mari doit au moins le trouver charmant.

PROSPER.

Charmant! lui!

HERMINIE.

Oui, monsieur, voilà où j'en suis : condamnée à trouver
M. Romanèche beau, gracieux et aimable.

PROSPER, s'éloignant à droite.

C'est trop fort !

HERMINIE, le suivant.

Et je le trouverai aimable, je le trouverai gracieux, je le
trouverai beau, beau !

La porte s'ouvre.

PROSPER.

Le voici.

Romanèche entre par le fond, avec des livres sous le bras.

SCÈNE II

HERMINIE, PROSPER, ROMANÈCHE

ROMANÈCHE, à lui-même, avec une joie sauvage *.

Je leur ai donné à tous des boules noires.

PROSPER, bas, en montrant Romanèche.

Essayez, madame, essayez.

ROMANÈCHE, se frottant les mains.

A tous !

HERMINIE, qui est allée prendre le bouquet sur la cheminée.

Mon ami, permettez-moi de vous souhaiter votre fête.

* Romanèche, sur le devant à gauche, — Herminie et Prosper, à droite.

ROMANÈCHE.

Ma fête!

HERMINIE.

Le dix-neuf mars.

ROMANÈCHE.

Vous voulez me rappeler que je m'appelle Joseph.

HERMINIE.

Oui.

ROMANÈCHE.

Je ne l'oublie pas. Je m'appelais déjà Romanèche; ils y ont ajouté Joseph. Voilà le patron qu'ils m'ont choisi sur les trois cent soixante-cinq. — Mais je me vengerai. Si jamais j'ai des enfants, ils s'appelleront tous Joseph. (Apercevant Prosper.) Ah! vous voilà, vous?

PROSPER*.

J'ai préparé le travail: « *De legibus agrariis ante Gracchos.* »

ROMANÈCHE.

Les Gracques! Passons aux Gracques, maintenant. Voilà des gens qui sont morts depuis dix-neuf cent quatre-vingt-quinze ans, — et le gouvernement me paie pour que je m'occupe d'eux. Pauvre pays!

Il éternue violemment. — Prosper est remonté à gauche.

HERMINIE**.

Dieu vous bénisse, mon ami.

* Herminie, Romanèche, Prosper.
** Prosper, Herminie, Romanèche.

ROMANÈCHE.

Ce sont vos fleurs qui me font éternuer.

HERMINIE.

Ne les gardez pas.

ROMANÈCHE.

Si, si, je les garderai. Vous me les avez offertes; je suis trop poli pour ne pas les garder. Je les garderai. Seulement j'éternuerai.

HERMINIE, voulant les prendre.

Si elles vous fatiguent?

ROMANÈCHE, les gardant.

Elles me fatiguent, elles me fatiguent abominablement. Mais vous me les avez offertes.

Il éternue.

HERMINIE.

Je vous en prie.

ROMANÈCHE.

Non, non. J'éternuerai ainsi jusqu'à ce qu'elles soient fanées.

HERMINIE.

Je suis désolée.

ROMANÈCHE.

Vous ne voulez pas que j'éternue?

HERMINIE.

Je ne dis pas cela.

ROMANÈCHE.

Alors vous permettez?

Il éternue violemment en faisant d'affreuses grimaces, mais sans quitter son bouquet.

PROSPER, à lui-même.

Quel joli caractère !

HERMINIE.

Vótre habit est là, mon ami.

ROMANÈCHE.

Mon habit? Pourquoi faire?

HERMINIE.

Vous ne venez pas chez le ministre?

ROMANÈCHE.

Au concert !

HERMINIE.

Vous aviez accepté ?

ROMANÈCHE.

Pour vous. Je ne déteste pas la musique quand c'est vous qui l'entendez, mais moi... (Il éternue.) Je suis trop souffrant. — Virvalais, allez me chercher un autre mouchoir.

Il place le bouquet dans un vase sur la cheminée.

HERMINIE, avec reproche.

Mais, mon ami...

ROMANÈCHE.

Allez, Virvalais. (Prosper sort à gauche, furieux mais résigné. — Romanèche présente une chaise à Herminie et va se placer en face d'elle, derrière la table.) Asseyez-vous, Herminie. — (Herminie s'assied, le regardant avec inquiétude.) Nous avons à causer. (Herminie est tremblante.) Il s'est passé, hier, un événement grave.

HERMINIE, d'une voix mal assurée.

Quoi donc, mon ami?

ROMANÈCHE.

J'ai vu mon beau-père.

HERMINIE.

Il a dû être bien heureux.

ROMANÈCHE.

C'est un paltoquet.

HERMINIE.

Mon père !

ROMANÈCHE, prenant l'attitude du professeur dans sa chaire.

Il abuse d'un texte pour me dépouiller.

HERMINIE.

Lui ! c'est le plus honnête homme de la terre.

ROMANÈCHE.

Si vous croyez que c'est beaucoup dire !

HERMINIE.

Mais oui.

ROMANÈCHE.

Jugez-en. Notre contrat de mariage porte : « Il est cons-
titué à la future conjointe, — c'est vous, — une dot de
vingt mille livres de rente représentée, pour douze mille
francs, par des obligations de chemins de fer, — c'est
parfait, — et pour huit mille, par un appartement, —
celui-ci, — dans une maison que le père de la future
conjointe, — c'est lui, — possède quai Voltaire. »

HERMINIE.

Eh bien ?

ROMANÈCHE.

Eh bien, j'ai envie de quitter Paris.

HERMINIE, se levant.

Quitter Paris!

ROMANÈCHE.

Je demande naturellement à mon honorable beau-père
de reprendre son appartement et de me verser une rente
annuelle de huit mille francs. — Il refuse.

HERMINIE.

Il a raison.

ROMANÈCHE.

Et il m'interdit de sous-louer.

HERMINIE.

Excellent père !

ROMANÈCHE, allant à elle.

Et si la maison me déplaît, si les cheminées fument?

HERMINIE.

Elles ne fument pas.

ROMANÈCHE, remontant, avec colère *.

Si je voulais un salon à l'est et une chambre au midi?
Si je trouve le quai malsain, si la Seine entre dans mes
caves ?

HERMINIE.

Vous pouviez prévoir tout cela quand vous m'avez
épousée.

* Herminie, Romanèche.

ROMANÈCHE.

Quand je vous ai épousée, j'étais jeune.

HERMINIE.

Il y a treize mois.

ROMANÈCHE.

Je vous trouvais fort jolie. J'attachais encore quelque importance à ces frivoles avantages. Je signai les yeux fermés, et le texte est contre moi, un texte abominable, une surprise, un guet-apens.

HERMINIE.

Cependant...

ROMANÈCHE, l'interrompant avec colère.

Paris m'agace et l'École de droit m'horripile. J'ai beau appeler mes élèves crétins et leur donner des boules noires, ça ne m'amuse plus. Je veux vivre à la campagne, dans une ferme, avec de vraies bêtes.

HERMINIE.

Vous songiez à m'exiler dans une ferme?

ROMANÈCHE.

En Auvergne.

HERMINIE.

Mais que vous ai-je fait?

ROMANÈCHE.

Rien, oh! rien. Je n'ai pas à me plaindre de vous, je le regrette.

HERMINIE.

Comment?

ROMANÈCHE.

Ah ! si vous m'aviez fait quelque chose ! quel prétexte !
quel bon prétexte ! — Mais vous êtes irréprochable.

HERMINIE.

Alors, nous resterons.

ROMANÈCHE.

Momentanément. Je n'ai pas les moyens de perdre huit
mille livres de rente en même temps que ma place. J'attendrai, j'attendrai que le hasard, vulgairement la provi-
dence... (Prosper revient avec le mouchoir.) Merci.

Il recommence à éternuer en s'accoudant sur la cheminée, pendant qu'Herminie se
rapproche de la table, où Prosper paraît ranger des papiers.

PROSPER, bas, à Herminie *.

Eh bien ?

HERMINIE, bas.

S'il apprend la vérité, nous sommes perdus.

PROSPER.

Comment ?

HERMINIE.

Il veut m'emmener à la campagne.

PROSPER.

Hein ?

Estelle entre par le fond, avec une carte **.

ESTELLE.

Pour monsieur.

* Prosper, Herminie, Romanèche.
** Prosper, Herminie, Estelle, Romanèche.

ROMANÈCHE, prenant la carte sans la regarder.

Pour monsieur! Voilà encore un imbécile qui me fait une visite et qui croit m'être agréable! Crétin!

HERMINIE, prenant ses fourrures qui étaient déposées sur une chaise au fond et qu'Estelle vient de lui donner.

Alors, je vais prendre ma cousine Hortense. Je dirai au ministre que vous êtes souffrant.

ROMANÈCHE.

Tué! tué par ces coquines de fleurs.

HERMINIE, avec un mouvement d'impatience.

Estelle, jetez ce bouquet,

ROMANÈCHE.

Jamais, jamais.

Il éternue plus fort.

HERMINIE.

Adieu, mon ami.

ROMANÈCHE.

Adieu!

HERMINIE.

Vous ne m'embrassez pas?

ROMANÈCH

J'oubliais. (Il l'embrasse sans conviction. — Allant à Prosper pendant qu'Herminie se dirige vers la porte *.) Si elle n'était pas ma femme, ce serait peut-être un plaisir, mais c'est un devoir. — Mariez-vous donc.

H·ERMINIE.

Adieu, mon ami.

* Prosper, Romanèche, Herminie, Estelle.

ROMANÈCHE.

Adieu.

HERMINIE, à part, le regardant.

Ah ! si je n'étais pas coupable !

Elle sort vivement par le fond.

SCÈNE III.

PROSPER, ROMANÈCHE, ESTELLE.

ESTELLE, timidement *.

Ce monsieur attend.

ROMANÈCHE.

Qu'il attende!

ESTELLE.

Il paraît pressé.

ROMANÈCHE.

Tant mieux ! Ah ! tu crois m'être agréable, animal! (A Prosper qui allait sortir.) Un mot, Virvalais. (Prosper redescend à gauche et consulte des papiers sur la table. Bas à Estelle **.) Avez-vous fait ce que je vous ai recommandé ?

ESTELLE.

Oui, monsieur.

ROMANÈCHE.

Vous avez fourré de la paille dans le tuyau de la cheminée?

* Prosper, Romanèche, Estelle.
** Prosper, à gauche, près de la table. — Romanèche et Estelle, devant à droite.

ESTELLE.

Oui, monsieur.

ROMANÈCHE.

Alors la cheminée fume.

ESTELLE.

Non, monsieur.

ROMANÈCHE.

Elle ne fume pas ?

ESTELLE.

Au contraire ; la paille a flambé.

ROMANÈCHE.

Vous ne l'aviez pas mouillée?

ESTELLE.

Non, monsieur.

ROMANÈCHE.

Vous avez mis le feu?

ESTELLE.

Il n'est venu que deux pompiers.

ROMANÈCHE.

Cela vous suffit, à vous?

ESTELLE.

Oui, monsieur.

ROMANÈCHE.

Cruche !

ESTELLE, interdite.

Oh! oh! je ne moisirai pas dans cette baraque. (En sortant par le fond, avec colère.) Cruche! cruche!

ROMANÈCHE.

Virvalais.

PROSPER, accourant*.

Mon illustre maitre.

ROMANÈCHE.

Ne m'appelez pas illustre : ça me force à être modeste.

PROSPER.

Mon cher professeur.

ROMANÈCHE.

Allez dans mon cabinet.

PROSPER.

Je reverrai mon travail : « *De Legibus...* »

ROMANÈCHE.

Vous ouvrirez mon bureau.

PROSPER.

Je prendrai votre commentaire sur la loi *Canuleïa.*

ROMANÈCHE.

Vous prendrez la clef de la cave.

PROSPER.

De la cave?

ROMANÈCHE, remontant.

Pour voir si la Seine y est entrée.

* Prosper, Romanèche.

PROSPER.

La Seine?

ROMANÈCHE, allant à la fenêtre[*].

Il me semble qu'elle monte.

PROSPER.

Je ne crois pas.

ROMANÈCHE, descendant.

Alors, vous attendrez.

PROSPER, ahuri.

J'attendrai!

ROMANÈCHE[**].

Allez, Virvalais, allez.

PROSPER, en sortant, à gauche, avec désespoir.

J'attendrai que la Seine monte!... — Pour elle! Et je n'ai encore perdu que mon paletot, comme l'autre Joseph! Ça ne peut pas durer.

Il sort par la gauche.

ROMANÈCHE, prenant la carte de visite qu'il avait laissée sur la cheminée.

« Brutus Montacabère, avocat à Nîmes. » Allons donc! il y a erreur. (Il sonne.) Nous sommes brouillés depuis six ans. (A Estelle, qui revient par le fond[***].) Quel air a ce monsieur qui attend ?

ESTELLE.

Il a l'air content de lui.

ROMANÈCHE.

C'est Montacabère. — Et qu'a-t-il demandé?

* Romanèche, Prosper.
** Prosper, Romanèche.
*** Estelle, Romanèche.

ESTELLE.

M. Joseph Romanèche, professeur de droit.

ROMANÈCHE.

Faites entrer. (Estelle sort. — Avec rage.) Il faut que mes ennemis viennent me voir maintenant ; ce n'était pas assez de
mes amis. — (Au public.) Cet idiot, qui est avocat et qui croit
que c'est un sacerdoce, — pauvre pays ! — s'est offensé parce
que je l'avais invité à dîner avec des demoiselles, — comme
si je l'obligeais à en manger. Crétin, va !

Il va s'accouder à la cheminée.

SCÈNE IV

ROMANÈCHE, MONTACABÈRE.

ESTELLE, annonçant.

Monsieur Montacabère, de Nîmes.

Montacabère entre vivement et joyeusement. — Romanèche s'est adossé à la cheminée
dans une pose digne et froide.

MONTACABÈRE *.

Mon bon Joseph, comment vas-tu ?

Il lui tend les mains.

ROMANÈCHE, glacial.

Permettez, monsieur.

MONTACABÈRE, lui tendant toujours les mains.

Très bien, je le vois ; ta femme aussi ? — car j'ai appris
que tu t'étais marié, — et les enfants ? Il n'y en a pas encore ? ça viendra.

* Montacabère, Romanèche.

IV.   2

ROMANÈCHE.

Il me semblait, monsieur, que nous étions brouillés.

MONTACABÈRE.

Tu t'en souviens? quelle mémoire!

ROMANÈCHE.

Votre dignité a été froissée...

MONTACABÈRE.

Quand on a de la dignité, c'est pour qu'elle soit froissée, ou elle ne servirait à rien.

ROMANÈCHE.

Votre pudeur...

MONTACABÈRE.

La pudeur aussi. — Tu m'invites au Helder; j'y vais, et je trouve des... Comment dirai-je? le nom n'y fait rien.

ROMANÈCHE.

Vous faites une scène!

MONTACABÈRE.

Il le fallait. Le garçon qui nous servait était de Nîmes. Et à Nîmes on m'appelle le vertueux Montacabère; chacun tient à ses petits avantages. Et puis, — pour être sincère, — je n'aime pas à dîner avec de jolies femmes.

ROMANÈCHE.

Ah!

MONTACABÈRE.

Parce que je me connais, je veux être aimable, je deviens spirituel, je me fais rire, — j'avale de travers, je digère mal, et comme ce que nous avons de plus précieux au monde, c'est notre estomac...

ROMANÈCHE, se rapprochant.

Dis-le donc.

MONTACABÈRE.

Nous n'avons même que cela d'absolument précieux.
Parle-moi d'un bon dîner, en famille, lorsqu'on ne tient
à flatter que le cuisinier, — ou la cuisinière. — Tu m'inviterais... invite-moi chez toi, avec ta femme, très bien. Mais
au cabaret, avec des hétaïres qui me surmènent l'imagina-
tion, jamais. Aussi tu vois comme je me porte : le teint
frais, l'œil vif, le sourire aux lèvres, et le cœur sur la
main, — soyons amis, Joseph.

ROMANÈCHE.

Tu viens me demander un service?

MONTACABÈRE.

Eh bien oui, là, — oui.

ROMANÈCHE.

Il est probable que je ne pourrai pas te le rendre.

MONTACABÈRE.

Tu vas voir comme c'est simple. — Connais-tu tous les
locataires de la maison que tu habites?

ROMANÈCHE, avec joie.

Je n'en connais aucun.

MONTACABÈRE.

As-tu un concierge intelligent?

ROMANÈCHE, de même.

Une brute. (Changeant de ton.) Mais qu'est-ce que cela te
fait?

MONTACABÈRE.

Je vais te le dire... Prends donc une chaise.

Montacabère va s'asseoir sur le fauteuil à gauche de la table.

ROMANÈCHE, à part, avec rage.

Il s'installe maintenant. (Criant.) Mon chapeau! mon chapeau!

Montacabère s'est assis sur le chapeau de Romanèche.

MONTACABÈRE, se relevant vivement.

Hein! quoi!

ROMANÈCHE, furieux, prenant son chapeau écrasé.

Mon chapeau!

MONTACABÈRE.

Il m'a fait peur; j'ai cru que c'était le mien. (A Romanèche.)
Ce ne sera rien; je t'indiquerai un chapelier. (Il s'assied à demi
sur le bord de la table, dominant Romanèche qui est près de lui sur une chaise*.)
Or donc, je suis allé voir, hier, un de mes amis, qui est
médecin, — médecin distingué.

ROMANÈCHE, hochant la tête.

Euh!

MONTACABÈRE.

Quoi, euh?

ROMANÈCHE.

Je dis : euh!

MONTACABÈRE.

Tu ne le connais pas.

---

* Montacabère, Romanèche.

ROMANÈCHE.

C'est égal.

MONTACABÈRE.

Il m'a offert un fauteuil d'orchestre pour le Gymnase. Excellent théâtre! (Romanèche secoue la tête.) J'ai accepté. La pièce me passionnait; elle est très intéressante.

ROMANÈCHE.

Oh!

MONTACABÈRE.

Quoi, oh?

ROMANÈCHE.

Je dis : oh!

MONTACABÈRE.

L'as-tu vue?

ROMANÈCHE, se récriant.

Oh! non, par exemple, oh! non.

MONTACABÈRE.

Eh bien, moi, je me passionnais pour cette vertueuse coupable, — qui est fort jolie d'ailleurs, — lorsqu'à la fin du second acte, au moment le plus pathétique, on me frappe sur l'épaule. — Je me retourne; un monsieur très poli me fait signe de le suivre. (Se levant et faisant la pantomime de ce qu'il raconte.) Je le suis. Il me conduit au foyer. — Là, je vois, étendue sur un canapé, une jeune femme évanouie, entourée d'une douzaine d'ouvreuses éperdues. — Mon guide les écarte et me fait passer en criant : « Le médecin de service * ».

* Romanèche, Montacabère.

IV.   2.

ROMANÈCHE, avec un rire désagréable.

Hi! hi! hi!   \

Il se lève.

MONTACABÈRE.

Mon gredin d'ami m'avait donné sa stalle, et alors...

ROMANÈCHE.

Tu trouves ça drôle ?

MONTACABÈRE.

Pas du tout, — au contraire. — Je restai cloué sur place. Que faire ? Figure-toi une femme adorable : vingt ans, de grands cils noirs, une petite bouche, des joues roses, et une taille ! — Pourquoi secoues-tu la tête?...

ROMANÈCHE, avec ironie..

Je t'écoute.

MONTACABÈRE, reprenant.

Une de ces tailles que le corsage dessine.

ROMANÈCHE.

Hou !

MONTACABÈRE.

Quoi, hou ?

ROMANÈCHE.

Je dis : hou !

MONTACABÈRE.

Tu ne la connais pas.

ROMANÈCHE.

Il y a longtemps que je suis fixé sur le néant des joues roses et le vide des corsages.

MONTACABÈRE.

Le vide ! le vide ! — On me crie : elle étouffe ; docteur, dégrafez la robe, dégrafez tout. — Je me mets à dégrafer, je dégrafe, je dégrafe, — et alors... Je ne pardonnerai jamais à mon père de ne m'avoir pas fait médecin. — Quel métier, Romanèche, quel joli métier !

ROMANÈCHE, avec dégoût.

Tu as frictionné avec la paume de la main ?

MONTACABÈRE, avec enthousiasme.

Des merveilles, Joseph !

ROMANÈCHE.

Peuh !

MONTACABÈRE.

Quoi, peuh !

ROMANÈCHE.

Je dis : peuh !

MONTACABÈRE.

Sapristi ! tu es agaçant avec tes peuh ! tes euh ! tes hou ! — Je suis méridional, moi, je suis enthousiaste. — J'étais en extase, quand une ouvreuse, plus barbue que les autres, m'interrompt pour m'offrir du papier, de l'encre et une plume. Je reste étonné : — « Qu'ordonne le docteur ? »

ROMANÈCHE, avec un rire méchant.

Ah ! ah !

MONTACABÈRE.

Je n'avais rien à ordonner, moi.

ROMANÈCHE, de même.

Eh ! eh !

MONTACABÈRE.

On me regardait ; on voulait une ordonnance pour le pharmacien. Qu'à cela ne tienne! Je prends la plume, j'aligne quelques jambages incohérents, je termine par un paraphe extravagant. — Eh bien, mon ami...

ROMANÈCHE.

Eh bien ?

MONTACABÈRE.

Le pharmacien a envoyé quelque chose.

ROMANÈCHE, riant méchamment.

Hi ! hi ! hi !

MONTACABÈRE.

Quoi ? qu'avait-il lu ? que contenait cette fiole ? C'était jaune et vert. — On l'approche des lèvres de la malade, ma vue se trouble, une sueur froide inonde mon front, je m'affaisse sur un meuble et je perds connaissance.

ROMANÈCHE, avec le même rire.

Hi ! hi ! hi !

MONTACABÈRE.

On me secoue, je reviens à moi. Cette adorable créature était debout. Elle remerciait son médecin avec un sourire que la confusion rendait plus enchanteur encore. Elle me tendait la main. — Quel métier, quel joli métier ! — Et si facile ! (Il fait une pirouette et va se regarder dans la glace, devant la cheminée.) Puis elle réclama une voiture et disparut.

ROMANÈCHE.

Sans te laisser son adresse.

MONTACABÈRE.

Oh ! je l'ai, son adresse ; — j'ai suivi la voiture.

ROMANÈCHE.

Tu sais qui elle est ?

MONTACABÈRE, devant la cheminée.

Parfaitement, — c'est une cocotte.

ROMANÈCHE.

Hein ?

MONTACABÈRE, criant.

Une cocotte.

ROMANÈCHE.

Pouah !

MONTACABÈRE.

Comment, pouah ? Je te dis qu'elle est ravissante.

ROMANÈCHE.

Oh !

MONTACABÈRE.

Ravissante. Des yeux ! des bras ! une taille !

ROMANÈCHE.

Eh bien, après ?

Montacabère le regarde gravement, lui prend le bras et lui tâte le pouls.

MONTACABÈRE.

Tu es malade.

ROMANÈCHE.

Moi ?

MONTACABÈRE.

L'estomac ne va pas ?

ROMANÈCHE, le bousculant et passant à droite*.

Tu te crois médecin, maintenant ?

MONTACABÈRE.

Je t'ai connu aimable et gai.

ROMANÈCHE.

Gai ! oui, j'ai été gai. Je me demande ce qui pouvait bien m'égayer. Tout est si bête dans la vie !

MONTACABÈRE

Comment digères-tu ?

ROMANÈCHE.

Mal

MONTACABÈRE.

Ta femme est laide.

ROMANÈCHE.

Oh ! laide ou jolie, le nez droit ou le nez de travers, — la différence est si petite. — Mais elle est jolie. Je la trouvais fort jolie, au temps où... puisque je lui sacrifiai une folle maîtresse.

MONTACABÈRE.

La séparation fut pénible ?

ROMANÈCHE.

Non, nous nous fîmes nos adieux en déjeunant chez Brébant.

* Montacabère, Romanèche.

MONTACABÈRE, faisant une grimace significative.

Oh ! (Gravement.) Qu'avez-vous mangé ?

ROMANÈCHE.

Toujours les mêmes niaiseries : (Avec dégoût.) un perdreau, des crevettes, un homard à la provençale.

MONTACABÈRE.

C'est le homard.

ROMANÈCHE,

Quoi, le homard ? J'en raffolais, du homard.

MONTACABÈRE.

Et maintenant ?

ROMANÈCHE.

Maintenaut, je le trouve exécrable. Mais je l'aime, parce que mon beau-père ne peut pas le souffrir. Je lui en sers toutes les fois qu'il vient chez moi. Hier encore ! Et j'en mange ; — ça lui est désagréable.

MONTACABÈRE.

Ne cherchons pas davantage, tu as une gastralgie.

ROMANÈCHE.

Te moques-tu de moi ?

MONTACABÈRE.

Tout ce qui tient à l'estomac m'est familier. Le homard, aliment grossier, est la cause prédisposante.

ROMANÈCHE,

Tu es stupide.

MONTACABÈRE.

Mauvais caractère, — symptôme concomitant.

ROMANÈCHE.

Va te promener.

MONTACABÈRE.

Gastralgie. — Tu ne digères pas.

ROMANÈCHE.

Crétin !

MONTACABÈRE.

Mais si tu digérais bien, tu serais enthousiasmé comme
moi de cette belle créature.

ROMANÈCHE, criant.

Je ne la connais pas.

MONTACABÈRE.

Tu la connaîtrais, puisque vous respirez sous le même
toit.

ROMANÈCHE.

Le même toit !

MONTACABÈRE.

Et tu pourrais me renseigner.

ROMANÈCHE.

Elle demeure ici ?

MONTACABÈRE.

Quai Voltaire, 65.

ROMANÈCHE.

Dans cette maison ?

MONTACABÈRE.

Je l'ai vue entrer.

ROMANÈCHE.

Et tu dis que c'est une cocotte?

MONTACABÈRE.

Elle était seule. J'ai trouvé un billet dans son corsage, un bracelet dans les plis de sa jupe, et un paletot d'homme dans ses fourrures.

ROMANÈCHE.

Ah ! ah ! — Tu as le billet?

MONTACABÈRE.

J'étais si troublé que je mettais tout dans ma poche... pour dégrafer plus vite. — J'ai fait le bracelet, comme on dit à la police correctionnelle. Maintenant il faut le rendre délicatement.

ROMANÈCHE, remontant, avec joie[*].

Ah ! il y a une cocotte dans la maison de mon beau-père, et on veut que j'y reste ! (Revenant à Montacabère.) Tu en es bien sûr ?

MONTACABÈRE.

Lis plutôt ce menu, qui est tombé de la poche du paletot. — On avait diné... chez qui ? — chez Bignon, cent dix-sept francs cinquante pour deux.

ROMANÈCHE.

Oh! oh! parfait ! parfait !

MONTACABÈRE.

Ce n'est pas une femme honnête qu'on nourrirait si bien.

ROMANÈCHE, avec joie.

Non. — Nous avons une cocotte ! — A quel étage ?

* Romanèche, Montacabère.

MONTACABÈRE.

Je venais te le demander.

ROMANÈCHE.

Nous la trouverons.

MONTACABÈRE.

Je n'ai pas besoin de toi. Je n'aurai qu'à faire son portrait. — Elle n'a pas sa pareille.

ROMANÈCHE.

Va, va, Montacabère, et s'il te plaît de faire un peu
de scandale, ne te gêne pas : la maison est à mon beau-
père.

MONTACABÈRE.

Je me contenterai d'être irrésistible.

ROMANÈCHE.

Tu as ton porte-monnaie?

MONTACABÈRE, froissé.

Oui. — oui, je l'ai. (Changeant de ton.) Mais je ne suis pas
renseigné.

ROMANÈCHE.

Sur quoi?

MONTACABÈRE.

Sur cette jolie pécheresse. On ne peut traiter toutes les
femmes de la même façon. Le genre cocotte a ses variétés.

ROMANÈCHE.

Oh! le même fruit, — à des étalages différents.

MONTACABÈRE.

J'entends bien, mais je n'aime pas à être bête avec les femmes, moi.

ROMANÈCHE.

Nous n'avons pourtant que ce moyen de leur plaire.

MONTACABÈRE.

Que lui offrirais-tu, toi ?

ROMANÈCHE.

Quelques jolies pièces d'or : elles font prime.

MONTACABÈRE,

Tu oses donner ainsi, brutalement, ce vil métal?

ROMANÈCHE.

Oui.

MONTACABÈRE.

Moi, non.

ROMANÈCHE.

Pourquoi?

MONTACABÈRE.

Ça m'enlève mes illusions.

ROMANÈCHE.

Alors tu appelles un notaire?

MONTACABÈRE.

Pas du tout. J'ai un système.

ROMANÈCHE.

Ah !

MONTACABÈRE, tirant une boîte de sa poche.

Je dissimule ma vulgaire offrande dans une boîte élégante...

ROMANÈCHE, à part.

Idiot !

MONTACABÈRE.

Je la cache adroitement sur un meuble, en entrant.

ROMANÈCHE, se moquant.

Elle y reste oubliée.

MONTACABÈRE, triomphant.

Non, c'est une boîte à musique. (Il la monte, et à chaque tour de clé, Romanèche fait d'horribles grimaces.) Maintenant elle jouera un air toutes les heures. — Je m'assieds; je cause délicieusement. Tout à coup, on entend un air suave. La dame s'étonne; je souris modestement; elle se lève, elle cherche; je souris toujours. Elle trouve l'objet. Elle est ravie de ma délicatesse et je saisis l'occasion pour en manquer. — C'est un mot.

ROMANÈCHE.

Tu es ingénieux, Montacabère.

MONTACABÈRE.

Mon ami, je suis de Nimes.

ROMANÈCHE.

Je le vois bien. — Maintenant, va, va vite.

MONTACABÈRE.

Attends un peu. (Ouvrant la boîte et la lui montrant.) Est-ce assez ?

ROMANÈCHE.

Peste ! il y a autre chose ?

MONTACABÈRE.

Le bracelet et la lettre, respectueusement enveloppés.

ROMANÈCHE, se frottant les mains.

Une lettre de cocotte ! — Donne-la-moi.

MONTACABÈRE.

Jamais.

ROMANÈCHE.

Je voudrais la montrer à mon beau-père.

MONTACABÈRE.

Les lettres sont sacrées.

ROMANÈCHE.

Tu n'ouvrirais pas une lettre et tu dégrafais...

MONTACABÈRE.

C'est bien différent. — Ne pourrais-tu me procurer quelques parfums ?

ROMANÈCHE.

Hein ? des parfums !

Il sonne en haussant les épaules.

MONTACABÈRE, avec satisfaction, en pirouettant.

L'or n'est pas tout dans la vie, quoi qu'on dise.

MONTACABÈRE, à Estelle, qui vient d'entrer par la porte du fond*.

Je désirerais quelques parfums et une brosse.

* Romanèche, Estelle, Montacabère.

ESTELLE, étonnée.

Bien, monsieur.

Elle sort à droite.

MONTACABÈRE, se tournant vers Romanèche*.

Je tiens à la subjuguer.

ROMANÈCHE.

Brutus !

MONTACABÈRE.

Joseph !

ROMANÈCHE.

Permets-moi de te surprendre en flagrant délit.

MONTACABÈRE.

Hein !

ROMANÈCHE.

Je voudrais préciser à mon beau-père.

MONTACABÈRE.

Précise autrement. (Estelle revient avec une brosse et des flacons.)
Mille grâces.

ROMANÈCHE, à Estelle, qui brosse Montacabère **.

Ne mettez plus de paille dans les cheminées.

ESTELLE, brossant dans le vide.

Bien, monsieur.

ROMANÈCHE.

Vous irez chercher mon secrétaire.

ESTELLE, de même.

Bien, monsieur.

* Romanèche, Montacabère.
** Romanèche, Estelle, Montacabère.

ROMANÈCHE.

Il est à la cave.

ESTELLE, de même.

Bien, monsieur.

ROMANÈCHE, à part.

La Seine n'a pas besoin d'entrer maintenant ; nous avons
mieux.

MONTACABÈRE, examinant Estelle pendant qu'elle le brosse*.

Eh ! eh ! eh ! eh ! mon gaillard ! — Très appétissante, la
soubrette. (Il la lutine.) Encore quelques parfums.

ESTELLE.

A la bonne heure — voilà un maître comme je les aimerais.

Elle laisse un des flacons sur la cheminée et sort à droite.

MONTACABÈRE.

Là, je me crois présentable. — A bientôt, mon bon.

ROMANÈCHE, l'accompagnant.

Tu ne veux pas que je te surprenne ?

MONTACABÈRE, vivement.

Ah ! non, non, pas de plaisanterie, Joseph.

Il sort par le fond.

ROMANÈCHE.

Brute !

MONTACABÈRE, passant la tête.

Tu m'appelles ? — Pas de plaisanterie.

* Romanèche, Montacabère, Estelle.

SCÈNE V

ROMANÈCHE, puis PROSPER.

ROMANÈCHE, seul, avec un rire sauvage.

Ah ! on veut me forcer à habiter une maison où il y a
des cocottes ! Les juges apprécieront. — Je vais chercher
mon respectable beau-père. Ah ! ah ! ah ! ah ! ah ! Et il y
aura du scandale, quand je devrais le faire moi-même. —
Ah ! ah ! ah ! (Comptant sur ses doigts.) Nous avons le monsieur
qui a perdu son paletot, un. — Montacabère, deux, — ça
ne fait que deux. — Moi, trois ! — ça ne fait que trois ! Et
par le temps qui court... (Prosper entre par le fond.) Virvalais !

PROSPER, transi de froid, lui présentant la clef de la cave[*].

Mon cher professeur.

ROMANÈCHE.

Vous devez plaire aux femmes, vous !

PROSPER, étonné.

Moi !

ROMANÈCHE.

Vous avez le genre de laideur qu'elles aiment.

PROSPER, avec dépit.

Je ne croyais pas...

ROMANÈCHE.

Si, si. (Se penchant à son oreille.) Avez-vous remarqué dans

* Romanèche, Prosper.

cette maison, — la maison de mon beau-père, — une personne particulièrement aimable?

PROSPER.

Non.

ROMANÈCHE.

Remarquez-la. Elle a le cœur sensible, elle s'est évanouie, hier, au Gymnase.

PROSPER, interloqué.

Hein?

ROMANÈCHE.

Avec un monsieur qui en a perdu son paletot.

PROSPER, effaré.

Ah!

ROMANÈCHE.

Allez, — et brusquez les choses.

PROSPER, le regardant avec des yeux ahuris.

Vous voulez?

ROMANÈCHE.

Ça me fera plaisir.

PROSPER, de même.

Mais...

ROMANÈCHE.

Ça me fera plaisir. (En se dirigeant vers la porte du fond, — avec joie.) Quatre! quatre! c'est un chiffre.

Il sort.

PROSPER, revenant de son ahurissement.

Il sait tout! Et il raille! Et il rit! Il fallait cela pour le

IV.   3.

faire rire ! Vipère ! — Où va-t-il ? Quels sont ses projets ?
Il a dû trouver une vengeance infernale. Il est trop content!
Et sa femme est au concert, tranquillement : elle écoute
des airs de piano. Il faut la prévenir. Je vais au ministère,
je me glisserai dans les salons. (Se voyant dans la glace.) Pas
dans ce costume. Il me faudrait une cravate blanche et un
habit. (Il voit l'habit de Romanèche qui est resté sur une chaise.) Le sien !
(D'un ton tragique.) le sien ! — Dans de pareils moments l'hésitation n'est pas permise. (Il ôte vivement sa cravate et son habit.)
A demain les scrupules. (Regardant l'habit de Romanèche.) Il sera
trop étroit.

A ce moment, Montacabère passe la tête au fond.

MONTACABÈRE*.

On ne peut se tromper, il n'y a qu'une jolie femme
dans l'immeuble. (Apercevant un monsieur en manches de chemise.)
Ah !

PROSPER.

Oh !

Montacabère tourne la tête discrètement, en mettant son bras devant ses yeux. —
Prosper prend ses vêtements et ceux de Romanèche et s'esquive à gauche,
en cachant son visage.

SCÈNE VI

MONTACABÈRE, puis HERMINIE.

MONTACABÈRE.

Si j'avais eu des doutes ! — J'entre dans la loge du
concierge, il s'était fait remplacer par une femme de chambre.
— A Paris, les femmes de chambre ne servent qu'à rem-

* Montacabère, Prosper.

placer les concierges. — Je prends mes informations. La
soubrette n'hésite pas. Une jolie femme ? Il n'y en a qu'une
— au second. — Son nom ? Elle me regarde et me répond
avec dignité : Je ne suis pas concierge. Très bien. Il s'agit
maintenant de cacher adroitement la boîte. (Il prend la boîte et
s'apprête à la placer sur un meuble. — Il s'arrête étonné et regarde autour
de lui.) Mais... mais c'est le salon de Romanèche. Je reviens
dans l'appartement de Romanèche. Je n'ai pas compté l'en-
tresol. Je me brouille toujours dans les entresols, moi. Je
vais repartir de la porte cochère et compter.

Il va se diriger vers la porte, quand il voit entrer une dame.

HERMINIE, entrant vivement et portant ses fourrures sur une chaise
gauche, près de la porte, sans voir Montacabère*.

Je n'ai pas pu rester jusqu'à la fin.

MONTACABÈRE, stupéfait en la reconnaissant.

Hein ?

HERMINIE, plus étonnée encore.

Le docteur !... (Très aimable.) Comment, c'est vous, docteur ?.

MONTACABÈRE, à part.

Chez Romanèche ?

HERMINIE, avec un embarras qu'elle cherche à dissimuler.

On vous a déjà dit que je voulais vous voir ?

MONTACABÈRE.

Vous n'avez pas oublié ?...

HERMINIE.

Comment oublierais-je que vous m'avez sauvé la vie ?

MONTACABÈRE, modestement.

On est médecin ou on ne l'est pas.

* Herminie, Montacabère.

HERMINIE, visiblement inquiète.

Vous n'avez pas rencontré mon mari ?

MONTACABÈRE, la regardant avec étonnement.

Votre mari ?

HERMINIE.

M. Romanèche.

MONTACABÈRE, ahuri.

Hein !

HERMINIE.

Professeur à la Faculté de droit.

MONTACABÈRE, à part.

Ah ! sapristi ! c'était sa femme.

HERMINIE, lui désignant un fauteuil.

Asseyez-vous donc, docteur.

MONTACABÈRE.

Madame. (A part, en allant chercher un fauteuil devant la cheminée.) Elle est encore plus jolie au grand jour.

HERMINIE, s'asseyant sur une chaise, près de lui, et très aimable.

Vous me garderez le secret sur ce petit accident ?

MONTACABÈRE.

Certes... certes. (A part.) Il est bien temps.

HERMINIE.

J'ai été si ridicule !

MONTACABÈRE.

Pas pour moi.

HERMINIE.

Une femme évanouie, c'est horrible.

MONTACABÈRE.

Je ne trouve pas.

HERMINIE.

Et puis, — on peut tout confier à son médecin, — je suis beaucoup plus coupable que vous ne croyez.

MONTACABÈRE.

Vraiment ? (A part.) Pauvre Romanèche !

HERMINIE.

J'avais dîné chez une de mes cousines.

MONTACABÈRE.

Ah !

HERMINIE.

Et nous sommes allées au théâtre en cachette de nos maris.

MONTACABÈRE.

Ah ! (A part.) Et le paletot ? elle oublie le paletot ! (Reprenant.) En cachette de vos maris... C'est bien permis.

HERMINIE.

Je vois, docteur, que vous êtes indulgent pour vos clientes ?

MONTACABÈRE.

Je leur recommande volontiers des distractions.

HERMINIE.

Vous m'avez inspiré, tout de suite, la plus grande confiance.

MONTACABÈRE, saluant.

Je suis prêt à recommencer.

HERMINIE.

Oh ! non, non. — (Montacabère appuie sa main sur le dos de sa chaise et la contemple avec admiration.) Vous me regardez, vous me trouvez pâle.

MONTACABÈRE, galamment.

Je ne m'en plains pas. — Un peu de fièvre ?

HERMINIE, lui tendant son bras.

Jugez, docteur.

MONTACABÈRE.

Eh ! eh ! Oui... oui... comptons jusqu'à soixante... (Il prend sa montre.) jusqu'à quatre-vingts.

HERMINIE.

Je ne veux plus avoir d'autre médecin que vous.

MONTACABÈRE, saluant.

Oh ! la confiance dans le médecin est le meilleur des remèdes.

HERMINIE.

Je vous faisais appeler parce que, hier, en rentrant encore toute troublée, je me suis heurtée à un meuble.

MONTACABÈRE, inquiet.

Vous vous êtes blessée ?

HERMINIE.

Légèrement.

MONTACABÈRE, rassuré.

Ah ! — Où ?

HERMINIE.

Au-dessus de la hanche.

MONTACABÈRE.

Voyons.

HERMINIE.

Plus tard ; la douleur est très supportable.

MONTACABÈRE.

Tant pis.

HERMINIE.

Comment ?

MONTACABÈRE.

Tant pis, tant mieux, ce sont deux mots qu'on emploie indifféremment en médecine. — Ce sera donc pour plus tard.

HERMINIE.

J'ai une consultation bien autrement grave à vous demander.

MONTACABÈRE, se levant, à part, très embarrassé.

Oh ! sapristi ! (Haut.) Des distractions.

HERMINIE, se levant aussi.

Je voudrais vous parler de mon mari.

MONTACABÈRE, revenant, ravi.

Très bien, très bien. Les maris ! — Vous entrez dans ma spécialité. Votre mari vous est antipathique ?

HERMINIE.

Je me le reproche.

MONTACABÈRE.

Pourquoi ? — C'est un effet inexpliqué, mais général. Le mariage est une aventure charmante, qui a trop de lendemains.

HERMINIE, baissant les yeux.

Oh ! pas pour moi.

MONTACABÈRE.

Bah ! Est-ce que M. Romanèche ?

HERMINIE, de même.

On peut tout dire à son médecin.

MONTACABÈRE.

On le doit. (A part.) Quel métier ! quel joli métier ! — Et si facile !

HERMINIE.

Il s'occupe beaucoup de ses cours.

MONTACABÈRE.

Ah !

HERMINIE.

Il paraît que le droit romain est très absorbant.

MONTACABÈRE.

Ah ! ah ! Et il l'absorbe... complètement ?

HERMINIE.

Complètement.

MONTACABÈRE, galamment.

Oh ! oh ! (sérieux.) Le symptôme est grave. Depuis quand ?

HERMINIE, baissant les yeux.

Mais... depuis que je suis sa femme.

MONTACABÈRE, galant.

Oh! oh! (sérieux.) M. Romanèche doit être maussade, hargneux, quinteux?

HERMINIE.

Oui, docteur.

MONTACABÈRE.

Symptômes concomitants! — Son estomac perverti doit lui faire rechercher des mets vulgaires et indigestes? Il doit aimer le homard?

HERMINIE, étonnée.

Il en mange beaucoup.

MONTACABÈRE, avec importance.

C'est une gastralgie.

HERMINIE, émerveillée.

Vous avez vu cela?

MONTACABÈRE, modestement.

On est médecin ou on ne l'est pas.

HERMINIE, avec inquiétude.

Et il n'y a rien à faire?

MONTACABÈRE.

Je cherche... je cherche... (A lui-même, en s'éloignant un peu d'elle.) Être l'amant d'une femme dont le mari a une gastralgie, ce doit être insupportable : on n'a pas d'ami.

HERMINIE, inquiète.

Vous ne trouvez pas?

MONTACABÈRE, la regardant à part.

Mais ces yeux, ces lèvres, ces deux petites fossettes, ces épaules...

HERMINIE, de même.

Eh bien ?...

MONTACABÈRE, se rapprochant.

C'est incurable.

HERMINIE, avec chagrin.

Vous croyez ?

MONTACABÈRE.

Absolument. La science est impuissante avec monsieur votre mari. Je ne dois plus m'occuper que de vous.

HERMINIE.

De moi ?

MONTACABÈRE.

Des distractions ! beaucoup de distractions ! Il serait dangereux de vivre sans distractions à côté d'un homme aussi désagréable que Romanèche.

HERMINIE.

Vous le connaissez ?

MONTACABÈRE, avec exaltation.

Je ne veux plus le connaître. — Je ne connais que vous, tendre victime d'un hymen imprudent. Laissez-moi vous dire... (La boîte à musique joue une polka dans sa poche. — Il s'arrête, atterré.) Ah ! sapristi ! c'est la boîte !

HERMINIE, étonnée.

Qu'est-ce cela ?

MONTACABÈRE, désespéré et faisant des efforts infructueux pour étouffer le son de la serinette qui joue toujours dans sa poche *.

Je n'entends rien ; je n'entends absolument rien.

HERMINIE, regardant autour d'elle.

Cependant... Quel drôle de bruit !

MONTACABÈRE, remuant les meubles pour couvrir le son.

Le son vient d'en haut.

HERMINIE.

Mais non.

MONTACABÈRE, se rapprochant d'elle.

Alors, c'est le voisin qui joue de l'harmonica.

HERMINIE.

Ça se rapproche. — Je vais avoir peur, moi.

MONTACABÈRE, s'éloignant vivement.

L'air est joli.

Il le fredonne en sautant en mesure. — Prosper entre vivement par le fond. — Il a une cravate blanche démesurément longue et un habit démesurément court.

SCÈNE VII

MONTACABÈRE, HERMINIE, PROSPER, puis ROMANÈCHE.

PROSPER **.

Elle n'est pas seule ! (Bas, à Herminie.) J'ai à vous parler.

* Montacabère, Herminie.
** Montacabère, Prosper, Herminie.

HERMINIE, bas, lui montrant Montacabère.

Le docteur.

PROSPER.

Ah !

Il veut saluer Montacabère qui le fuit, fredonnant et sautillant.

HERMINIE, le présentant.

M. de Virvalais, le secrétaire de mon mari.

MONTACABÈRE.

Trop flatté, monsieur, trop flatté.

Ils se saluent, en sautillant tous les deux, jusqu'à ce que Montacabère se décide
à s'asseoir sur sa boîte. — La musique cesse.

PROSPER.

Drôle de médecin !

MONTACABÈRE, avec un soupir de joie.

C'est fini.

PROSPER, revenant à Herminie, — vivement.

Il faut que je vous parle.

HERMINIE, l'examinant.

Quel est ce costume ?

PROSPER.

C'est l'habit de M. Romanèche.

HERMINIE.

L'habit de mon mari !

PROSPER.

Je l'avais mis... pour aller chez le ministre...

MONTACABÈRE, se levant et les interrompant.

Très flatté, monsieur.

La musique recommence. — Montacabère est désespéré.

PROSPER.

C'est moi qui suis flatté, docteur.

MONTACABÈRE, à part.

Comment voit-il que je suis médecin ?

Il tombe assis sur une chaise à droite de la table. — La musique cesse.

PROSPER, bas, à Herminie.

Écoutez-moi avec calme.

HERMINIE.

Tout est fini entre nous.

Montacabère se lève, la musique recommence. — Il se rassoit vivement, la musique cesse.

PROSPER, à Herminie.

Comment ?

HERMINIE, à Prosper, d'un ton tragique et d'une voix sourde.

On ne peut pas tromper un homme atteint d'une maladie incurable.

Elle s'éloigne de lui, le laissant stupéfait.

PROSPER.

Hein * ?

ROMANÈCHE, entrant avec colère par la porte du fond.

Il nie! il nie! Monsieur mon beau-père nie ! Il lui faut des preuves, nous lui en donnerons.

Il aperçoit Montacabère et court à lui sans songer à personne. — Herminie, étonnée, descend en passant derrière la table. — Montacabère se lève avec précaution et se trouve rassuré en reconnaissant que la boîte ne joue plus.

---

* Herminie, au fond, à gauche. — Montacabère, assis. — Prosper.

MONTACABÈRE, à part.

L'air est fini.

ROMANÈCHE.

Brutus!

MONTACABÈRE.

Joseph !

ROMANÈCHE, l'attirant à part.

Eh bien ?

MONTACABÈRE.

Quoi ?

ROMANÈCHE.

Tu l'as trouvée ?

MONTACABÈRE.

Qui ?

ROMANÈCHE.

La cocotte.

MONTACABÈRE, interdit, regardant Herminie.

Ah ! la ?... oui... oui...

ROMANÈCHE.

Où est-elle ?

MONTACABÈRE, montrant le plafond.

Elle est... au... au-des-us.

ROMANÈCHE.

Au-dessus. Très-bien. J'y vois souvent monter un dragon.
Ça ferait cinq.

                Il se dirige vers la porte du fond.

MONTACABÈRE, le retenant.

Où vas-tu?

ROMANÈCHE.

Je vais chez cette péronnelle.

MONTACABÈRE.

Pourquoi?

ROMANÈCHE.

Pour lui faire une scène.

MONTACABÈRE, s'attachant à lui pour l'arrêter.

N'y va pas, Joseph.

ROMANÈCHE, l'entraînant vers la porte.

Si, si. Je veux convaincre mon beau-père.

MONTACABÈRE, sans le lâcher.

Joseph, je t'en supplie...

ROMANÈCHE, luttant pour se dégager.

Ah! on veut que je reste dans une maison où il y a des cocottes! ah! ah! ah! ah! c'est ce que nous verrons.

Il sort et referme la porte, laissant Montacabère désespéré, qui redescend en scène, en proie à la plus vive émotion. — Herminie et Prosper se rapprochent de lui pour l'interroger *.

HERMINIE.

Où va-t-il?

MONTACABÈRE, pouvant à peine parler.

Madame, savez-vous quelle est la personne qui demeure à l'étage au-dessus?

HERMINIE.

Oui, c'est madame de Gondoncourt.

* Herminie, Montacabère, Prosper.

MONTACABÈRE, ahuri.

Madame... madame de Gondoncourt ? — Elle n'est pas
mariée ?

HERMINIE.

Si. Elle est la femme d'un capitaine de dragons.

MONTACABÈRE, interloqué.

Ah ! mon Dieu !

PROSPER,

Un superbe dragon !

HERMINIE.

Qu'avez-vous, docteur ?

MONTACABÈRE, avec désespoir.

Que va-t-il se passer ?

On entend à l'étage supérieur et dans l'escalier un tapage formidable.

HERMINIE, tremblant.

Qu'est cela ?

PROSPER, se précipitant au dehors.

Un accident !

MONTACABÈRE, sans se déranger.

Ça devait arriver.

HERMINIE, qui est remontée à la porte du fond.

Ciel ! mon mari !

Prosper et Estelle apportent Romanèche à demi mort et ne pouvant plus parler[*].

.* Montacabère, Romanèche, Estelle, Herminie.

ESTELLE.

Monsieur a dégringolé tous les escaliers sur la tête. —
Pauvre monsieur !

Herminie a avancé un fauteuil. — On y installe Romanèche.

HERMINIE, éperdue, allant à Montacabère qui s'est éloigné *.

Ah ! mon Dieu ! mon Dieu ! — Docteur, docteur !

MONTACABÈRE.

Docteur ! — Ah ! oui, oui. — Quoi, madame ?

HERMINIE.

Comme il est heureux que vous soyez là !

MONTACABÈRE.

Certes, certes. — Ce ne sera rien.

HERMINIE.

Vous croyez ?

MONTACABÈRE, s'approchant de Romanèche **.

Quelques côtes cassées, peut-être.

HERMINIE, effrayée.

Quelques côtes !

MONTACABÈRE.

Je vais les compter pour voir s'il en manque.

HERMINIE.

Sauvez-le, docteur, sauvez-le.

Elle court à la table et y prend du papier et une plume.

* Montacabère, Herminie, Romanèche, Prosper, Estelle.
** Herminie, Montacabère, Romanèche, Prosper, Estelle vers le fond.

IV.   4

PROSPER, à Montacabère, pendant qu'il palpe Romanèche.

Docteur, avez-vous votre lancette ?

MONTACABÈRE, se redressant.

Ma lancette ?

PROSPER.

Il me semble qu'une saignée abondante lui adoucirait le caractère.

MONTACABÈRE.

Une saignée ?... Ah ! non, non... diable !... Une saignée ! — Non, non, je prescrirai autre chose.

HERMINIE, lui présentant une plume et du papier.

Quoi, docteur ?

MONTACABÈRE, embarrassé en voyant le papier et la plume.

Ah ! l'ordonnance ? l'ordonnance ! (Il va s'asseoir près de la table et écrit une ordonnance. — A part *.) Il faut que je me méfie de mes jambages.

HERMINIE, effrayée.

Docteur ! il ne respire plus.

MONTACABÈRE.

Tant mieux.

HERMINIE.

Comment.

MONTACABÈRE.

C'est bon signe. (Il plie le papier et le donne avec majesté à Estelle qui sort aussitôt par le fond.) Voilà. (A part, en se levant.) Cette fois, je suis tranquille, je n'ai mis que des points.

* Montacabère, Herminie, Romanèche, Prosper.

HERMINIE, à genoux devant son mari [*].

Que vous est-il arrivé, mon ami ?

ROMANÈCHE.

Laissez-moi, je suis mort. — On m'a jeté par-dessus la rampe de l'escalier.

HERMINIE.

Qui ?

ROMANÈCHE.

Le dragon.

MONTACABÈRE.

Parbleu !

ROMANÈCHE.

Je monte, je... (s'interrompant.) Vous me regardez avec un air compatissant qui m'agace.

HERMINIE.

Mais, mon ami...

ROMANÈCHE.

Vous m'agacez. (Reprenant.) Je monte, je sonne... (A Prosper.) Quel habit avez-vous là, vous ?

PROSPER, embarrassé.

Mon cher professeur...

ROMANÈCHE.

C'est pour m'exaspérer, n'est-ce pas, que vous mettez un habit trop court ?

PROSPER.

Vous m'aviez dit...

* Herminie, Montacabère derrière le fauteuil, Romanèche, Prosper.

ROMANÈCHE.

Vous m'exaspérez. (Reprenant.) Je monte, je sonne ; on
m'ouvre. — Je demande la dame. — (S'interrompant.) Cet imbécile de Montacabère la trouve jolie ; elle est jaune !

MONTACABÈRE.

Tu parles trop.

ROMANÈCHE.

Et sèche !

MONTACABÈRE.

Tu t'épuises.

ROMANÈCHE.

Tu as une voix insupportable. Tais-toi. (Reprenant.) Ça
ne m'intimide pas. Je lui dis son fait. (Se levant.)* A la troisième phrase, un pantalon rouge, en manches de chemise...

PROSPER, à part.

La tête n'y est plus.

ROMANÈCHE.

Sort d'un cabinet de toilette, m'empoigne, m'emporte et
me jette par-dessus la balustrade. (Avec rage.) Voilà ce que je
dois encore à mon beau-père.

HERMINIE,

Comment ?

ROMANÈCHE, avec rage, se rasseyant.

A mon respectable beau-père.

HERMINIE, bas, à Montacabère.

Voyez, docteur, comme il s'emporte.

* Montacabère, Herminie, Romanèche, Prosper.

MONTACABÈRE.

C'est de la gastralgie aiguë. (A part.) Il rendra la maison insupportable.

HERMINIE, à Romanèche, d'une voix douce.

Que vous a fait mon père?

ROMANÈCHE.

Il loge une cocotte dans sa maison.

HERMINIE, se récriant.

Oh!

ROMANÈCHE, se levant *.

Et il veut m'obliger à y rester!

HERMINIE.

Je vous assure qu'il n'y a pas de cocotte ici.

ROMANÈCHE.

Il y en a une, madame; il y en a une sur notre tête.

PROSPER, à part.

Comment, sur notre tête!

HERMINIE.

Madame de Gondoncourt!

MONTACABÈRE, à part.

Nous allons nous embrouiller.

ROMANÈCHE.

Elle s'est évanouie, hier, au Gymnase.

* Montacabère, Romanèche, Herminie, Prosper.

HERMINIE, stupéfaite.

Hein !

MONTACABÈRE, à part.

Bon ! (Haut.) Tu as la fièvre.

PROSPER, à part, avec joie.

Il croit que c'est là-haut !

ROMANÈCHE, continuant.

Avec un monsieur qui en a perdu son paletot.

HERMINIE, tremblante.

Ciel !

PROSPER, bas, à Herminie.

C'est une fausse piste !

ROMANÈCHE, continuant.

Et Montacabère a trouvé son bracelet.

HERMINIE, à part.

Ah ! mon Dieu !

PROSPER, inquiet.

Bah !

MONTACABÈRE.

Tu devrais te coucher.

ROMANÈCHE.

Son bracelet et une lettre.

HERMINIE, prête à s'évanouir.

Ma lettre !

PROSPER, interdit.

Sa lettre !

MONTACABÈRE, allant vivement à Herminie et se plaçant devant elle
pour que Romanèche ne remarque pas son trouble *.

Je vous jure que je ne l'ai pas lue.

ROMANÈCHE, continuant.

Il l'a enfermée dans une boîte à musique

HERMINIE, à part.

Une boîte à musique !

PROSPER, de même.

A musique !

MONTACABÈRE.

C'est le délire !

ROMANÈCHE, à Herminie avec ironie, en passant devant Montacabère**.

Qui joue toutes les heures un air suave...

HERMINIE et PROSPER.

Oh !

ROMANÈCHE, se retournant vivement vers Montacabère.

Et qu'il a dans sa poche.

MONTACABÈRE.

Va dormir, — je te supplie d'aller dormir.

ROMANÈCHE.

Donne-moi la boîte.

Il veut la prendre.

HERMINIE et PROSPER.

Grand Dieu !

* Romanèche, Montacabère, Herminie, Prosper.
** Montacabère, Romanèche, Herminie, Prosper.

MONTACABÈRE, se défendant avec énergie *.

Je ne l'ai plus.

HERMINIE, bas, à Montacabère.

Merci.

Il se retourne pour répondre à Herminie.

ROMANÈCHE.

Je la vois.

MONTACABÈRE, s'échappant, en remontant derrière la table **.

Tu te trompes! Tu te trompes!

HERMINIE, retenant Romanèche qui veut le suivre.

Pourquoi vous mentirait-on, mon ami?

PROSPER, le retenant aussi.

Pourquoi, mon cher professeur?

ROMANÈCHE, furieux.

Pourquoi?

MONTACABÈRE, à part, et regardant la pendule.

Ah! sapristi! elle va jouer un autre air.

ROMANÈCHE.

Parce qu'il a été soudoyé par mon beau-père.

MONTACABÈRE, à part.

La fenêtre! le quai! vlan! dans le fleuve.

Il jette la boîte par la fenêtre.

ROMANÈCHE.

Mais j'aurai la lettre.

* Romanèche, Montacabère, Herminie, Prosper.
** Montacabère, Romanèche, Herminie, Prosper.

MONTACABÈRE, descendant en souriant.

Incrédule! incrédule comme saint Thomas! Vois mes mains, — retourne mes poches.

HERMINIE, à part, avec joie.

Elle n'y est pas.

PROSPER, de même.

Comment a-t-il fait?

ROMANÈCHE, les regardant avec défiance.

On me trompe. — Et Herminie est émue. Pourquoi Herminie est-elle émue?

HERMINIE.

Parce que vous êtes souffrant, mon ami.

ROMANÈCHE.

Ce n'est pas cela. (Tout à coup). — Vous vous faites des signes. J'entrevois des choses terribles... terribles! (Poussant un cri de douleur.) Ah! oh! oh!

HERMINIE.

Docteur! docteur!

MONTACABÈRE, le soutenant et le faisant asseoir à droite de la table *.

Me voici, madame, je veille. — (Avec importance.) La maladie suit son cours. — C'est une gastralgie, compliquée de chute; — mais je veille. (Estelle entre par la droite apportant un bol de tisane qu'Herminie prend et qu'elle offre à Romanèche. — Montacabère, étonné, va vivement à Estelle **.) Qu'apportez-vous là?

ESTELLE.

Ce que le pharmacien m'a donné.

---

* Prosper, Romanèche, Montacabère, Herminie.
** Prosper, Romanèche, Herminie, Montacabère, Estelle.

MONTACABÈRE, stupéfait.

Il vous a donné quelque chose?

ESTELLE.

Puisque j'avais une ordonnance!

MONTACABÈRE.

Il l'a lue?

ESTELLE.

Très bien.

MONTACABÈRE, passant sa main sur ses yeux avec effarement *.

Ah! mon Dieu! que va-t-il boire?

HERMINIE, qui a pris le bol et qui le présente à Romanèche.

Buvez, mon ami.

Romanèche boit.

MONTACABÈRE, s'appuyant sur le dos d'un fauteuil à droite.

Qu'est-ce que ça peut bien être.

HERMINIE.

Cela le calme.

Au moment où il a fini de boire, on entend la boîte à musique jouer un air dans le tablier d'Estelle, qui s'était avancée pour examiner Romanèche.

HERMINIE, stupéfaite.

Encore!

MONTACABÈRE, ahuri.

Elle est revenue!

ROMANÈCHE, bondissant.

C'est la boîte à musique.

Estelle pousse un cri d'effroi, ouvre son tablier; la boîte tombe. — Ils se précipitent tous pour la ramasser; c'est Romanèche qui s'en empare.

* Prosper, Romanèche, Herminie, Estelle, Montacabère.

ROMANÈCHE, à Estelle.

Où avez-vous pris cette boîte?

ESTELLE.

Monsieur, je ne l'ai pas prise; elle m'est tombée sur la tête.

Elle sort par le fond.

ROMANÈCHE, triomphant.

Ah! ah! ah! ah! je l'ai. Je l'ai enfin.

HERMINIE, avec désespoir *.

Je suis perdue.

MONTACABÈRE.

Que faire?

PROSPER, éperdu.

C'est horrible'

ROMANÈCHE, cherchant le couvercle de la boîte.

La lettre de cette demoiselle va nous édifier. (Il s'arrête; sa voix s'altère; il roule des yeux effarés et les regarde.) Que m'avez-vous fait boire?

MONTACABÈRE.

Il pâlit!

La musique cesse.

ROMANÈCHE.

J'allais mieux avant.

MONTACABÈRE, tremblant.

C'est une idée.

ROMANÈCHE.

Ah! voici le couvercle. — Je... je... je... brûle... je brûle.

_____

* Prosper, Romanèche, Montacabère, Herminie.

MONTACABÈRE, à part, avec effroi.

Si c'était de l'arsenic!

ROMANÈCHE.

Je voudrais de l'air, de l'eau, de l'eau fraîche. — Qu'est-ce
que vous m'avez donné?

HERMINIE.

Rassurez-vous, mon ami; cela a été ordonné par le docteur.

ROMANÈCHE.

Quel docteur?

HERMINIE, montrant Montacabère qui cherche à faire bonne contenance.

Monsieur.

ROMANÈCHE.

Montacabère! il est avocat.

HERMINIE.

Hein!

ROMANÈCHE.

Vous m'avez fait soigner par un avocat! — (Se sauvent par le
fond.) Mais que m'avez-vous donc fait boire?

HERMINIE.

Suivez-le, monsieur de Virvalais, suivez-le.

PROSPER.

Oui, madame, oui, — Une saignée! — une bonne saignée!

Il sort en courant.

SCÈNE VIII

MONTACABÈRE, HERMINIE.

Montacabère tombe anéanti sur un fauteuil à droite de la table *.

HERMINIE, debout devant lui.

Vous n'êtes pas médecin?

MONTACABÈRE.

Non, madame.

HERMINIE.

Et vous avez osé, hier, me donner des soins!

MONTACABÈRE.

Un ami m'avait prêté sa stalle. Le hasard a fait le reste.

HERMINIE.

Le reste! il appelle cela le reste! — Vous avez pris mon bracelet et une lettre!

MONTACABÈRE.

Pour vous les rendre.

HERMINIE.

Et vous les donnez à mon mari!

MONTACABÈRE.

Bien malgré moi.

* Montacabère, Herminie.

HERMINIE.

Dans une boîte à musique!

MONTACABÈRE.

C'est mon système.

HERMINIE.

Pourquoi vous êtes-vous introduit dans cette maison?

MONTACABÈRE.

Pour vous revoir encore.

HERMINIE.

Vous l'avouez!

MONTACABÈRE.

J'avoue tout.

HERMINIE.

Vous avez surpris mes confidences!

MONTACABÈRE.

Ne vous en repentez pas; elles me font mépriser Romanèche.

HERMINIE.

Alors pourquoi avez-vous rédigé une ordonnance?

MONTACABÈRE.

Vous m'avez apporté le papier, l'encre et la plume.

HERMINIE; s'approchant, à voix basse.

Que lui avez-vous fait prendre?

MONTACABÈRE.

Je n'en sais rien.

HERMINIE.

Vous l'avez empoisonné.

MONTACABÈRE, naïvement.

Peut-être.

HERMINIE, tombant sur un fauteuil près de la cheminée.

Ah!

MONTACABÈRE, courant à elle.

Madame, madame, remettez-vous.

HERMINIE.

C'est un assassinat.

MONTACABÈRE.

Mais non, mais non.

HERMINIE.

Vous l'avez tué.

MONTACABÈRE.

D'ailleurs, ce serait comme médecin; je ne suis pas responsable.

HERMINIE, se levant [*].

Vous n'êtes pas médecin; on croira que vous m'aimiez;
vous avez ordonné le breuvage; c'est moi qui l'ai fait
prendre, et on trouvera, dans les mains crispées de mon
mari, une lettre où j'ai l'air de demander à être veuve!

MONTACABÈRE, effrayé.

Comment?

HERMINIE.

Nous sommes complices!

[*] Herminie, Montacabère.

MONTACABÈRE, se récriant.

Complices! Permettez, complices! (Après une pause.) Elle
a raison. (Se rapprochant d'elle, avec inquiétude.) Mais il va peut-
être mieux.

HERMINIE, tremblante.

Allez voir.

MONTACABÈRE, à voix basse.

Je n'ose pas.

HERMINIE.

Ni moi.

SCÈNE IX

MONTACABÈRE, HERMINIE, PROSPER,
puis ESTELLE.

Prosper revient effaré par la droite et s'arrête au fond.

MONTACABÈRE *.

Eh bien?

HERMINIE.

Eh bien?

PROSPER.

Il m'a renvoyé.

MONTACABÈRE.

Comment va-t-il?

---

* Herminie, Montacabère, Prosper,

PROSPER.

Mal.

MONTACABÈRE, avec terreur.

Mal!

HERMINIE.

Mal! (S'avançant vers Prosper *.) Et la boîte?

PROSPER *.

Il l'a toujours.

HERMINIE, avec effroi.

Toujours!

MONTACABÈRE, de même.

Toujours!

PROSPER.

Que lui avez-vous donc donné, docteur?

MONTACABÈRE.

De la jujube, de la simple jujube. (Bas, à Herminie, l'attirant à gauche.) Ne nous trahissons pas devant ce jeune
homme.

HERMINIE, tremblante.

Non, non.

PROSPER, étonné.

Qu'est-ce qu'ils ont donc?

MONTACABÈRE, à Herminie.

Ne tremblez pas ainsi, madame; je vous assure que vous
tremblez.

* Montacabère, Herminie, Prosper.

PROSPER.

Vous êtes bien sûr que c'est de la jujube?

MONTACABÈRE, vivement.

Que serait-ce donc, monsieur?

PROSPER.

Je ne sais pas, moi; j'espérais que c'était un narcotique.

MONTACABÈRE, bas, à Herminie.

Ce jeune homme a des doutes, il faut nous en défaire.

HERMINIE, effrayée.

Lui aussi!

MONTACABÈRE.

Pardonnez-moi. Je suis méridional, j'ai la tête vive.

PROSPER, s'avançant.

Prenons un parti avant qu'il revienne.

MONTACABÈRE.

Oui, oui, prenons un parti.

HERMINIE, avec désespoir.

Il lit ma lettre en ce moment. Il l'a lue. Je ne pourrai plus supporter ses regards.

MONTACABÈRE, bas.

Il faut quitter cette maison.

HERMINIE.

J'y songeais.

MONTACABÈRE, à part.

Elle est divine.

PROSPER.

Fuyons.

MONTACABÈRE.

Fuyons.

HERMINIE.

Fuyons. (Ils remontent tous les trois. — Herminie s'arrête et redescend. Ils la suivent.) Mais s'il succombe?

MONTACABÈRE.

Il devait mourir un jour ou l'autre.

HERMINIE, cachant sa tête dans ses mains.

Quel exemple pour les femmes qui voudraient manquer à leurs devoirs!

MONTACABÈRE.

Certes, il vaudrait mieux vivre tranquillement, à côté d'un mari qui serait comme les autres.

PROSPER.

Certainement.

MONTACABÈRE.

Mais nous n'avons plus le choix. Fuyons.

PROSPER.

Fuyons.

HERMINIE.

Avant, je voudrais savoir comment il se trouve.

MONTACABÈRE, ému.

Allez voir.

HERMINIE, tremblante.

Je n'ose pas.

MONTACABÈRE, d'une voix sourde.

Ni moi.

PROSPER.

Ni moi.

Estelle paraît au fond *.

MONTACABÈRE.

Eh bien?

HERMINIE.

Eh bien?

PROSPER.

Eh bien?

ESTELLE, étonnée.

Quoi ?

MONTACABÈRE, HERMINIE, PROSPER.

Comment va-t-il?

ESTELLE.

Qui?

MONTACABÈRE, HERMINIE, PROSPER.

Lui.

ESTELLE.

Monsieur? Il m'envoie chercher ce qui reste de tisane.

MONTACABÈRE, vivement en s'emparant de la tasse.

Non.

HERMINIE, devant la table.

Non.

* Montacabère, Herminie, Estelle, Prosper.

PROSPER, étonné.

Qu'est-ce qu'ils ont?

MONTACABÈRE, d'une voix émue, à Estelle.

Il parle donc encore?

ESTELLE.

Il chante.

MONTACABÈRE, HERMINIE, PROSPER.

Il chante!

MONTACABÈRE, d'une voix sourde.

L'agonie qui commence!...

Ils remontent, tous les trois, pour s'en aller, sans dire un mot. — Herminie par la gauche, Prosper par la droite, Montacabère par le fond. — Estelle les regarde avec des yeux stupéfaits. — Mais au moment où ils vont sortir, la porte du fond s'ouvre et Romanèche paraît. — Ils reculent tous les trois épouvantés.

SCÈNE X

MONTACABÈRE, HERMINIE, PROSPER, ROMANÈCHE.

Romanèche est transformé; sa mise est plus soignée; il s'avance en souriant. On l'examine avec effroi.

ROMANÈCHE, d'un air de satisfaction*.

Je vais mieux.

TOUS.

* Hein!

* Montacabère, Herminie, Romanèche, Prosper.

IV. 5.

ROMANÈCHE.

Je me sens tout léger. — Herminie!

HERMINIE, s'approchant en tremblant.

Mon ami!

ROMANÈCHE.

Qu'est-ce que c'était que cette tisane?

MONTACABÈRE, vivement.

De la jujube.

ROMANÈCHE.

Violente! — mais parfaite. — Tu es bonne, Herminie;
tu m'as bien soigné. Virvalais aussi m'a bien soigné. Bon
Virvalais! je le trouve moins laid. (A Herminie.) Embrasse-
moi.

HERMINIE.

Oui, mon ami.

Elle tend sa joue, stupéfaite et craintive. Il l'embrasse tendrement.

MONTACABÈRE, étonné.

Mais l'estomac va bien.

ROMANÈCHE.

Encore.

Il l'embrasse une seconde fois.

MONTACABÈRE, le regardent.

L'estomac va très bien.

ROMANÈCHE, avec enthousiasme.

Elle est jolie, ma femme. (A Herminie.) Nous ferons un
voyage en Suisse, — seuls! Au diable le droit romain! Je
ne préparerai plus mes cours; je recommencerai toujours
le même.

MONTACABÈRE, stupéfait.

Est-ce que je l'aurais guéri?

ROMANÈCHE, continuant.

Et je ne donnerai plus à mes élèves que des boules
blanches.

HERMINIE, à part.

Ce n'est plus le même.

PROSPER, à part.

On nous l'a changé.

MONTACABÈRE, à part.

Le homard n'a pas résisté à mon médicament. — Qu'est-ce
que ça pouvait bien être?

Romanèche prend un air fin et tire lentement de sa poche la boîte à musique.

PROSPER, effrayé.

La boîte à musique!

HERMINIE, de même.

Il l'a toujours!

MONTACABÈRE, à part.

Toujours!

ROMANÈCHE, à Montacabère*.

Ce n'est pas une cocotte.

TOUS.

Ah!

ROMANÈCHE.

Elle a un mari.

* Montacabère, Romanèche, Herminie, Prosper.

TOUS.

Ah!

ROMANÈCHE.

Pauvre homme!

MONTACABÈRE, inquiet.

Tu as lu la lettre?

ROMANÈCHE, avec indignation.

Une lettre de femme mariée! Oh! Brutus! oh! — (Riant galement.) Ne disons rien au dragon; — pauvre dragon! — Je lui ferai mes excuses.

MONTACABÈRE.

C'est un ange!

ROMANÈCHE, à Montacabère.

Voici ta boîte. (Mettant un doigt sur ses lèvres.) Soyons discrets.

MONTACABÈRE, prenant vivement la boîte.

Oui, oui.

HERMINIE, complètement rassurée.

Vous êtes bon, Joseph.

ROMANÈCHE.

Parce que je suis gai, Herminie.

MONTACABÈRE, à part.

Je l'ai guéri! Quel métier! quel joli métier! — Et si facile!

ROMANÈCHE.

T'ai-je présenté à ma femme?

MONTACABÈRE, triomphant.

Pas encore.

ROMANÈCHE, présentant Montacabère et passant à droite [*].

Brutus Montacabère, avocat distingué.

MONTACABÈRE, bas, à Herminie en la saluant.

Le voilà comme tout le monde — crédule et confiant. — Je vous rends un mari parfait.

PROSPER, de l'autre côté, lui prenant la main.

Merci.

MONTACABÈRE, stupéfait.

Hein!... (Regardant Prosper et Herminie. — A Prosper.) Votre paletot est chez moi.

[*] Prosper, Montacabère, Herminie, Romanèche.

FIN DU HOMARD.

LE

CHEF DE DIVISION

COMÉDIE

Représentée pour la première fois, à Paris,
sur le théâtre du PALAIS-ROYAL, le 15 novembre 1873.

PERSONNAGES

PICAUD DE LA PICAUDIÈRE. . . .	MM. GEOFFROY.
PAUL BOURGUEIL.	GIL PÉRÈS.
DE PONTORSON	LHÉRITIER.
ADALBERT DE PONTORSON	LASSOUCHE.
BIENASSIS.	PELLERIN.
LIONEL DE BEAUTIRAN.	CALVIN.
GALARDON.	BUCAILLE.
GARDIENS DE BUREAU . . . . . . {	FERDINAND.
	FÉLICIEN.
	RHÉAL.
EMPLOYÉS. . . . . {	DUFLOST.
	HENRI.
UN DOMESTIQUE.	MONTROT.
DINDONNETTE	Mlles JULIA BARON.
MADAME BIENASSIS.	ZÉLIE REYNOLD.
HÉLÈNE.	VALÉRIE.
ZULÉMA.	JULIETTE BARATAUD.
URSULE.	EUGÉNIE LEMERCIER.
CHARLOTTE	LINDA.
SUZANNE.	CAZALÈS.

De nos jours.

Pour la mise en scène détaillée, ainsi que pour la musique, s'adresser au
ré eur et au chef d'orchestre du théâtre du PALAIS-ROYAL.

LE CHEF DE DIVISION

ACTE PREMIER

UN SALON CHEZ M. DE PONTORSON

Cheminée au fond. — De chaque côté de la cheminée, un cadre ovale contenant une photographie. — Pan coupé à droite, porte servant d'entrée pour l'extérieur. — Pan coupé à gauche, porte laissant voir un petit salon. — A gauche, premier plan, porte de la salle à manger. — A droite, en avant, une table. — A gauche, un petit canapé.

SCÈNE PREMIÈRE

MADAME BIENASSIS, ZULÉMA.

Zuléma traverse le salon. — Madame Bienassis entr'ouvre timidement la porte de droite.

MADAME BIENASSIS[*].

Pardon, mademoiselle.

ZULÉMA, s'arrêtant.

Madame !

[*] Zuléma, — madame Bienassis.

MADAME BIENASSIS.

Auriez-vous l'extrême obligeance, mademoiselle, de me
dire si M. de Pontorson est visible ?

ZULÉMA.

Il faudrait le demander au valet de chambre.

MADAME BIENASSIS.

C'est qu'il n'y en a pas.

ZULÉMA.

Oh ! madame, je ne resterais pas une heure dans une
maison où il n'y aurait pas de valet de chambre.

MADAME BIENASSIS.

Je veux dire... je ne l'ai pas vu.

ZULÉMA.

Cela n'a rien de surprenant, à dix heures du matin !

MADAME BIENASSIS, la regardant et feignant la surprise.

Oh ! mademoiselle, comme vous ressemblez à une jeune
personne de mes amies, très distinguée !

ZULÉMA, flattée.

Madame...

MADAME BIENASSIS.

Extrêmement jolie aussi.

ZULÉMA, de même.

Madame...

MADAME BIENASSIS.

C'est étrange !... c'est étrange !... (Changeant de ton.) J'aurais
le plus vif intérêt à être reçue aujourd'hui même par M. de
Pontorson.

ZULÉMA, radoucie.

Oui, madame... mais aujourd'hui M. de Pontorson marie
sa fille, mademoiselle Hélène...

MADAME BIENASSIS.

Avec M. Picaud de la Picaudière, chef de division,
— un homme bien éminent ! — Mon mari a l'honneur
d'être sous ses ordres. Mais ce mariage ne devait être célé-
bré qu'après-demain ?

ZULÉMA.

A l'église, oui, madame, — après-demain à l'église ; aujourd'hui à la mairie, en petit comité, sans cérémonie.

MADAME BIENASSIS.

Alors M. de Pontorson pourra peut-être m'accorder cinq
minutes ?... pas davantage.

ZULÉMA.

Je crois qu'en ce moment monsieur s'habille.

MADAME BIENASSIS.

Un peu plus tard alors ; ne le dérangez pas, je vous en
supplie. M. de Pontorson est veuf ?

ZULÉMA.

Depuis très longtemps, je crois.

MADAME BIENASSIS.

Il n'a qu'une fille ?

ZULÉMA.

Et un fils, M. Adalbert, sous-préfet à Montmirac.

MADAME BIENASSIS.

Mille grâces, mademoiselle.

ZULÉMA.

Si madame veut me laisser son nom ?

MADAME BIENASSIS.

Madame Bienassis, née Bourgueil. — Je reviendrai.
(L'examinant). Quelle étrange ressemblance ! étrange ! étrange !

Elle sort à droite.

SCÈNE II

ZULÉMA, PONTORSON, puis BIENASSIS.

ZULÉMA.

Voilà une dame bien polie.

PONTORSON, entrant par la gauche*.

Personne n'est venu me demander ?

ZULÉMA.

Si, monsieur, une dame...

PONTORSON, inquiet.

Une dame ?

ZULÉMA.

Qui sort d'ici. Je lui ai dit que monsieur mariait sa fille.

PONTORSON, de même.

Et qu'a-t-elle répondu ?

ZULÉMA.

Elle a répondu qu'elle reviendrait.

* Pontorson, Zuléma.

PONTORSON, à part.

C'est elle. (Avec inquiétude.) Cette dame est jeune ?

ZULÉMA.

Je crois que si on lui donnait vingt-deux ans, elle les prendrait.

PONTORSON, à part.

Ce n'est pas elle. (Haut.) Jolie ?

ZULÉMA.

Une taille fine.

PONTORSON, rassuré.

Pas elle du tout, très rondelette au contraire. (Haut.) Vous a-t-elle laissé son nom ?

ZULÉMA.

Madame Bienassis, née Bourgueil.

PONTORSON.

Tiens! mais c'est son mari qui doit venir.

ZULÉMA.

Le mari n'y était pas.

PONTORSON.

Il n'est pas exact, — il regarde sur les ponts, ou il fait des rébus. — Il passe sa vie à faire des rébus. — Quel singulier bureaucrate! — Ah! le voici!

BIENASSIS, entrant par la droite*.

Vingt ou trente années rangées en ligne...

* Pontorson, Bienassis, Zuléma.

PONTORSON.

Bon!

BIENASSIS.

Courent après un monsieur qui fuit devant elles en avalant un sabre.

PONTORSON.

Mais, Bienassis....

BIENASSIS.

En avalant un sabre.

ZULÉMA, au fond, à droite.

La valeur....

BIENASSIS.

La valeur... L'avaleur n'attend pas le nombre des années.

PONTORSON.

J'ai un service important à te demander.

BIENASSIS.

Dispose de moi, Pontorson.

PONTORSON.

Prends ce fauteuil.

Au moment de s'asseoir, Bienassis court après Zuléma, qui s'en va à droite.

BIENASSIS.

Mademoiselle, un serin qui joue de la clarinette sur un paratonnerre ..

PONTORSON, allant le prendre par le bras.

Il y a urgence, Bienassis, il y a urgence.

BIENASSIS.

Je suis tout à toi.

ZULÉMA, en sortant, à elle-même.

Qui joue de la clarinette?..,

BIENASSIS, lui criant.

Sur un paratonnerre! — Un ours....

PONTORSON, allant prendre une chaise.

Veux-tu m'écouter?

BIENASSIS.

Je t'écoute, cher ami.

Ils s'assoient.

PONTORSON.

Et d'abord, je vais te gronder. — Comment! Bienassis, tu
sais que ton chef de division épouse ma fille et tu ne viens
pas! Il faut que je t'envoie chercher! — Tu ne veux donc
pas que je te recommande?

BIENASSIS.

Me recommander! oh! non, mon ami, non, ne me recommande pas je t'en supplie!

PONTORSON.

Pourquoi?

BIENASSIS.

Parce que je ne veux pas avancer.

PONTORSON.

Bah!

BIENASSIS.

Je fais la même besogne depuis vingt ans. — J'entre dans

mon bureau, je pose ma plume sur le papier, elle va toute seule. — Pendant qu'elle court je me livre à mes goûts particuliers. — J'envoie des rébus aux journaux illustrés. — Lis-tu le *Coquelicot?*

PONTORSON.

Non.

BIENASSIS.

Un bien bon journal! — Un coquelicot dans un entonnoir...

PONTORSON, l'arrêtant.

Ainsi, tu es content de ton sort?

BIENASSIS.

Je n'ai qu'un souci, c'est ma femme.

PONTORSON.

Ah!

BIENASSIS.

Elle est ambitieuse.

PONTORSON.

Noble défaut! — Je n'ai pu la recevoir tout à l'heure.

BIENASSIS.

Elle est venue?

PONTORSON.

Mais elle reviendra.

BIENASSIS, se levant et passant à gauche.

Tu vois! tu vois *! Elle vient solliciter! Elle veut me faire

---

* Bienassis, Pontorson.

avancer malgré moi. — Oh! les femmes! — Une femme sur
le nez d'un porc-épic...

PONTORSON, l'interrompant.

Maintenant, parlons de moi.

Il se lève.

BIENASSIS.

C'est ce que j'attends. — Tu es satisfait de ton gendre?

PONTORSON.

Oui, oui. Je ne rêvais pas pour ma fille un fonctionnaire,
— tu me connais; — mais il y a eu des la Picaudière sous
Philippe-Auguste, cela m'a décidé. — Et puis, je compte sur
sa haute influence pour me faire nommer à l'Académie des
sciences morales. — Je suis candidat depuis dix ans.

BIENASSIS.

Pourquoi?

PONTORSON.

Pourquoi? pourquoi? tout s'enchaîne dans l'existence. —
J'avais découvert dans ma propriété un troglodyte... pour
toi un homme fossile. — J'ai fait naturellement un rapport
à l'Académie des sciences, et je suis candidat depuis dix ans
à l'Académie des sciences morales. — Mais aujourd'hui, il
ne s'agit ni de science ni de morale. Je n'ai jamais osé te
reparler de la dépêche que je t'envoyai de Bourbonne, il y
a près de quinze mois.

BIENASSIS.

« Débarrasse-moi de Dindonnette tout de suite. »

PONTORSON.

Précisément.

BIENASSIS.

Dindonnette! quel nom heureux! ça n'en désigne aucune,

et ça les rappelle toutes. Celle-là était fort jolie. Pontorson,
ne fais pas le modeste.

PONTORSON.

Je ne fais pas le modeste, au contraire. — Tu as été un
peu surpris, conviens-en. — Tu me sais un homme d'ordre,
rangé, méthodique, vertueux ; — mais tout s'enchaîne dans
l'existence. J'avais gagné un lot de dix mille francs, cela
m'avait donné la curiosité de marcher un peu dans les
plates-bandes de la vie parisienne.

BIENASSIS.

Tu as voulu savoir ce que c'est.

PONTORSON.

C'est fort agréable.

BIENASSIS.

Tu es père de famille et candidat à l'Académie des sciences
morales.

PONTORSON.

Oui, mais en ce moment mon fils était à sa sous-préfecture ; ma fille était en pension, et il n'y avait pas de vacance
à l'Institut. D'ailleurs, pour ne pas me compromettre, j'avais
mené ma conquête à des eaux où l'on ne rencontre que des
rhumatismes, à Bourbonne-les-Bains.

BIENASSIS.

Et Dindonnette ne fut pas trop bruyante ?

PONTORSON.

Sage comme une image, — simple, réservée, petite bourgeoise ; — elle fut délicieuse. Je ne rougissais pas de la
conduire à mon bras... dans les sentiers déserts de Bourbonne-les-Bains.

BIENASSIS.

Jusqu'au jour où tu voulus t'en débarrasser tout de suite.

PONTORSON.

Ma fille sortait de pension et on me l'envoyait.

BIENASSIS.

Ah! sapristi!

PONTORSON.

Je faillis en devenir fou. Heureusement, Dindonnette disparut comme par une trappe. Tu m'as sauvé, Bienassis. — Mais comment fis-tu? Elle m'aimait tant!

BIENASSIS.

J'ai un système. — Pour se défaire instantanément et sans bruit d'une jolie demoiselle, faites-lui offrir, par le télégraphe, un engagement au théâtre du Caire, — six mille francs pour la saison, quinze jours d'avance, et le voyage. Elle part sans dire adieu, elle débarque en Égypte; elle y reste, elle a tous les torts, et cela ne vous a coûté que vingt-cinq louis.

PONTORSON.

Alors, c'est cinq cents francs que je te dois?

BIENASSIS.

Allons donc!

PONTORSON, remontant et passant à gauche.

Mais si, mais si * !

BIENASSIS.

Tu me paieras quand elle sera revenue.

* Pontorson, Bienassis.

PONTORSON, redescendant.

Elle est revenue.

BIENASSIS.

Ah bah

PONTORSON.

Je l'ai revue hier dans un coupé splendide.

BIENASSIS.

Alors, dors en paix.

PONTORSON.

Mais elle m'a lancé un regard inquiétant.

BIENASSIS.

Oh ! oh !

PONTORSON.

Et voici ce que j'ai reçu ce matin avec sa photographie,
— toujours charmante ! elle a pris de l'embonpoint : —
« Il faut absolument que je vous parle aujourd'hui ; restez
chez vous. »

BIENASSIS.

Bah !

PONTORSON.

Restez chez vous ! Le jour où je marie ma fille ! Elle est
superbe ! — T'imagines-tu Dindonnette entrant dans ce
salon, en présence de mon gendre ? Va chez elle, explique-
lui la situation.

BIENASSIS.

Je ne peux pas, moi, je suis marié.

PONTORSON.

Allons donc! allons donc! farceur! — Je devinerai tes
rébus.

BIENASSIS.

Non, non, je ne puis...

PONTORSON.

Voici son adresse, sur son billet, dans une couronne de
princesse, — elle ne doute de rien : — « Avenue d'Antin,
47. » A la rigueur, je ferai une visite, si elle l'exige...,
parce que, après le mariage de ma fille, je redeviens garçon,
— et il n'y a pas de vacance à l'Institut. Quatre ou cinq
visites. Mais, pour Dieu ! qu'elle ne paraisse pas aujourd'hui!
Sauve-moi encore une fois, Bienassis.

BIENASSIS.

Je te sauverai à une condition.

PONTORSON.

Laquelle ?

BIENASSIS.

Quand ma femme reviendra solliciter...

PONTORSON.

On la dit fort aimable. Je ne l'ai vue qu'une fois.

BIENASSIS.

Tu la mettras à la porte.

PONTORSON.

Comment ?

BIENASSIS.

Pour la décourager.

PONTORSON.

Mais, Bienassis...

BIENASSIS.

Service pour service.

PONTORSON.

Je la mettrai à la porte.

BIENASSIS.

Tu seras malhonnête.

PONTORSON.

Oh !

BIENASSIS.

Malhonnête comme un huissier qu'on dérange pendant qu'il déjeune.

PONTORSON.

J'essaierai.

BIENASSIS.

Et brutal.

PONTORSON.

Oh !

BIENASSIS.

Brutal... c'est indispensable.

PONTORSON.

Je serai brutal.

BIENASSIS.

Alors j'irai chez Dindonnette.

ZULÉMA, entrant par la droite.

Monsieur, cette dame est revenue.

BIENASSIS, passant à gauche *.

Ma femme! J'entre dans la salle à manger, et je te sur-
veille par le trou de la serrure. Et chaque fois que tu seras
aimable ou poli, je casserai une de tes faïences.

PONTORSON.

Hein?

BIENASSIS.

Prends garde à ta collection!

Il sort à gauche, premier plan.

PONTORSON.

Faites entrer.

SCENE III

LES MÊMES, MADAME BIENASSIS.

Madame Bienassis entre avec force saluts et force sourires, par la droite.

PONTORSON, la regardant.

Brutal! ça ne sera pas facile.

Il lui offre un fauteuil **.

MADAME BIENASSIS.

Je suis impardonnable de me présenter un jour pareil,

---

* Bienassis, Pontorson. Zuléma.
** Madame Bienassis, Pontorson.

mais vous avez une telle réputation d'indulgence et de
bonté...

PONTORSON, saluant.

Madame...

MADAME BIENASSIS.

Que vous m'excuserez peut-être.

PONTORSON, à part, la faisant asseoir à gauche et s'asseyant à droite.

Elle est charmante. Je reste un peu loin, par respect...
pour ma porcelaine.

MADAME BIENASSIS.

Mon mari, M. Bienassis, est employé dans la division de
M. de la Picaudière, — un homme bien éminent! — Il a
l'honneur d'être votre compatriote...

PONTORSON, rapprochant sa chaise.

Et mon ami. (Bienassis paraît à la porte de la salle à manger et montre une
assiette de prix à Pontorson. — Celui-ci se reprend vivement.) Barbanchu,
mon ami Barbanchu, m'a quelquefois parlé de lui, mais je
ne le connais pas.

MADAME BIENASSIS, continuant.

Votre compatriote, — honneur qu'il apprécie comme il le
doit.

PONTORSON, s'approchant encore.

Elle a une taille ravissante!

MADAME BIENASSIS.

M. Bienassis n'a pas été heureux dans sa carrière. —
Il est timide, il est modeste.

PONTORSON.

Et des yeux!...

MADAME BIENASSIS.

Et puis il remplit ses fonctions avec une telle supériorité qu'on hésite à le remplacer. N'est-ce pas injuste?

PONTORSON.

Si, si, c'est injuste. (On entend le bruit d'une assiette cassée. — A part.) Animal! (Haut.) C'est un singe auquel je tiens beaucoup, mais il casse trop. (Reprenant la conversation.) Peut-être n'a-t-il pas des droits suffisants?

MADAME BIENASSIS.

C'est un travailleur infatigable. — Il ne songe qu'à son administration...

PONTORSON, très galant.

Oh! oh! il est impardonnable. (Bienassis passe le bras comme la première fois et montre un plat de prix.) C'est son devoir.

MADAME BIENASSIS.

Et s'il pouvait être nommé secrétaire de M. le chef de division...

PONTORSON.

Mais il y en a déjà un.

MADAME BIENASSIS.

M. Momiron! Il est bien malade.

PONTORSON.

Ah!

MADAME BIENASSIS.

Je fais prendre tous les matins de ses nouvelles : il est bien malade! Et si vous vouliez dire un mot en faveur de M. Bienassis, votre compatriote...

PONTORSON.

Volontiers... (Nouveau bruit de vaisselle cassée. — Se reprenant.) Je m'en déferai. — Mais cela lui serait nuisible.

MADAME BIENASSIS.

Oh! monsieur!

PONTORSON, gracieusement.

Les gendres n'aiment pas toujours leurs beaux-pères.

MADAME BIENASSIS.

Mais M. de la Picaudière n'est pas un gendre ordinaire. C'est un homme éminent qui s'est fait lui-même. Voilà la vraie noblesse, monsieur! Je ne puis songer sans admiration que son grand-père était un petit cultivateur, que son père a pu créer la terre de la Picaudière et que lui...

PONTORSON, stupéfait.

Il ne remonte donc pas à Philippe-Auguste?

MADAME BIENASSIS.

Philippe-Auguste!

PONTORSON, déconcerté.

Mais, s'il ne remonte qu'à son grand-père, il ne descend de rien du tout.

MADAME BIENASSIS, à part.

J'ai fait une maladresse. (Haut.) D'ailleurs, madame de la Picaudière aura certainement de l'influence sur son mari. Je n'ai pas l'honneur de connaître mademoiselle de Pontorson, mais un de mes parents, qui prenait les eaux à Bourbonne...

PONTORSON, inquiet.

A Bourbonne!

MADAME BIENASSIS.

A Bourbonne-les-Bains... avait le plaisir de vous voir passer souvent avec mademoiselle votre fille au bras.

PONTORSON.

Hein? ma fille!

MADAME BIENASSIS.

Et il la trouvait ravissante.

PONTORSON, très sec.

Permettez.

MADAME BIENASSIS.

Ravissante. Et si elle voulait appuyer un peu la candidature de M. Bienassis...

PONTORSON.

Comment, avec ma fille!

MADAME BIENASSIS.

Monsieur...

PONTORSON, se levant.

C'est impossible, madame, impossible. (A part.) On ne fait pas de ces erreurs-là.

MADAME BIENASSIS, stupéfaite. se levant.

Ai-je dit un mot qui ait pu vous déplaire?

PONTORSON.

Non, madame, non; pas du tout. (A part.) C'est trop bête!

MADAME BIENASSIS.

Ce serait sans le vouloir. — Je n'abuserai pas plus long-temps...

PONTORSON.

Au revoir, madame.

MADAME BIENASSIS, à part.

Il s'est donc passé quelque chose à Bourbonne? (Haut.) Ne vous dérangez pas pour m'accompagner.

PONTORSON, désagréable.

Si, madame, si. Je me dérangerai.

MADAME BIENASSIS, confuse.

De grâce...

PONTORSON, de même.

Je suis trop poli pour ne pas me déranger.

MADAME BIENASSIS, à part.

Il a dû se passer quelque chose.

Elle s'esquive à droite, d'une façon comique.

BIENASSIS, rentrant par la gauche, premier plan.

Très bien, très bien, bravo! merci.

SCÈNE IV

PONTORSON, BIENASSIS, puis URSULE.

PONTORSON, revenant exaspéré *.

Son parent est un imbécile.

BIENASSIS, ravi.

Oui, mon ami, oui.

* Bienassis, Pontorson.

PONTORSON, passant [*].

Ton parent est un imbécile; on ne se trompe pas de la sorte.

BIENASSIS.

C'est qu'aujourd'hui les demoiselles et les cocottes s'habillent de la même façon.

PONTORSON.

Ce n'est pas une excuse.

BIENASSIS.

Non, certes.

PONTORSON.

Et si je tenais ton parent, je le pulvériserais. Tu me connais, je suis violent et têtu, je le pulvériserais. Mais j'aime mieux ne pas le connaître.

BIENASSIS.

J'espère que Clotilde sera découragée.

PONTORSON, avec colère.

Et ce monsieur qui déjà est fonctionnaire et qui ne remonte plus à Philippe-Auguste! C'est que je ne tiens plus du tout à cette alliance, moi.

BIENASSIS.

Sapristi! Pontorson, il est un peu tard pour n'y pas tenir.

PONTORSON.

Je suis fort troublé. Prendre une Dindonnette pour ma fille!... C'est ma faute, elle m'appelait : Papa Pontorson. — Ça m'amusait.

_____

[*] Pontorson, Bienassis.

BIENASSIS.

Il ne faut jamais se laisser appeler papa que par sa fille.

PONTORSON.

Oui, mais... trop tard!

URSULE, ouvrant vivement la porte de droite et entrant comme chez elle*.

Hélène n'est pas là?

PONTORSON.

Madame de Pomponne! Comment se porte M. de Pomponne?

URSULE.

Je n'en sais rien, je ne m'occupe plus que d'Hélène : je lui sers de mère.

PONTORSON.

Oh! de mère! à votre âge!

URSULE.

Je suis plus âgée qu'elle, nous sommes amies de pension, je suis mariée, et j'ai déjà un grand garçon de cinq mois.

PONTORSON, il sonne.

Vous êtes excellente! (A Zuléma qui entre par la droite.) Appelez mademoiselle Hélène. — Vous nous excusez, madame, j'accompagnais mon ami Bienassis.

URSULE.

Je suis de la maison.

BIENASSIS, qui est allé à Zuléma.

Un serin jouant de la clarinette...

* Pontorson, Ursule, Bienassis.

PONTORSON, l'appelant.

Bienassis! Dindonnette t'attend.

BIENASSIS.

Je suis à toi.

Ils sortent à droite.

SCÈNE V

ZULÉMA, URSULE.

ZULÉMA*.

Comment se porte madame de Pomponne?

URSULE, étonnée.

Zuléma!

ZULÉMA.

Oui, madame.

URSULE.

Depuis quand êtes-vous ici?

ZULÉMA.

Depuis ce matin. J'entre au service du nouveau ménage, femme de chambre de madame de la Picaudière.

URSULE.

A merveille.

ZULÉMA.

Je vois que madame est une amie de la maison.

* Ursule, Zuléma.

URSULE.

Amie intime d'Hélène.

ZULÉMA.

J'espère que madame ne donnera pas de mauvais renseignements sur mon compte.

URSULE.

Je les donnerai excellents. — Quel singulier hasard! Vous êtes aussi entrée à mon service le jour de mon mariage.

ZULÉMA.

Ce n'est pas un hasard, madame.

URSULE.

Ah!

ZULÉMA.

C'est un principe : je ne sers jamais que des nouveaux mariés.

URSULE.

Pourquoi?

ZULÉMA.

Parce que la lune de miel des époux est le paradis des domestiques. Madame est bonne, monsieur est bon. Ce qu'on fait est bien, ce qu'on offre est beau. Seulement, aussitôt que les choses se gâtent, je donne congé.

URSULE.

Il paraît donc que chez moi les choses se gâtaient?

ZULÉMA.

C'est la faute de monsieur, sans doute. Mais le jour où madame m'a si vivement reproché d'avoir renversé la salière, j'ai été fixée.

URSULE.

Ah ! — Alors, quand vous quitterez Hélène, nous saurons
à quoi nous en tenir.

ZULÉMA.

Oh ! oui, madame.

URSULE, riant.

Espérez-vous rester longtemps ?

ZULÉMA, sérieuse.

Je l'espère. Madame est jolie, monsieur n'est plus jeune ;
madame est gaie, monsieur est grave ; madame ne pensera
qu'à sa toilette, monsieur ne pensera qu'à son administration. Cela peut durer un an.

URSULE, à part.

Elle est très observatrice, cette fille.

ZULÉMA.

Voici mademoiselle.

SCÈNE VI

URSULE, HÉLÈNE, ZULÉMA.

HÉLÈNE, entrant par la gauche sans voir Ursule[*].

Est-ce que mon pouff va bien ? — Ursule !

URSULE, avec une importance comique.

Tu penses, ma chère belle, que je n'aurais pas manqué

* Ursule, Hélène, Zuléma.

de venir ce matin ; j'ai tant de recommandations à te faire, et c'est un jour si solennel pour toi! (Passant*.) Voyons ta toilette ? Pour la mairie, cela suffit.

HÉLÈNE.

N'est-ce pas ? Le chapeau te plaît ?

URSULE.

Un peu original peut-être. Mais tu fais un mariage de raison, tu épouses un homme grave, — tu sais que je ne l'ai pas encore vu ? — et de seconde jeunesse : tout t'est permis. Quelle robe mettras-tu ce soir ?

HÉLÈNE.

Une merveille ! Paille et groseille.

URSULE.

Je verrai cela, c'est très important. Ce soir, tu ne seras ni dame ni demoiselle. Et cela va durer jusqu'à jeudi. Que ferons-nous demain ?

HÉLÈNE.

J'irai au ministère voir le cabinet de mon mari.

URSULE.

C'est une idée, nous irons. Mais pourquoi se marier à la mairie deux jours d'avance? On y va ordinairement la veille.

HÉLÈNE.

La veille est un treize.

URSULE.

Demain ? C'est ma foi vrai.

---

* Hélène, Ursule.

HÉLÈNE.

M. de la Picaudière a découvert cela.

URSULE.

Et il est superstitieux ! M. de Pomponne aussi. C'est excellent. Quand quelque chose me déplaît, je dis que ça porte malheur.

SCÈNE VII

LES MÊMES, CHARLOTTE, SUZANNE.

CHARLOTTE, à la porte de gauche.

Peut-on entrer ?

HÉLÈNE.

Charlotte ! Et Suzanne ! Certes.

CHARLOTTE*.

Comment vas-tu ?

SUZANNE.

As-tu bien dormi ?

CHARLOTTE.

Tu n'es pas trop émue ?

SUZANNE.

C'est un si grand jour !

---

* Suzanne, Charlotte, Hélène, Ursule.

URSULE.

Mesdemoiselles, mesdemoiselles, ne troublez pas Hélène ;
elle a besoin de tout son sang-froid.

.- CHARLOTTE.

Je n'ai pas encore vu ton mari.

SUZANNE.

Ni moi.

URSULE.

Ni moi. J'arrivais toujours quand on venait de l'appeler
pour une affaire urgente.

CHARLOTTE et SUZANNE.

Moi aussi.

CHARLOTTE.

Il est donc bien occupé ?

HÉLÈNE.

Tu comprends, ma chère, qu'on doit être occupé, quand
on est chef de division et bras droit du ministre. Il paraît
qu'il est le bras droit du ministre.

URSULE.

Il faudra bien qu'il se dérange un peu aujourd'hui pour
se marier.

HÉLÈNE.

Il sera ici à onze heures.

CHARLOTTE.

Nous le verrons !

SUZANNE.

Enfin !

URSULE.

Tu m'as promis de faire décorer mon oncle Plantaminelle pour sa fête.

CHARLOTTE.

Et de faire avancer le mari de Zénobie... qui est si bonne personne !

SUZANNE.

Et de faire nommer mon cousin Ernest, qui est toujours surnuméraire.

HÉLÈNE, gravement.

Vous me remettrez des notes.

CHARLOTTE.

Quand nous montreras-tu ta toilette ?

HÉLÈNE.

A l'instant.

SCÈNE VIII

LES MÊMES, ADALBERT.

ADALBERT, entr'ouvrant la porte de gauche.

Bonjour, Loulou.

HÉLÈNE.

C'est mon frère !

ADALBERT.

Oh ! des dames ! soyons sous-préfet *. (D'un ton empesé.) Madame, mesdemoiselles ! — Bonjour, ma sœur.

* Hélène, Adalbert, Suzanne, Charlotte, Ursule.

URSULE, bas.

Il l'a appelée Loulou.

ADALBERT.

Tu avais à me parler ?

HÉLÈNE.

Ce sera pour plus tard.

URSULE.

Mais non, mais non, nous ne voulons pas troubler vos petites expansions de famille ; elles sont trop naturelles : nous examinerons les toilettes sans toi.

CHARLOTTE.

Certainement.

SUZANNE, à part.

Moi, j'essaierai la couronne d'oranger.

CHARLOTTE, de même.

Moi, je mettrai les diamants.

ADALBERT.

Elle est gentille, cette petite-là, elle a du zinc.

CHARLOTTE.

Vous dites ?

ADALBERT.

Je dis... (A part.) Soyons sous-préfet... (Haut.) Je ne sais, mesdames, si le titre de garçon d'honneur me donne quelques privilèges.

CHARLOTTE.

Certes, monsieur Adalbert ; vous m'offrirez la main pour quêter.

ADALBERT.

Si je quêtais tout de suite !

Il lui embrasse la main.

CHARLOTTE, riant.

Comme vous êtes galant, ce matin !

ADALBERT, même jeu, avec une galanterie comique.

Et mademoiselle ! Et madame !

URSULE, riant.

Quel quêteur vous faites !

ADALBERT, à part, pirouettant.

Je regrette que mon préfet ne soit pas là.

HÉLÈNE, à Zuléma, qui paraît à gauche.

Voulez-vous montrer mes toilettes à ces dames ?

ZULÉMA.

Je suis aux ordres de ces dames.

URSULE.

Zuléma a été à mon service.

HÉLÈNE.

Ah !

URSULE.

C'est elle qui m'a quittée. Je te la donne pour une perle.

ZULÉMA.

Madame me comble.

URSULE, souriant.

Tâche de la garder longtemps.

HÉLÈNE.

Je ne demande pas mieux.

URSULE.

A tout à l'heure. — Au revoir, monsieur le sous-préfet.

Elles sortent à gauche.

ADALBERT, saluant avec affectation.

Madame !

SCÈNE IX

HÉLÈNE, ADALBERT *.

ADALBERT.

Voilà comme je suis avec mes administrées à Montmirac. Qu'en dis-tu, Loulou ?

HÉLÈNE.

Grand gamin ! Assieds-toi à cette table, prends un crayon, sois discret...

ADALBERT, s'asseyant près de la table **.

A une condition : c'est que tu feras prolonger mon congé.

HÉLÈNE.

Je te le promets. — Et vérifie cette addition.

ADALBERT.

Comment !

* Hélène, Adalbert.
** Hélène, Adalbert.

HÉLÈNE.

Vérifie.

ADALBERT.

« Léocadie. — Chapeaux de style. »

HÉLÈNE.

C'est ma modiste. — Refais l'addition.

ADALBERT.

Elle est très longue.

HÉLÈNE.

Il y en a d'autres, — hâte-toi.

ADALBERT.

Sept, neuf, seize.

HÉLÈNE.

Tu devrais te marier aussi, Adalbert.

ADALBERT, tout en faisant des additions.

C'est papa qui t'a soufflé cette phrase.

HÉLÈNE.

Papa a raison, un sous-préfet doit être marié.

ADALBERT.

Oui, mais moi je ne peux pas.

HÉLÈNE.

Pourquoi ?

ADALBERT.

Parce que le mobilier de ma sous-préfecture est jaune, et

je n'aime que les blondes, — ça n'irait pas. — Douze cent cinquante et un francs, vingt-trois centimes, peste!

HÉLÈNE, lui remettant une autre facture.

Et celle-ci ?

ADALBERT.

« Krammer, bijoutier. »

HÉLÈNE.

Vérifie.

ADALBERT.

Neuf, douze, vingt et un.

HÉLÈNE.

Que penses-tu de mon amie Suzanne?

ADALBERT.

Très jolie, — mais blonde, ça n'irait pas.

HÉLÈNE.

Celle-là maintenant.

ADALBERT.

« Lingerie. »

HÉLÈNE.

Vérifie, vérifie.

ADALBERT.

Six, onze, quinze, sept cent trente-neuf quarante-deux. — Saperlipopette !

HÉLÈNE, timidement.

Et cette autre?

ADALBERT.

« Baboue, couturier-tailleur. »

HÉLÈNE.

Vérifie.

ADALBERT, tournant des feuillets sans nombre.

Qu'est-ce que c'est que cela !

HÉLÈNE.

C'est ce que je dois.

ADALBERT.

Hein ! Cinq mille trois cents...

HÉLÈNE, avec un soupir.

Ce doit être exact.

ADALBERT.

Quatre-vingt-douze vingt-sept. — Avec le reste...

HÉLÈNE.

Huit mille francs, tout au plus. Mais comment expliquer
à papa ce que vaut une robe ou un costume ! Il n'aurait
jamais compris. Il estime ce chapeau douze francs cinquante.
Alors...

ADALBERT, se levant.

Tu as fait des dettes ?

HÉLÈNE.

Oui. Cela t'étonne ?

ADALBERT.

Mademoiselle !

HÉLÈNE.

Tu avais des dettes aussi, toi, et tu t'en vantais !

ADALBERT.

Ce n'est pas la même chose.

HÉLÈNE.

C'est-à-dire que vous, monsieur, vous n'aviez pas d'excuses.

ADALBERT.

Ah bah !

HÉLÈNE.

Où passe votre argent ? je vous le demande. Vous avez de gros habits, de gros paletots, de gros gants, de grosses bottes. C'est laid, ce n'est pas cher, — ah ! pas cher, — ça ne s'use pas et ça ne change jamais. — Tandis que nous...

ADALBERT.

Elle est admirable.

HÉLÈNE.

Je serai bien un peu embarrassée pour avouer à mon mari que je dois huit mille francs.

ADALBERT, riant aux éclats.

Elle doit à son tailleur.

HÉLÈNE.

Cela va m'obliger à être aimable et à trouver joli tout ce qu'il dit. Je commence déjà.

ADALBERT, de même.

Et tes créanciers, sont-ils de bonne composition ?

HÉLÈNE.

Pas trop. C'est un peu ce qui m'a décidée à me marier si tôt.

ADALBERT.

Alors, tu te maries pour payer tes dettes ?

HÉLÈNE.

Oui.

ADALBERT, se roulant sur un fauteuil.

Elle est bien bonne ! Ah ! saperlipopette ! elle est bien bonne !

Il met ses pieds sur la table et tape avec frénésie en se tordant de rire.

SCÈNE X

LES MÊMES. URSULE, CHARLOTTE, SUZANNE.

URSULE.

Ma chère...

Elles s'arrêtent toutes les trois étonnées.

ADALBERT, sans les voir, recommençant à taper.

Si le papa Pontorson savait ça ! oh ! la la ! oh ! la la ! (Voyant les dames qui le regardent avec stupéfaction.) — Oh ! — Eh bien, mesdames, l'inspection est déjà terminée * ?

URSULE.

Ma chère, c'est admirable. .

* Suzanne, Charlotte, Ursule, Hélène, Adalbert.

CHARLOTTE.

Tu as un mari parfait.

SUZANNE.

J'ai essayé la couronne d'oranger, elle me va très bien.

CHARLOTTE.

Pas assez de diamants.

ADALBERT.

A-t-elle aussi des dettes, ton amie Suzanne ?

HÉLÈNE.

Mais non. Elle a sa mère.

ADALBERT.

Ah ! j'aimerais autant un peu de dettes.

URSULE.

Ma chère, tout est très bien. — Seulement...

HÉLÈNE.

Il y a un seulement ?

URSULE.

La robe de ce soir est trop décolletée, beaucoup trop décolletée ; c'est un corsage du lendemain, mais pas de la
veille. Je fais poser une dentelle, — qui ne cachera rien,
rassure-toi, — ce que nous appelons une bonne intention.

ADALBERT.

Une bonne intention ! c'est divin.

HÉLÈNE, à Adalbert.

Prends cette revue, et laisse-nous tranquilles.

ADALBERT, assis.

Revue des sciences morales ! C'est 'à papa cela.

URSULE.

L'heure approche, et j'ai tant de recommandations à te faire ! Te sens-tu toujours calme ?

HÉLÈNE.

Toujours.

URSULE.

On ne l'est jamais assez. (A Zuléma, qui entre par la droite.) Préparez pour mademoiselle un verre d'eau sucrée avec beaucoup de fleur d'oranger.

ZULÉMA.

Bien, madame.

URSULE.

Énormément de fleur d'oranger, — trop de fleur d'oranger.

ZULÉMA.

Madame sera satisfaite.

Elle sort.

URSULE, à Hélène.

Je n'oublie rien ? Ah ! ne te préoccupe pas de M. le maire, il n'est pas imposant.

CHARLOTTE.

Oh ! non.

SUZANNE

Moi, je trouve que si.

URSULE.

Ne m'interrompez pas. Qu'ai-je encore à te dire? Ah ! les employés te regarderont en dessous. Tâche de ne pas rougir, — ça les amuserait.

HÉLÈNE.

On ne peut rougir d'épouser un homme qui a un beau nom, une belle position, un âge respectable.

URSULE, l'interrompant.

Tu es un ange.

SUZANNE.

Il me semble que, moi, je rougirais.

HÉLÈNE, naïvement.

Pourquoi?

ADALBERT, qui s'est rapproché à pas de loup, l'embrassant sur le cou.

Petite bécasse !

URSULE.

Vous dites ?

ADALBERT.

Je dis... ô ma sœur, gardez toujours cette précieuse candeur.

SUZANNE, bas.

Il a dit : Petite bécasse.

CHARLOTTE, de même.

Je l'ai bien entendu.

PICAUD, en dehors.

Important ! très important ! c'est une affaire très importante.

HÉLÈNE.

C'est lui.

URSULE.

M. le chef de division !

CHARLOTTE.

M. de la Picaudière !

SUZANNE.

Le marié !

Elles se rangent toutes en curieuses, pour le voir entrer *.

SCÈNE XI

LES MÊMES, PICAUD.

PICAUD, paraissant à la porte de droite et se retournant.

Et urgent ! de la dernière urgence. (Revenant.) Ah ! pardon, mesdames, vous le voyez, je suis poursuivi par les affaires, accablé, accablé ! Le jour même de mon mariage civil, lorsque mes pensées devraient être ailleurs... (Allant embrasser la main d'Hélène, galamment.) Car elles devraient être ailleurs... (Changeant de ton.) Mais c'est la moindre des choses quand on est un peu organisé. J'administre en me mariant, et je me marie en administrant.

ADALBERT, à part.

S'il ne se marie que pour ça... pauvre Loulou !

PICAUD.

Mon cher sous-préfet.

* Suzanne, Charlotte, Ursule, Hélène, Picaud, Adalbert.

ADALBERT.

Monsieur le chef de division ! (à part.) Il est trop solennel, ça m'intimide.

URSULE, bas.

Présente-nous.

HÉLÈNE.

Madame de Pomponne. (Picaud salue.) Mademoiselle de Girauzac.

PICAUD, se précipitant.

De Girauzac, conseiller à la Cour de cassation ?

CHARLOTTE.

Non, monsieur.

Il salue.

HÉLÈNE.

Mademoiselle de Chateauneuf.

PICAUD, se précipitant.

De Châteauneuf, président de section ?

SUZANNE.

Non, monsieur.

Il salue.

URSULE, bas, à Hélène.

Il n'est pas mal.

CHARLOTTE de même.

Il représente bien.

SUZANNE, désappointée.

Je me le figurais autrement.

URSULE, bas.

·Tais-toi donc.

PICAUD.

Je n'ai pas encore vu mon excellent beau-père, M. de Pontorson.

ADALBERT.

Oh ! papa, ce matin, a cassé son assiette.

PICAUD, étonné.

Vous dites ?

ADALBERT, se reprenant, tout confus.

Je dis... mon père, ce matin, me semble extrêmement
préoccupé.

Zuléma entre par la droite avec un verre sur un plateau.

PICAUD.

Et cependant, il n'a à songer qu'au mariage de sa fille.
Tandis que moi... (Il prend le verre d'eau sucrée que porte Zuléma.)*
Merci.

ZULÉMA, étonnée.

Hein ?

PICAUD, tournant la cuiller dans le verre.

Je suis accablé, accablé, accablé.

Il boit.

URSULE, bas.

Regarde-le de profil.

CHARLOTTE.

Il est très bien.

» Suzanne, Charlotte, Ursule, Hélène, Zuléma, Picaud, Adalbert.

SUZANNE.

On s'y habitue.

ADALBERT, à part.

Il administre en buvant et il boit en administrant.

PICAUD, remettant le verre.

Excellent! mais que de fleur d'oranger!

ZULÉMA.

Aussi, c'était pour mademoiselle.

PICAUD.

J'aurais dû m'en douter.

ZULÉMA.

Ah! oui, par exemple.

Elle sort à droite.

PICAUD.

Mais je suis si absorbé! (Aux dames.) Voulez-vous me per_
mettre de dire un mot à mademoiselle de Pontorson, un
seul?

Il l'amène sur le devant de la scène.

ADALBERT.

Toujours solennel! J'ai peur qu'il n'ait jamais d'intermit-
tence. Pauvre Loulou!

PICAUD, à Hélène.

Mademoiselle, dans quelques heures, vous serez ma femme,
sous condition suspensive jusqu'à jeudi; mais cette situation
provisoire vous crée déjà une certaine responsabilité. Mes
supérieurs, mes collègues, mes subordonnés, des amis et
des inconnus vous présenteront leurs hommages. Ne man-
quez pas d'observer les nuances. Vous n'avez pas oublié mes
recommandations?

HÉLÈNE.

Non, monsieur : gracieuse avec vos supérieurs.

PICAUD.

Bien.

HÉLÈNE.

Affectueuse avec vos collègues.

PICAUD.

Très bien.

HÉLÈNE.

Froide avec vos subordonnés.

PICAUD.

Parfait.

HÉLÈNE.

Réservée avec vos amis.

PICAUD.

Bravo.

HÉLÈNE.

Mais aimable avec les inconnus.

PICAUD.

Parce qu'on sait toujours ce qu'on peut attendre d'un ami, tandis que d'un inconnu...

HÉLÈNE.

On ne sait pas.

PICAUD.

Vous êtes la femme de mes rêves.

Hélène remonte vers ses amies.

URSULE, CHARLOTTE, SUZANNE.

Que t'a-t-il dit ?

HÉLÈNE.

Il m'a dit d'être aimable avec les inconnus.

URSULE, CHARLOTTE, SUZANNE, se regardant.

Ah !

SCÈNE XII

LES MÊMES, PONTORSON.

PONTORSON, entrant par la droite *.

Apprêtez-vous, Hélène. — Les voitures sont arrivées.

PICAUD.

Le maire sera exact ; il sait que mon temps est précieux.

ADALBERT.

Nous avons une heure.

PICAUD, affairé.

Soyons prêts d'avance. — N'oublions rien.

PONTORSON, à part.

Je ne voudrais pas partir sans avoir revu Bienassis.

ADALBERT.

Papa a tout à fait cassé son assiette.

* Adalbert, Suzanne, Charlotte, Ursule, Hélène, Pontorson. Picaud.

PICAUD, allant à Pontorson.

Beau-père, je suis ravi.

PONTORSON.

On le serait à moins, monsieur.

Toutes les jeunes filles s'apprêtent, au fond, arrangeant leurs toilettes, mettant leurs voilettes, faisant bouffer leurs robes. Pontorson essaie d'aplatir le pouff d'Hélène.

HÉLÈNE, étonnée.

Que faites-vous, papa ?

PONTORSON.

J'atténue ta jupe.

HÉLÈNE.

Mais je n'aurai plus aucune tournure.

PICAUD, relevant le pouff.

Nous n'aurions aucune tournure.

PONTORSON, à part.

Je comprends toutes les erreurs.

PICAUD, amenant Pontorson sur le devant de la scène.

Beau-père, votre fille est charmante. Elle entend déjà l'administration. — Je cherchais une famille calme, méthodique, vertueuse et pas romanesque. Je l'ai trouvée ; nous nous comprendrons.

PONTORSON.

Je l'espère. — Mais vous ne remontez pas du tout au règne de Philippe-Auguste.

PICAUD, naïvement.

Vous croyez ?

PONTORSON.

Vous m'avez montré un arbre généalogique...

PICAUD.

Excellent! qui me coûte très cher, un peu embrouillé,
mais excellent. — Il n'a qu'un coude et une petite soudure.

PONTORSON.

Une soudure!... mais avec des soudures, je me ferais fort
de remonter à Jupiter.

PICAUD.

En passant par le cygne.

PONTORSON.

Monsieur !

PICAUD.

Monsieur, je suis de mon siècle, moi.

PONTORSON.

Pas plus que moi, monsieur.

HÉLÈNE.

Vois donc, Adalbert : ils vont se quereller

ADALBERT.

Loulou, tu pourras payer tes dettes.

PONTORSON, à part.

Je n'aime pas mon gendre.

PICAUD, à part.

Je n'aime pas mon beau-père. (Revenant à lui.) Ne comptez-
vous pour rien ma situation? Si Dieu prête vie au ministre,
je serai secrétaire général dans six mois. Son Excellence

assistera jeudi à la bénédiction nuptiale. Elle paraîtra ce
soir à votre réception, et... Permettez-moi de dire un mot
à mademoiselle de Pontorson. (Il amène Hélène sur le devant, à
gauche.) Mademoiselle, le ministre vous dira certainement
quelques paroles flatteuses... (Mouvement d'Hélène.) pour moi ;
ne l'interrompez pas. — Baissez les yeux, remerciez-le
avec effusion, — je vous recommande l'effusion, — et con-
duisez-le adroitement vers cette photographie, magnifique-
ment encadrée.

PONTORSON, remarquant la photographie dans un superbe cadre ovale, à
gauche de la cheminée *.

Qu'est-ce que cela ?

PICAUD, avec pompe.

Son Excellence !

PONTORSON.

Vous avez enlevé ma grand'tante ?

PICAUD.

C'était votre grand'tante ?

PONTORSON.

Une chanoinesse.

PICAUD.

Bien décolletée !

PONTORSON.

Pour y mettre ce monsieur ?

PICAUD.

Ce monsieur !

---

* Adalbert, Hélène, Picaud, Pontorson, Charlotte, Ursule, Suzanne.

PONTORSON.

Je suppose, ma fille, que vous êtes indignée. — On a enlevé votre arrière-grand'tante.

HÉLÈNE, embarrassée.

Mais, papa...

PICAUD.

Pour mettre la photographie d'un homme éminent. J'espère que mademoiselle m'approuve.

HÉLÈNE.

Mais, monsieur...

PONTORSON.

Parlez, ma fille.

PICAUD.

Parlez, mademoiselle.

HÉLÈNE, passant, à son père*.

Une femme ne doit pas avoir d'opinion... quand son mari en a une.

PONTORSON, stupéfait.

Comment? vous reniez votre père!

PICAUD.

Admirable! vous êtes admirable.

PONTORSON.

Si ce portrait vous plaît, vous le mettrez dans votre appartement

Il enlève le cadre.

_____

* Charlotte, Ursule, Suzanne, Adalbert, Picaud, Hélène, Pontorson.

PICAUD.

Que faites-vous ?

PONTORSON.

Je décroche le cadre.

PICAUD.

C'est de l'opposition.

PONTORSON.

C'est ce qu'il vous plaira.

PICAUD.

Monsieur de Pontorson !

PONTORSON.

Monsieur de la Picaudière !

HÉLÈNE.

Papa !

ADALBERT.

Messieurs !

Pontorson a enlevé le cadre. Picaud veut le lui reprendre *.

PICAUD.

Vous remettrez ce portrait.

PONTORSON.

Je remettrai la chanoinesse.

UN DOMESTIQUE, annonçant, à la porte de droite.

Monsieur le baron Lionel de Beautiran.

* Charlotte, Suzanne, Ursule, Adalbert, Pontorson, Picaud, Hélène.

PICAUD.

Attaché au cabinet du ministre. (vivement.) Il a un léger vice de prononciation, ne riez pas. C'est un homme important.

Il a repris la photographie, qu'il ne quitte plus, et qu'il regarde de temps en temps avec amour.

.

.

SCÈNE XIII

Les Mêmes, LIONEL.

Lionel, ridicule, empesé et prétentieux, entre en saluant d'un air important. Il blaise un peu et prononce souvent les *r* comme des *l*.

PICAUD, présentant *.

Le baron Lionel de Beautiran, attaché au cabinet du ministre. — Mademoiselle de Pontorson.

LIONEL.

Mademoiselle, je suis enchanté d'avoir à vous féliciter; nous aimons beaucoup M. de la Picaudière au cabinet du ministre.

PICAUD.

Ce cher Beautiran! (Bas, à Hélène.) Soyez affectueuse.

HÉLÈNE.

Je ne peux pas, je rirais trop.

Elle remonte à la cheminée.

PICAUD, présentant.

Monsieur de Pontorson, mon excellent beau-père.

---

* Suzanne, Charlotte, Ursule, Adalbert, Pontorson, Lionel, Picaud, Hélène.

LIONEL.

Monsieur ! (Pontorson passe à l'extrême droite.) Eh! madame de
Pomponne! mademoiselle de Chateauneuf! Et mademoiselle
de Girauzac! Me voilà tout à fait en pays de connaissance.
Eh! c'est monsieur Adalbert de Pontorson.

PICAUD.

Vous connaissez mon beau-frère?

LIONEL, embarrassé.

Oui, oui... J'ai vu monsieur chez... avec... dans le..., au...
à...

ADALBERT, imitant sa prononciation.

A la sous-préfecture...

LIONEL.

De Chatou... à la sous-préfecture de Chatou. (Bas.) J'allais
faire une bêtise.

ADALBERT.

Elle est faite. — Papa me regarde de travers.

LIONEL, à Picaud.

Excusez-moi si je vous poursuis, cher ami.

PICAUD, vivement, aux dames.

Vous permettez !... une affaire urgente.

Il descend avec Lionel sur le devant, à gauche.

CHARLOTTE, bas.

Voilà un marié qui pense à tout, excepté à sa femme.

SUZANNE.

Pauvre Hélène !

URSULE.

Je commence à être inquiète.

Elles sortent à gauche.

PONTORSON, à part.

Je vais chercher la chanoinesse.

Il s'échappe par la droite.

LIONEL, à Picaud, avec mystère *.

Vous savez si j'aime notre ministre ?

PICAUD.

Et moi donc

LIONEL.

C'est un homme parfait.

PICAUD, admirant le portrait.

Parfait ! dites supérieur ! — Un homme d'État de premier ordre, — je dirai presque le premier de nos hommes
d'État.

LIONEL.

Nous allons le perdre.

PICAUD.

Le perdre !

LIONEL.

Il a donné sa démission.

PICAUD, retournant le portrait.

Ah ! mon Dieu !

---

* Lionel, Picaud.

LIONEL.

C'est encore un secret.

PICAUD.

Il s'en va ?

LIONEL.

Oui, cher ami.

PICAUD, atterré.

Et il devait assister à mon mariage !

LIONEL.

Il y assistera.

PICAUD.

Ce n'est plus la même chose. — Il s'en va tout à fait?

LIONEL.

Tout à fait.

PICAUD, posant le portrait sur la table.

Sans espoir de retour?

LIONEL.

Il renonce à la vie publique.

PICAUD, à Pontorson, qui revient par la droite *.

Sans rancune, beau-père. Remettez la chanoinesse.

PONTORSON.

Non, non.

PICAUD.

Comment, non !

* Lionel, Pontorson, Picaud.

PONTORSON.

Je n'avais pas bien regardé la chanoinesse. — Vous aviez raison.

PICAUD.

Elle est charmante.

PONTORSON.

Elle est trop décolletée. — Remettez le ministre.

PICAUD.

Jamais.

PONTORSON, à part, en sortant à gauche.

Quel caractère !

PICAUD, à part

Quel caractère ! — Je remettrai... le nouveau... oui, peut-être. (Revenant à Lionel.) Sait-on qui le remplace ?

LIONEL.

On ne le saura que jeudi.

PICAUD.

Mais, pour moi !

LIONEL, plus mystérieux encore.

Bourgueil.

PICAUD.

Bourgueil !

LIONEL.

Un homme parfait aussi.

PICAUD.

Parfait !... dites supérieur !... Un homme d'État de pre-

mier ordre, — je dirai presque le premier de nos hommes
d'État. — Car, — vous me connaissez, Beautiran, — mon
affection pour ceux qui s'en vont ne me rend pas injuste
pour ceux qui viennent, au contraire. Le connaissez-vous ?

LIONEL.

Pas du tout.

PICAUD.

Moi non plus. (Cherchant.) Bourgueil ! Bourgueil !

LIONEL.

Mais je crois qu'il m'honorera de sa confiance.

PICAUD.

Où serait-elle mieux placée ? — Je n'ai rien de caché
pour vous, moi.

LIONEL.

Je le sais, cher ami.

ADALBERT, entrant par la droite.

Mesdames, messieurs, on part.

Il sort à gauche.

PICAUD, sans rien entendre.

J'ai fait une maladresse.

LIONEL.

Ah bah !

PICAUD.

J'ai envoyé à quelques journaux le compte rendu de la
cérémonie d'après-demain... Le voici. (Il montre une énorme pan-
carte.) Avec un tel éloge du ministre passé que cela aurait
l'air d'une protestation.

IV.   9

LIONEL.

Il faut modifier.

PICAUD, faisant passer Lionel à la table à droite.

Chargez-vous-en, cher ami, le temps presse. Nous allons
à la mairie. Asseyez-vous à cette table, vous serez seul.

LIONEL.

Très bien ! très bien !

PICAUD, mettant le portrait sous la table.

Soyez poli, mais froid, froid, quoique poli. (Cherchant.)
Bourgueil ! Bourgueil ! Bourgueil !

Il sort à gauche.

SCÈNE XIV

PONTORSON, BIENASSIS, LIONEL.

PONTORSON, étonné *.

Je regrette d'aller à la mairie sans voir Bienassis. — Que
fait cet attaché ? — Je ne pourrai pas être tout entier aux
douces joies de la famille. — Je n'aime pas mon gendre. —
Et si je n'avais pas sur les bras cette aventure de Bourbonne !

BIENASSIS, arrivant essoufflé par la porte de droite **.

Me voici, cher ami.

PONTORSON.

Eh bien ?

---

* Pontorson, Lionel.
** Pontorson, Bienassis, Lionel.

BIENASSIS.

Il n'y a pas de Dindonnette au numéro quarante-sept.

PONTORSON.

Ah ! sapristi !

BIENASSIS.

C'est un hôtel occupé par un nabab de je ne sais où, arrivé depuis quelques jours avec sa femme.

PONTORSON.

Alors, tu n'as pas vu Dindonnette ?

BIENASSIS.

Naturellement.

PONTORSON.

Elle va venir !

BIENASSIS.

J'en ai peur.

PONTORSON.

Il faut que tu la trouves.

BIENASSIS.

Où ?

PONTORSON.

Était-ce bien quarante-sept ?

Il regarde le billet.

BIENASSIS.

Parfaitement.

PONTORSON.

Ce quatre est peut-être un deux.

BIENASSIS.

C'est un trois.

PONTORSON.

C'est un deux.

BIENASSIS.

Un trois.

PONTORSON.

Un deux. — Va au vingt-sept et au trente-sept. — Va aux deux.

Ils sortent en se disputant, à droite.

SCÈNE XV

LIONEL, puis PICAUD, puis PONTORSON.

PICAUD, entrant triomphant par la gauche *.

Je connais son frère !

LIONEL.

Son frère !

PICAUD.

C'est mon ami de collège... Paul Bourgueil. Je me rappelle son prénom : Paul. — Nous étions à Sainte-Barbe ensemble. — Beau-père, je suis à vous. — Il avait un frère plus âgé, qui remportait tous les prix. — C'est évidemment le ministre.

* Picaud, Lionel.

LIONEL.

Évidemment. Je sais que le ministre a un frère.

PICAUD.

C'est cela. Paul, c'est Paul, mon ami Paul. Il sera à mon mariage, — je ne pourrais pas me marier sans Paul.

LIONEL.

Vous l'avez invité ?

PICAUD.

Pas du tout. Du diable si je songeais à lui ! mais je l'inviterai. — La mairie ne compte pas, je ne me marie que jeudi, — je vais lui écrire une lettre attendrissante, en lui rappelant le collège. — (A Pontorson, qui paraît à gauche.) Beau-père, connaissez-vous Paul Bourgueil ?

PONTORSON, descendant *.

Si je connais Paul Bourgueil !

PICAUD, à Lionel.

Il le connaît ! — Vous ajouterez : Nous avons remarqué, parmi les assistants de distinction, monsieur Paul Bourgueil, ami de collège de l'heureux époux, un de nos sportsmen les plus distingués. — Je crois qu'il est sportsman ; — d'ailleurs, ça flatte toujours. — Le spirituel gentleman, etc., etc. — Paul ! Popaul ! Je l'appellerai Popaul ! — (A Pontorson.) Ah ! vous le connaissez ?

PONTORSON.

Nous ne nous saluons pas.

PICAUD.

Comment !

* Pontorson, Picaud, Lionel.

PONTORSON.

Il m'a soutenu que mon homme fossile était un singe.

PICAUD.

Eh bien ?

PONTORSON.

Je l'ai appelé paltoquet.

PICAUD.

Vous... (Bas.) Dans quelques jours, son frère sera mon ministre.

PONTORSON.

Vous aurez pour ministre le frère d'un paltoquet.

PICAUD.

Je ne vous permettrai pas de blesser un homme que j'admire, qui est mon ami de collège, et dont le frère est au pouvoir.

PONTORSON.

Et moi, monsieur, je ne transigerai jamais avec mes convictions.

PICAUD.

Ah ! si le maire n'attendait pas !

PONTORSON.

Oui, monsieur, s'il n'attendait pas !

PICAUD.

Mais il attend !

PONTORSON.

Il attend !

Ils sortent ensemble à gauche.

SCÈNE XVI

LIONEL, puis DINDONNETTE.

LIONEL, écrivant avec le même calme.

Deux originaux ! (Il se lève. — Lisant.) « Nous avons assisté
hier au mariage d'un de nos chefs de division... les plus distingués, monsieur Gustave Picaud de la Picaudière, avec
la belle mademoiselle Hélène de Pontorson. — La nef était
trop étroite ; nous avons remarqué, parmi les personnages de
distinction, le baron Lionel de Beautiran, attaché au cabinet
du ministre, et monsieur Paul Bourgueil !... »

DINDONNETTE, dans l'antichambre.

Mais je vous dis que M. de Pontorson m'attend.

LIONEL.

Je connais cette voix.

DINDONNETTE.

Je lui ai annoncé ma visite et il ne m'a rien fait dire. —
Donc il m'attend.

Elle entre par la droite.

LIONEL.

Dindonnette !

DINDONNETTE, étonnée *.

Monsieur de Beautiran !

* Dindonnette, Lionel.

LIONEL.

Comment, c'est toi !

DINDONNETTE.

Permettez, je suis mariée, mon cher.

LIONEL.

Tout à fait ?

DINDONNETTE.

Quand je suis sérieuse, moi, ce n'est pas à demi.

LIONEL.

Très bien, belle dame. Et comment ce malheur vous est-il
advenu ?

DINDONNETTE.

Je suis allée au Caire.

LIONEL.

Vous avez joué la comédie ?

DINDONNETTE.

Très peu, je perds trop à la rampe.

LIONEL.

Je le crois bien !

DINDONNETTE.

Le théâtre m'ennuyait, — l'Égypte aussi. J'ai voulu aller
plus loin. — Je me suis arrêtée dans le Béloutchistan.

LIONEL.

Peste !

DINDONNETTE.

Là, un prince très comme il faut m'a offert sa main. —
Je l'ai acceptée.

LIONEL.

Un prince !

DINDONNETTE.

Là-bas, ça s'appelle khan; mais j'aime mieux prince,
parce que prince fait princesse, tandis que khan...

LIONEL.

Ferait khanne !

DINDONNETTE, l'imitant.

Oui, Beautiran, me voilà donc princesse ! — Mais le Béloutchistan est encore moins amusant que l'Égypte. J'ai
décidé le prince à venir à Paris.

LIONEL.

Parfait ! parfait !

DINDONNETTE.

Seulement il ne faudrait pas qu'on m'appelât Dindonnette
devant lui.

LIONEL.

Ah ! non, ah ! non.

DINDONNETTE.

Il est jaloux comme un sauvage.

LIONEL.

Sapristi ! vous devriez prévenir vos anciens amis.

DINDONNETTE.

C'est ce que je fais.

IV.   9.

LIONEL.

Avertissez vite tous ceux qui pourraient vous tutoyer par
distraction, comme moi.

DINDONNETTE.

Je suis en course pour cela.

LIONEL.

Ce sera long. .

DINDONNETTE.

Insolent ! (L'imitant.) Eh bien ! Beautiran, vous seriez stupéfait si je vous montrais ma liste.

LIONEL.

Ah ! vous avez ?...

DINDONNETTE.

Pour mes adresses. — Elle n'est pas plus longue que ça.

LIONEL, fat.

Tant mieux. — Alors, vous venez avertir le sous-préfet ?

DINDONNETTE.

Quel sous-préfet ?

LIONEL.

Le fils Pontorson.

DINDONNETTE.

Il a un fils ?

LIONEL.

C'est donc le papa ?

DINDONNETTE, avec dignité.

Pour qui me prenez-vous ?

LIONEL.

Oh! très bien! très bien!

DINDONNETTE.

Je viens demander l'adresse d'un fumiste, mon cher.

LIONEL.

Bravo! — bravo! — Eh bien! princesse, vous tombez mal, car aujourd'hui le papa Pontorson marie sa fille.

DINDONNETTE.

Il a une fille?

LIONEL.

Une fille charmante.

DINDONNETTE.

Tiens, tiens, tiens! C'est donc un homme tout à fait posé?

LIONEL.

Je crois bien. — Candidat à l'Académie des sciences morales.

DINDONNETTE.

Lui! (A part.) Alors, je suis tranquille; il ne m'appellera plus Dindonnette.

LIONEL, galant.

Et... que comptez-vous faire à Paris, princesse?

DINDONNETTE.

Je compte aller dans le monde.

LIONEL.

Ah! ah! mais dans lequel?

DINDONNETTE.

Comment, ah! ah! — Mon cher, pendant trois semaines,
on m'a prise à Bourbonne...

LIONEL.

Ah! c'était à Bourbonne?

DINDONNETTE.

Pour une petite demoiselle candide..., et on m'a fait la
cour avec des ménagements!... et des yeux en coulisse!...
et des bouquets de deux sous! — Oh! que c'était drôle!

LIONEL.

Et avez-vous faibli?

DINDONNETTE, passant à droite *.

Tiens! cette bêt... — Vous êtes bien curieux. — J'avais
en face de mes fenêtres un bon jobard, un joli fat, sur le
retour, sur le troisième retour. Il porte un corset et joue
de la guitare, — Paul Bourgueil.

LIONEL.

Paul Bourgueil!

DINDONNETTE.

Vous le connaissez?

LIONEL.

Mais non, mais non, pas du tout. Tu me recommanderas.
(Se reprenant.) Vous me recommanderez.

DINDONNETTE.

A Paul? non, mon cher, non. Nous ne nous rencontre-
rons plus dans le même monde; il ne voit que des cocottes.

---

* Lionel, Dindonnette.

LIONEL.

Alors, vous espérez sérieusement... être admise dans la haute société?

DINDONNETTE.

Avec le prince, partout, mon cher. — Je connais mes petits Parisiens, moi. — Le prince a demandé au consul une trentaine de noms connus, — ce qu'il y a de plus chic dans la politique et les arts. — J'ai recopié la liste de mes blanches mains, et il leur apporte, avec des brevets en blanc, des décorations de là-bas.

LIONEL.

Eh ! eh !

DINDONNETTE.

Au nom de son gouvernement, l'ordre du Pélican bleu, — jaune et azur. — Ça se porte à la boutonnière, — ou en sautoir, c'est plus joli. C'est fort joli. Nous serons très bien reçus, Beautiran.

LIONÉL.

Et comment se nomme votre époux fortuné?

DINDONNETTE.

Mon époux fortuné se nomme Kara-Hissar-Khan.

LIONEL.

Je l'ai vu ce matin.

DINDONNETTE, inquiète et étonnée.

Vous ?

LIONEL.

Et il m'a offert, au nom de son gouvernement...

Il tire de sa poche une croix avec un ruban jaune et bleu.

DINDONNETTE.

Ah ! mon Dieu !

Elle cherche vivement dans sa poche.

LIONEL.

La croix du Pélican bleu.

DINDONNETTE, effarée.

Je me suis trompée de liste !

LIONEL.

Ah bah !

DINDONNETTE.

Je lui ai donné la mienne.

LIONEL, riant aux éclats.

Alors, il porte la croix à tous ceux qui?...

DINDONNETTE.

Ah ! mon ami, quel accident !

LIONEL, riant.

Il lui en manquera.

DINDONNETTE.

Vous riez, vous?

LIONEL, se roulant sur le canapé.

Un peu, un peu, s'il vous plaît.

DINDONNETTE.

Il ne s'y reconnaîtra pas, j'ai mis des accolades.

LIONEL.

Des accolades !

DINDONNETTE.

Comme memento. — Il s'y perdra.

LIONEL.

Où allez-vous?

DINDONNETTE.

Où je vais? — Je vais arrêter le prince.

Elle s'arrête en voyant entrer Pontorson.

SCÈNE XVII

LES MÊMES, PONTORSON.

PONTORSON, entrant par la droite. Il tient à la main un ruban jaune
et bleu et un brevet *.

Je ne sais à qui je dois cette distinction.

DINDONNETTE.

Il l'a!

LIONEL, à part.

C'était le papa aux sciences morales!

PONTORSON, stupéfait en voyant Dindonnette.

Dindonnette et l'attaché!

DINDONNETTE, désespérée.

Il l'a déjà! — Je ne pourrai pas arrêter le prince.

* Lionel, Dindonnette, Pontorson.

PONTORSON, feignant de ne pas la reconnaître.

Madame !

DINDONNETTE.

Excusez-moi, mon cher, à plus tard. Je reviendrai.

Elle sort vivement à gauche.

PONTORSON, ébahi.

Mon cher ! à plus tard ! je reviendrai ! — Et plus jolie que jamais ! — Qu'a-t-elle donc ?

SCÈNE XVIII

PICAUD, PONTORSON, LIONEL, ADALBERT, HÉLÈNE, URSULE, CHARLOTTE, SUZANNE.

PICAUD, qui entre par la droite, en donnant le bras à Hélène.

Le maire a été parfait. Il avait mis une écharpe neuve. (Allant à Pontorson et voyant le ruban qu'il tient toujours à la main.) Que tenez-vous là * ?

PONTORSON.

L'ordre du Pélican bleu, que m'a envoyé...

PICAUD, étonné.

A vous ?

* Lionel, Picaud, Pontorson, sur le devant; Adalbert, Hélène, Ursule, Charlotte, Suzanne, au fond.

PONTORSON.

Le gouvernement du Béloutchistan.

PICAUD.

Pourquoi?

PONTORSON.

Je n'en sais rien.

LIONEL.

Le Béloutchistan a voulu honorer quelques hommes
éminents en France.

PICAUD.

Alors, c'est pour moi?

PONTORSON.

Comment, pour vous!

LIONEL, se tordant de rire.

Ah! bravo! ah! bravo!

PICAUD.

Qu'avez-vous fait pour mériter ce ruban?

PONTORSON.

Ce que j'ai fait?... J'ai dû faire quelque chose. — Voici
le brevet.

PICAUD, se tournant vers le fond.

Félicitez mon beau-père : il est chevalier de l'ordre du
Pélican bleu. (On entoure Pontorson en le félicitant. — Lisant.)
« Pontorson et Bourgueil, de Bourbonne. »

PONTORSON.

Hein !

PICAUD.

Ex æquo !

PONTORSON.

Comment, *ex æquo !*

PICAUD.

Il y a une accolade.

ACTE DEUXIÈME

LE CABINET DU CHEF DE DIVISION.

Entrée au milieu, au fond, donnant sur une antichambre. — A gauche de l'entrée, une porte sous tenture ouvrant sur la scène et laissant voir une autre porte sur laquelle sont écrits les mots : SECRÉTARIAT. — ARCHIVES. — A droite de la porte du fond, une autre porte sous tenture. — Au deuxième plan, à droite et à gauche, portes conduisant à des bureaux. — Au premier plan, à droite, une cheminée avec foyer, une grande pendule sur la cheminée. — Au premier plan, à gauche, un meuble cartonnier. — Deux cordons de sonnette sont retenus par des anneaux placés aux coins de ce meuble. — Près du cartonnier, grande table-bureau couverte de dossiers, papiers, etc. — Fauteuils et chaises.

SCÈNE PREMIÈRE

GARDIENS DE BUREAU, MADAME BIENASSIS, puis GALARDON.

Trois gardiens sont censés faire le cabinet, l'un avec un plumeau, l'autre avec un balai, le troisième avec un bâton à cirer, mais ils sont assis sur les fauteuils ou les tables et lisent les journaux. — On frappe timidement à la porte du fond.

PREMIER GARDIEN, avec une voix de stentor *.

Qui est là ?

MADAME BIENASSIS, entr'ouvrant la porte.

M. le chef de division ?

* Premier gardien, deuxième gardien, troisième gardien.

DEUXIÈME GARDIEN, même voix.

Absent !

MADAME BIENASSIS, voulant insister.

Oserai-je vous demander ?...

TROISIÈME GARDIEN, d'une voix terrible.

Absent !

MADAME BIENASSIS.

Oh ! pardon, je reviendrai.

Elle sort par le fond.

DEUXIÈME GARDIEN, lisant toujours.

Quel chien de métier !... on ne peut seulement pas travailler tranquillement.

PREMIER GARDIEN, toujours assis.

Comment veut-on que la besogne se fasse !

Galardon entre par le fond en tenue de maître de cérémonie *.

PREMIER GARDIEN.

C'est Galardon !

DEUXIÈME GARDIEN.

Bonjour, Galardon.

GALARDON.

Bonjour, bonjour.

PREMIER et DEUXIÈME GARDIENS.

Eh bien ?

GALARDON.

C'est fait.

---

* Premier et deuxième gardiens, Galardon, troisième gardien.

PREMIER et DEUXIÈME GARDIENS.

Dzing !

GALARDON.

M. le chef de division est marié.

PREMIER et DEUXIÈME GARDIENS.

Dzing, boum, boum !

PREMIER GARDIEN.

Et sa femme est jeune !

GALARDON.

Pas vingt ans.

DEUXIÈME GARDIEN.

Et jolie ?

GALARDON.

Un bijou.

TOUS LES GARDIENS, dansant.

Traderidera, traderidera.

PREMIER GARDIEN, dansant toujours et chantant.

Il ne viendra plus à huit heures du matin.

DEUXIÈME GARDIEN.

Il ne restera plus jusqu'à onze heures du soir !

GALARDON.

Vous croyez ça ?

TOUS.

Comment ?

GALARDON.

Vous ne connaissez guère le patron.

PREMIER GARDIEN.

Hein !

GALARDON.

D'abord, il sera ici à deux heures.

DEUXIÈME GARDIEN.

Aujourd'hui !

PREMIER GARDIEN.

Sapristi !... Et le bureau n'est pas fait.

DEUXIÈME GARDIEN, allant secouer le troisième gardien, qui est sourd et qui lit toujours un journal.

Le patron va venir ! Dépêchons-nous !

Ils se mettent tous à l'œuvre, posant les fauteuils sur les tables, frottant, époussetant avec rage. — Galardon quitte son habit et prend un autre vêtement.

PREMIER GARDIEN.

Un lendemain de noce !

GALARDON.

Nous ne nous sommes mariés qu'à la mairie. Ce n'est pas sérieux. Il faudra voir demain, à Saint-Philippe, tout le ministère, avec le ministre et les orgues.

DEUXIÈME GARDIEN, époussetant.

Mettre trois jours pour se marier ! quelle pose !

GALARDON, remuant les meubles.

On ne fait plus autrement dans notre monde.

PREMIER GARDIEN.

Tu te fais de bons revenus toi, en allant servir...

GALARDON.

Qu'appelles-tu servir ? Je vais comme attaché. — Cette fois je suis attaché à la mariée.

PREMIER GARDIEN.

Mazette !

GALARDON.

Je n'aurais pas accepté une autre position.

PREMIER GARDIEN.

Et tu dis qu'elle est jolie ?

GALARDON.

Ah ! mon ami ! des yeux ! des épaules ! une taille ! et une jambe !... oh ! une jambe ! — Je passerais ma vie à lui ouvrir la portière.

PREMIER GARDIEN.

Un amour alors ?

DEUXIÈME GARDIEN.

Et ça ne changera pas le patron ?

GALARDON.

Il ne s'en aperçoit seulement pas.

PREMIER GARDIEN.

Pauvre petite mère !

MADAME BIENASSIS, entr'ouvrant timidement la porte du fond,

M. le chef de division ?

GALARDON, voix formidable.

Absent !

TOUS TROIS.

Absent !

MADAME BIENASSIS, entrant résolument *.

Ah ! c'est ce cher monsieur Galardon !

GALARDON, étonné.

Madame...

MADAME BIENASSIS.

Vous ne me connaissez pas ? Madame Bienassis. (Il ne la reconnaît pas.) Comment se porte madame Galardon ?

GALARDON.

Joliment ! elle se porte assez joliment !

Madame Bienassis finit par pénétrer complètement dans le bureau, au milieu des meubles bouleversés, bousculée par les gardiens, qui frottent, qui époussètent, qui balaient, sans se préoccuper d'elle. Elle est obligée de sauter à droite, à gauche, en avant, en arrière, mais rien ne la rebute.

MADAME BIENASSIS.

Et mademoiselle Galardon ?

GALARDON.

Je n'ai qu'un fils.

MADAME BIENASSIS.

Il est si gentil qu'on le prendrait pour une demoiselle.

GALARDON.

Il est cuirassier.

MADAME BIENASSIS.

Déjà ? — Pourrais-je voir monsieur le chef de division aujourd'hui ?

* Galardon, madame Bienassis, les gardiens.

GALARDON.

Sa porte sera consignée.

MADAME BIENASSIS.

Avec votre protection !

GALARDON, avec dignité.

Je ne connais que mon devoir.

MADAME BIENASSIS.

À qui le dites-vous ? — C'est que j'aurais le plus grand intérêt...

GALARDON.

Ce sera impossible.

Il lui tourne le dos.

MADAME BIENASSIS, à part, regardant autour d'elle.

Oh ! impossible !

GALARDON, allant à la cheminée à droite.

Et le feu ! ils ont oublié le feu.

MADAME BIENASSIS, allant ouvrir la porte du fond à gauche et lisant sur la seconde porte *.

« Archives. » (Elle ouvre.) Il me recevra.

Elle disparaît au moment où les gardiens rentrent avec du bois qu'ils entassent dans la cheminée.

GALARDON.

Voyons ce bois. — Elle est partie, la gêneuse !

DEUXIÈME GARDIEN.

Savez-vous la nouvelle ? Le petit Robertin est décoré.

* Madame Bienassis, Galardon, les gardiens.

GALARDON.

Le surnuméraire ?

PREMIER GARDIEN.

Du Pélican bleu. Il a un ruban jaune et azur.

DEUXIÈME GARDIEN.

Il nous a donné dix francs.

GALARDON.

Si on décore les surnuméraires maintenant ! C'est la dé-
cadence.

PREMIER GARDIEN.

Et une princesse est venue le demander.

GALARDON.

Une princesse ?

DEUXIÈME GARDIEN.

La princesse de Kara-Hissar.

GALARDON.

Quel chic ! — Après cela, il est gentil le petit Robertin.

SCÈNE II

GALARDON, Les Gardiens, BOURGUÉIL.

BOURGUEIL, à la porte du fond.

Personne dans les antichambres ! (Voyant les gardiens.) *
Ah ! — Monsieur Picaud de la Picaudière, chef de division ?

---

* Galardon, Bourgueil, les Gardiens.

GALARDON, de sa grosse voix.

Absent!

LES TROIS GARDIENS.

Absent!

BOURGUEIL.

A qui parlâtes-vous ?

GALARDON.

Mais, monsieur...

BOURGUEIL.

On ne me répondit jamais de la sorte.

LES TROIS GARDIENS.

Permettez...

BOURGUEIL.

Je ne permets pas.

LES TROIS GARDIENS.

Cependant...

BOURGUEIL.

Et je vous tirerai les oreilles.

LES TROIS GARDIENS.

Monsieur !

BOURGUEIL.

Pour les ramener à leur longueur naturelle.

GALARDON.

C'est la première fois...

BOURGUEIL.

Que vous serez poli.

GALARDON.

J'ai cru l'être.

BOURGUEIL, descendant.

Vous vous trompâtes. — Vous direz à votre chef que son ami de collège, Paul Bourgueil, est venu pour le voir.

LES TROIS GARDIENS.

Si nous avions su...

BOURGUEIL.

Je n'accepte point vos excuses. Picaud rentrera-t-il dans la journée?

GALARDON, très poli.

M. le chef de division sera ici de deux à quatre.

BOURGUEIL.

C'est bien.

GALARDON.

Et si monsieur daigne revenir...

BOURGUEIL.

Je ferai ce qu'il me plaira.

LES TROIS GARDIENS, obséquieux.

Nous ne pouvions deviner...

BOURGUEIL.

Vous êtes des clampins.

LES TROIS GARDIENS.

Monsieur...

BOURGUEIL.

De satanés clampins. Laissez-moi.

LES TROIS GARDIENS, étourdis.

Monsieur !

BOURGUEIL.

Sortez. — Je vais écrire un mot à Picaud.

PREMIER GARDIEN, sortant.

En voilà un rageur !

DEUXIÈME GARDIEN.

Quel bonhomme !

GALARDON.

Un ami de collège du patron ! — Pas de chance. — Le voilà comme chez lui.

Les gardiens sortent par le fond.

SCENE III

BOURGUEIL, puis LIONEL.

BOURGUEIL, seul.

Ils m'ont fait mettre en colère. Je dois être cramoisi, je n'aime pas ça. De la Picaudière !.. Picaud de la Picaudière, très fort en thème, — je me souviens parfaitement, — un bon abruti. (Il s'assied près de la table et se met à écrire.) Brave Picaud ! Il veut que j'assiste à son mariage... sa lettre me toucha. (Lionel entre par la droite, deuxième plan. Bourgueil, qui l'a entendu entrer, parle sans le regarder.) C'est lui ! c'est bien lui ! bon Isidore ! *

_____

* Bourgueil, Lionel.

IV. **10.**

LIONEL, étonné.

Lionel de...

BOURGUEIL, vivement, même jeu.

Ou Lionel, bon Lionel!

Il se lève.

LIONEL.

Comment?

BOURGUEIL.

Tu n'as pas vieilli. (Le regardant.) Mais non, mais non, je
je dois faire erreur, ce n'est pas la Picaudière.

LIONEL.

Lionel de Beautiran.

BOURGUEIL.

Paul Bourgueil.

LIONEL.

Oh! (Vivement.) Monsieur Bourgueil, ami de collège de la
Picaudière? (A part.) C'est moi qui l'aurai vu le premier.

BOURGUEIL, l'examinant.

Eh! mais! je vous connais, vous.

LIONEL, ravi.

Vraiment! aurais-je cette bonne fortune?

BOURGUEIL.

Je vis votre photographie chez Lolotte, la petite Lolotte, de
l'Opéra.

LIONEL, à part.

Ah! (Haut, avec embarras.) Oui, oui, peut-être. (A part.) Je me
ferai recommander par Lolotte.

BOURGUEIL.

Signée Lionel. — Vous êtes dentiste.

LIONEL.

Hein !

BOURGUEIL.

Lolotte s'écria : Ne faites pas attention ; c'est la photographie de mon dentiste.

LIONEL, interloqué.

Sapristi !

BOURGUEIL.

On vous dit fort habile dans votre art.

LIONEL, à part.

Il va me demander de lui poser une molaire !.. (Haut.) Je vous demande pardon, cher monsieur, on m'attend...

BOURGUEIL.

Les clients avant tout.

LIONEL, à part.

Le frère du ministre qui me prend pour un dentiste ! Quelle catastrophe !

Il sort par le fond.

SCÈNE IV

BOURGUEIL, puis MADAME BIENASSIS.

BOURGUEIL, s'asseyant à la cheminée.

Il est modeste, ce praticien. Il ne fait pas de réclame.

MADAME BIENASSIS, passant la tête à la porte du fond à gauche.

Il est seul.

BOURGUEIL.

A quoi m'occupais-je? — Ah! j'écrivais à Picaud. — (En entendant ouvrir une porte, il se lève.) C'est lui! c'est bien lui! je l'aurais reconnu. — Une dame! *

MADAME BIENASSIS.

Monsieur Bourgueil, mon cousin!

BOURGUEIL.

Madame Bienassis, ma cousine!

MADAME BIENASSIS, à part.

Qu'est-ce qu'il vient faire ici? (Haut.) Vous venez solliciter? Vous connaissez M. de la Picaudière?

BOURGUEIL.

C'est un ami de collège.

MADAME BIENASSIS.

Ce cher cousin! — Pourquoi ne vous voyons-nous pas plus souvent?

BOURGUEIL.

Je me le reproche, Clotilde. — Mais j'ai organisé mon existence, moi. — J'ai une stalle aux Italiens, j'adore la musique.

MADAME BIENASSIS.

Et les danseuses.

---

* Madame Bienassis, Bourgueil.

BOURGUEIL.

Oui, je folâtre quelquefois avec ces bayadères, il y en a de gentilles...

MADAME BIENASSIS, baissant les yeux.

Mon cousin!

BOURGUEIL, à part.

Elle rougit. Elle est charmante; elle me rappelle Lolotte.

MADAME BIENASSIS.

Je connais vos bonnes fortunes.

BOURGUEIL.

Vraiment? — La renommée aux cent voix... vous a conté mes succès! — J'ai quelques agréments, sans doute; j'ai une fort belle voix de baryton, et je joue de la guitare en virtuose.

MADAME BIENASSIS.

Oui, oui, vous êtes un séducteur.

BOURGUEIL.

Il faut bien être quelque chose. Je ne m'occupe pas de politique, moi; je suis un philosophe. — Ce qui n'empêche pas les gouvernements éclairés de distinguer votre cousin Bourgueil. J'ai reçu cela tout à l'heure dans mon bain.

Il montre un ruban à sa boutonnière.

MADAME BIENASSIS.

Je voudrais vous en féliciter avec mon mari. Ne trouverez-vous jamais le temps de nous faire visite?

BOURGUEIL, à part.

Elle me fait des avances.

MADAME BIENASSIS.

Je ne sors presque jamais.

BOURGUEIL, à part.

Elle est adorable !

MADAME BIENASSIS.

Puisque vous êtes l'ami de collège de M. le chef de division, vous recommanderez M. Bienassis.

BOURGUEIL.

Volontiers. Je le recommanderais volontiers, si je ne m'étais imposé de ne jamais recommander personne.

MADAME BIENASSIS, à part.

Égoïste !

Elle passe et va s'asseoir à la cheminée*.

BOURGUEIL.

Mais n'est-il pas recommandé par son propre mérite?

MADAME BIENASSIS.

Si, si. — Oh! les parents, à quoi ça sert-il?

BOURGUEIL, assis au bureau à gauche.

Oh ! la famille! je la comprends quand on est seul.

MADAME BIENASSIS.

Vous m'avez parlé quelquefois de M. de Pontorson.

BOURGUEIL.

Nous ne nous saluons pas.

MADAME BIENASSIS.

Ah !

* Bourgueil, madame Bienassis.

BOURGUEIL.

Il me montra un singe, et il voulait que j'en fisse mon
semblable. Je l'appelai clampin.

MADAME BIENASSIS.

Vous m'avez dit que vous aviez vu sa fille à Bourbonne.

BOURGUEIL, se levant.

Je ne la vis que là. — Adorable! une beauté rieuse et
ample !... Elle s'ennuyait avec l'auteur de ses jours. Ses
fenêtres étaient en face des miennes.

MADAME BIENASSIS, se levant et venant à lui.

Est-ce qu'il s'est passé quelque chose ?

BOURGUEIL, très fat.

Non ! non ! Clotilde !

MADAME BIENASSIS.

Ah ! vraiment !...

BOURGUEIL, passant à droite.

Ne m'interrogez pas.

MADAME BIENASSIS, à part.

Il est très compromettant. Je ne dirai pas qu'il est mon
cousin.

Elle sort par la porte du fond à gauche, cabinet des archives.

BOURGUEIL.

Je chantais... Le père dormait. (Voyant entrer Pontorson.) C'est
lui !

Bourgueil et Pontorson se reconnaissent, chacun met brusquement son chapeau sur
sa tête, Bourgueil sort par le fond.

SCÈNE V

PONTORSON, DINDONNETTE, GALARDON.

PONTORSON, à la porte de l'antichambre, quand Bourgueil est sorti.

Il n'a pas osé me redire que mon homme fossile était un singe. — Ciel ! Dindonnette !

           Il va se blottir dans un grand fauteuil pour se cacher.

DINDONNETTE, dans l'antichambre, à Galardon.

Comment se nomme la personne qui sort d'ici?

GALARDON.

M. Bourgueil.

DINDONNETTE.

Je ne me trompe pas. Bourgueil... de Bourbonne. Il est sur ma liste. Savez-vous son adresse ?

GALARDON.

Non, madame.

DINDONNETTE.

Donnez-moi un Bottin, — vous devez avoir un Bottin. (Elle entre.) Monsieur de Pontorson *!

PONTORSON, embarrassé.

Madame... madame...

GALARDON.

Elle connaît le beau-père.

                   Il sort.

* Galardon, Dindonnette, Pontorson.

DINDONNETTE.

Mais, mon cher, ne prenez donc pas cet air embarrassé.

PONTORSON.

Ai-je l'air embarrassé ?

DINDONNETTE, changeant de ton.

Avez-vous vu mon mari ?

PONTORSON.

Votre mari ? Lequel ?

DINDONNETTE.

Vous ne l'avez pas vu ?

PONTORSON, rassuré.

Vous êtes donc mariée ?

DINDONNETTE.

Il n'y a que cela de vrai, mon cher.

PONTORSON.

Certes... certes. Ah ! vous êtes mariée. — Mais alors... vous n'êtes plus compromettante.

DINDONNETTE.

Qu'entendez-vous par là ?

PONTORSON, galant.

J'entendrai ce qu'il vous plaira. — Mes compliments, belle dame.

Il lui embrasse la main. Madame Bienassis, qui a entr'ouvert la porte des archives, la referme vivement.

DINDONNETTE.

Eh bien !... Eh bien ! papa Pontorson !

IV.   11

PONTORSON.

Puisque vous êtes mariée !

DINDONNETTE.

Et mes devoirs !

PONTORSON.

Oh ! les devoirs !... On n'en parle jamais que le lendemain.

DINDONNETTE.

Vous avez la conscience large.

PONTORSON.

Plus elle est large, plus on en a.

DINDONNETTE.

Vieux farceur !

PONTORSON.

Plus agaçante que jamais!

DINDONNETTE.

Vous avez été décoré hier ?

PONTORSON, avec complaisance.

Oui, le Béloutchistan a daigné reconnaître mes faibles mérites.

DINDONNETTE.

Ses faibles mérites! — Pourquoi ne portez-vous pas le ruban ?

PONTORSON, entr'ouvrant son paletot.

Je le porte sous mon paletot, d'abord. (Il remonte.) Pour m'y habituer.

DINDONNETTE.

Qui vous l'a remis?

PONTORSON.

Un nommé Kara-Hissar-Khan, qui ne m'a pas trouvé. Je viens d'aller chez lui.

DINDONNETTE.

Ah!

PONTORSON.

Pour le remercier.

DINDONNETTE, à part.

Ils iront tous le remercier.

PONTORSON.

Je lui devais bien cela. Et puis, il y avait une accolade...

DINDONNETTE.

Ah!

PONTORSON.

Qui m'intriguait. — Mais j'ai compris. Ce sont les brevets qui lui manquent. — Il est fort aimable, ce sauvage. Je l'ai invité au mariage de ma fille.

DINDONNETTE.

Tiens, tiens, c'est une bonne idée.

PONTORSON.

Il m'a demandé l'autorisation de nous présenter sa femme, Kara-Hissar-Khane.

DINDONNETTE, vivement.

Vous avez autorisé?

PONTORSON.

Avec empressement. C'est une Parisienne fort jolie, dit-i .

DINDONNETTE.

Jolie ! je crois bien : c'est moi.

PONTORSON, foi-ant un bond.

Vous !

DINDONNETTE.

Oui, papa Pontorson.

PONTORSON.

Vous êtes ?...

DINDONNETTE.

Je suis elle-même. — Maintenant, mon bon, ce que vous
avez de mieux à faire, c'est de me recevoir avec tout le respect qui m'est dû.

PONTORSON.

Entendons-nous.

DINDONNETTE.

Et de ne plus faire des mines comme tout à l'heure. —
Kara-Hissar est jaloux, il se douterait de quelque chose, et
je vous préviens qu'il est féroce.

PONTORSON.

Féroce !

DINDONNETTE.

Je lui ai répondu de ma vertu sur le crâne de son grand
père.

PONTORSON.

Ah ! sapristi !

DINDONNETTE.

Et vous comprenez que ces gens-là ne sont pas assez civi-
lisés pour connaître la police correctionnelle.

PONTORSON.

Il vous tuerait !

DINDONNETTE.

Après vous, mon bon ami.

PONTORSON.

Permettez.

DINDONNETTE.

Vous êtes prévenu.

PONTORSON.

Arrangez cela.

DINDONNETTE.

A demain, midi pour une heure. Quelle bonne occasion
de nous poser !

PONTORSON.

Mais non, mais non, c'est impossible.

DINDONNETTE, allant au bureau.

Ah ! voilà un Bottin.

Elle s'assied et feuillette le livre.

PONTORSON.

Vous ne pouvez pas assister...

DINDONNETTE.

Allons donc ! je serai la moins cocodette de toutes.
(Cherchant.) Bourgueil... Bourgueil... (Haut.) Souvenez-vous de
Bourbonne. — « Viens-tu, papa ? Bonjour, papa. »

PONTORSON.

Ah ! oui, Bourbonne ! parlons de Bourbonne !

DINDONNETTE, rejetant le Bottin.

Bourgueil ? Il y en a... vingt-sept.

PONTORSON.

Je me le reproche assez, Bourbonne !

DINDONNETTE, passant à droite *.

Ingrat !

PONTORSON.

Ma petite Dindonnette !

DINDONNETTE, remontant.

Appelez-moi princesse tout simplement. (A part.) — Arthur
Robertin ! Il faudra revenir ! Et Bourgueil qu'il faut absolument retrouver... Il est fat et bavard ; s'il voit mon mari, je
suis perdue !

Elle sort par le fond.

SCÈNE VI

PONTORSON, GALARDON, puis BIENASSIS.

Pontorson, très agité, va à la sonnette et sonne violemment. Galardon entre.

PONTORSON **.

Faites-moi venir M. Bienassis.

* Pontorson, Dindonnette.
** Pontorson, Galardon.

GALARDON, étonné.

Dans le cabinet de M. le chef de division !

PONTORSON.

Il n'oserait pas? Dites-lui que M. le chef de division le demande.

GALARDON.

Si monsieur en prend la responsabilité.

PONTORSON.

Je la prends (Galardon sort.) Dindonnette au mariage d'Hélène!... Dindonnette, qu'on a déjà prise pour ma fille! Et invitée par moi! — Regarde-toi dans cette glace, Pontorson, et fais-toi horreur, vieux libertin, fais-toi horreur

BIENASSIS, en costume de bureau, habit râpé, calotte de velours grenat brode d'or, qu'il tient à la main ; il s'arrête à la porte avec inquiétude *.

Monsieur le chef de division me fait l'honneur de...

PONTORSON.

Entre donc, Bienassis.

BIENASSIS, étonné.

Pontorson! (Rassuré.) Alors, c'est une farce? — On ne me fait jamais appeler, moi ; on ne me connaît pas... heureusement.

PONTORSON.

Dindonnette a épousé un khan qui se nomme Kara-Hissar, qui m'a fait décorer du Pélican bleu, qui est féroce, et que j'ai invité avec sa femme au mariage de ma fille.

Bienassis s'est pris la tête entre les mains et sa figure s'est épanouie.

* Bienassis, Pontorson.

PONTORSON.

Qu'en dis-tu?

BIENASSIS.

Attends un peu, je cherche.

PONTORSON.

Tu cherches? Mais ce n'est pas un rébus.

BIENASSIS.

Bah! qu'est-ce que c'est donc?

PONTORSON.

Dindonnette... Chut!... voici mon fils.

ADALBERT, entrant par le fond*.

Je vous annonce ces dames que j'ai laissées dans les magasins. On achète un polichinelle pour M. de Pomponne fils, un particulier de cinq mois, qui est déjà méchant comme s'il avait l'âge de raison.

PONTORSON.

Oui... oui... on me fait venir dans le cabinet de mon gendre sous prétexte que ma fille veut le visiter.

ADALBERT.

Ce n'est pas un prétexte. — Hélène et ses jeunes amies brûlent du désir de voir le cabinet de M. le chef de division. A Montmirac, on vient aussi visiter la sous-préfecture. J'offre des brioches et je joue du flageolet. (Poussant un cri involontaire, à la vue de madame Bienassis qui a ouvert la porte des archives pour sortir et qui la referme vivement.) Oh!

PONTORSON.

Qu'as-tu? — C'est une femme?

* Adalbert au fond, Pontorson, Bienassis.

ADALBERT, à la porte des archives.

Je n'ai vu que la robe.

PONTORSON, remontant*.

Qui se cache!

ADALBERT.

Soyons discret.

PONTORSON.

Chez mon gendre!

ADALBERT.

Où est le mal?

PONTORSON.

Le lendemain de son mariage!

ADALBERT.

La veille, papa, la veille. Ce doit être pour rompre.

PONTORSON.

J'aime à le croire.

ADALBERT.

Eh bien, papa, je ne suis pas fâché d'apprendre qu'il est comme tout le monde.

PONTORSON, sévèrement.

Mon fils!

ADALBERT.

Ma parole d'honneur! Je le croyais en bois.

---

* Bienassis, Pontorson, Adalbert.

PONTORSON.

Vous supposiez?...

ADALBERT.

Que vous aviez pris un gendre de carton.

PONTORSON, sévèrement.

J'en avais peur aussi.

BIENASSIS.

Je n'osais pas te le dire.

ADALBERT.

Mais puisqu'il y a des comptes à régler...

Il redescend en scène.

PONTORSON.

Je le surveillerai.

On ouvre la porte du fond.

ADALBERT.

C'est lui.

Bienassis se sauve par la porte de droite*.

SCÈNE VII

Les Mêmes, PICAUD, puis GALARDON.

PICAUD, parlant dans l'antichambre, très haut.

Je n'y suis pour personne. Je travaille avec le ministre.

PONTORSON, à part.

Le ministre!

* Pontorson, Adalbert.

ADALBERT, à part.

Farceur, va!

PICAUD, entrant.

Mon beau-père! et ce cher sous-préfet! Dans mon cabi-
net, avant moi! (Il va à son bureau, tantôt assis, tantôt debout, remue ses
papiers, prend une plume, puis un crayon, puis de la cire à cacheter, puis le timbre
humide, puis le timbre sec, comme un homme absolument occupé et préoccupé.)
Quel bon vent vous amène*?

ADALBERT, à part.

Et moi qui le prenais au sérieux!

PONTORSON.

Monsieur de la Picaudière!

PICAUD, sans l'écouter, à Galardon qui est entré**.

S'est-il présenté quelque personnage pendant mon absence?

GALARDON.

Il ne s'est présenté qu'un ami de collège de monsieur le
chef de division.

PICAUD.

Paul Bourgueil!

GALARDON.

Oui, monsieur le chef de division.

PONTORSON.

Un paltoquet!

* Picaud, Pontorson, Adalbert.
** Picaud, Galardon, Pontorson, Adalbert.

PICAUD, à Galardon.

Bourgueil vous a dit qu'il était mon ami de collège?
Reviendra-t-il?

GALARDON.

Je ne sais, monsieur le chef de division.

PICAUD.

Alors, je suis désolé.

GALARDON.

M. Paul Bourgueil, que nous avons cependant reçu
avec les plus grands égards, ne s'est pas expliqué. — Mais
il a laissé une lettre sur le bureau.

PICAUD.

Vous permettez, beau-père, c'est une affaire de la plus
haute importance. « Mon cher Isidore... » Comment, Isidore! Il m'appelle Isidore! Mais il me tutoie, il me tutoie.
(Recommençant à remuer les papiers.) Parlez, beau-père ; je vous
écoute.

PONTORSON, tournant autour de la table pour tâcher d'être en face de lui.

La démarche que je fais en ce moment vous prouve...
(Un employé entre par la porte de droite deuxième plan, et se penche à l'oreille de
Picaud, qui est venu au milieu de la scène. Ils parlent bas d'un air très affairé. Pon-
torson exaspéré bat la mesure sur son chapeau.) Vous prouve...

PICAUD, à Pontorson, même jeu.

Je vous écoute.

PONTORSON, continuant.

Mon désir de ne pas troubler...

(L'employé se retire. — Picaud, revenu à son bureau, s'y est assis, a allumé un bou-
geoir et est très occupé à faire un cachet avec un énorme bâton de cire rouge.

PICAUD.

Je vous écoute.

PONTORSON.

Par des dissensions intestines... (Picaud prend une lettre et la lit avec attention.) intestines... intestines...

PICAUD.

Ce n'est pas cela, pas cela du tout ; ils ne savent même pas me comprendre. Je suis obligé de tout faire. (Il bâtonne la lettre à grands coups de crayon.) Je vous écoute.

PONTORSON, continuant.

Notre fête de famille... (Changeant de ton.) Je vois que vous êtes occupé?

PICAUD.

Oh! comme toujours. — Certainement, mes collaborateurs ont du dévouement, de l'instruction, de l'intelligence, mais pas d'élévation. Ils ne planent pas ; moi, je plane. Je suis accablé! accablé! accablé! accablé!

ADALBERT, bas, à Pontorson.

Il ne pourra pas la faire échapper, si nous restons.

PONTORSON.

C'est juste.

ADALBERT.

Et ces dames vont venir.

PONTORSON.

Je vais prendre un moyen adroit. (Allant à Picaud, avec intention.) Si vous désiriez être un instant seul, ne vous gênez pas, mon gendre.

PICAUD.

Vous me permettez d'être franc? — J'ai là une affaire...

PONTORSON, finement.

Qui vous attend.

PICAUD, se méprenant.

Qui m'attend et qui me demandera de la méditation.

PONTORSON, à part.

De la méditation !

ADALBERT, de même.

Elle est bien bonne !

PICAUD, étonné.

Vous dites ?..

ADALBERT.

Je dis... hâtez-vous de vous en débarrasser, car madame de la Picaudière, ma sœur, vous ménage une surprise.

PICAUD.

Vraiment? Une surprise! On ne me surprend pas, moi.

PONTORSON, avec intention.

Elle va venir.

PICAUD, avec joie.

Elle veut voir mon cabinet ! Sa première pensée a été pour le ministère, c'est bien ! ah ! c'est bien !

PONTORSON.

Oui, mais débarrassez-vous d'abord, de la... de l'affaire qui vous attend.

PICAUD.

Je la renverrai.

PONTORSON, vivenent.

Pas devant moi, oh ! pas devant moi !

PICAUD, étonné.

Comment ?

PONTORSON.

Je reviendrai prendre ces dames. — Je vous donne qua-
rante minutes.

PICAUD.

C'est trop ; je mène autrement les affaires !

PONTORSON.

Non. Faites bien les choses ; seulement, terminez.

PICAUD.

Je terminerai plus tard.

PONTORSON.

De la Picaudière !

PICAUD.

Pontorson !

PONTORSON.

Je vous ai confié le bonheur de ma fille.

PICAUD.

Eh bien ?

PONTORSON.

Je ne vous en dirai pas davantage. Mais faites bien les
choses.

PICAUD.

Quelles choses?

PONTORSON, à part.

Est-il dissimulé!

PICAUD, à part, haussant les épaules.

Il ne sait pas ce que c'est qu'une affaire!

PONTORSON.

Viens, Adalbert.

ADALBERT.

Je vous suis, papa.

PONTORSON, en sortant par le fond.

Il est dissimulé! Il a tous les défauts.

SCÈNE VIII

PICAUD, ADALBERT.

Picaud est revenu à sa table, qu'il avait quittée un instant. Il allume un cigare.

ADALBERT, allant à lui *.

Personne ne nous voit...

PICAUD, étonné, cachant vivement son cigare et prenant un dossier.

Personne.

ADALBERT.

Eh bien, alors... abattons nos faux cols.

*Picaud, Adalbert.

PICAUD.

Quels faux cols ?

ADALBERT.

Et tutoyons-nous, puisque nous sommes beaux-frères.

PICAUD

Mais, mon cher sous-préfet...

ADALBERT.

Je sais tout.

PICAUD.

Quoi ?

ADALBERT.

Tu es un farceur !

PICAUD.

Hein !

ADALBERT.

Tais-toi. Je t'aime mieux comme ça.

PICAUD.

Il est fou ! Il y a un fou dans la famille maintenant ;
j'aurai des enfants fous.

ADALBERT.

Mais tu te maries, Gustave ; tu épouses une Pontorson.
J'espère que ce n'est pas pour rire.

PICAUD, à part.

Il ne faut pas le contrarier. (Haut.) Non, ce n'est pas pour
rire.

ADALBERT.

N, i, ni, c'est fini ; tu seras sage, Gustave ?

PICAUD.

Oui, oui, c'est fini, n, i, ni,

ADALBERT, sortant par le fond.

Adieu, gros père ; fais bien les choses.

PICAUD, ahuri.

Drôle de famille ! Il est fou ! on aurait dû me prévenir.

ADALBERT, rouvrant la porte.

Mais tu es un farceur !

PICAUD, atterré.

Est-ce qu'il me tutoiera devant mes subordonnés ? Drôle
de famille ! Mais je n'épouse pas la famille, et mes enfants
tiendront de leur père.

SCÈNE IX

PICAUD, puis MADAME BIENASSIS.

Dès qu'il est sûr d'être seul, Picaud quitte sa table et s'étend dans le plus vaste
de ses fauteuils, près de la cheminée.

PICAUD.

Accablé ! accablé ! accablé ! Heureusement, la fille a l'ins-
tinct de l'administration. Elle n'écoute que moi ; elle est à
mes petits soins. Elle fera bien dans le salon du ministre,
cela me suffit. — (Se levant.) Bourgueil est venu avec empressement. Je lui sacrifierai mon beau-père, je lui dirai

que c'est un imbécile, ce qui est exact d'ailleurs, et Paul va me pousser. (Se regardant dans la glace.) Allons, allons, je ferai un assez joli sous-secrétaire d'État. — Le regard vague et le sourire nuageux, voilà ce que je dois apprendre. Je m'exerce. J'ai le reste, de la prestance, de la dignité, encore des cheveux, pas trop de ventre, assez... pas trop... (Il aperçoit dans la glace madame Bienassis, qui est sortie du cabinet furtivement, et qui attend le moment de se présenter.) Hein ! quoi ? qu'est-ce ? quelqu'un ici ?

MADAME BIENASSIS, saluant *.

Madame Bienassis...

PICAUD, vivement.

Que me voulez-vous?

MADAME BIENASSIS.

Femme d'un de vos employés les plus dévoués.

PICAUD, passant à son bureau **.

Cela m'est égal.

MADAME BIENASSIS.

Vous entendrez une pauvre mère de famille...

PICAUD.

Je ne reçois pas.

MADAME BIENASSIS.

Qui vient solliciter pour son mari.   ⋅

PICAUD.

Je n'admets pas les sollicitations.

---

* Madame Bienassis, Picaud.
** Picaud, madame Bienassis.

MADAME BIENASSIS.

Nous n'avons point cherché de protection.

PICAUD.

Je ne subis aucune influence, madame.

MADAME BIENASSIS.

Je le sais, monsieur le chef de division. Tous vos employés connaissent votre justice.

PICAUD.

Alors vous n'avez plus rien à me dire?

MADAME BIENASSIS.

Si je vous suppliais...

PICAUD.

Ce serait inutile : j'ai des travaux urgents.

Il lui tourne le dos, s'assied à son bureau, et sonne.

MADAME BIENASSIS.

Vous n'êtes pas galant, monsieur.

PICAUD.

Ce n'est pas mon métier, madame. (Elle sort lentement, en s'essuyant les yeux, pendant que Galardon, qui entre, la regarde avec étonnement.) Qui a introduit madame?

GALARDON.

Ce n'est pas moi, monsieur le chef de division.

PICAUD.

Je ne suis donc plus en sûreté chez moi.

GALARDON.

Je ne sais comment cela se fait.

PICAUD.

Si vous me laissez envahir par des péronnelles!

GALARDON.

C'est la première fois, monsieur le chef de division, et je ferai attester par madame... je lui demanderai un certificat.

Le premier gardien ouvre la porte avec pompe.

PICAUD.

Qu'est-ce encore?

PREMIER GARDIEN.

Le baron Lionel de Beautiran.

PICAUD, vivement.

Faites entrer, faites entrer.

SCÈNE X

PICAUD, LIONEL, MADAME BIENASSIS.

Picaud s'est levé vivement pour recevoir Lionel, et il s'arrête ébahi en voyant madame Bienassis à son bras. Elle entre triomphalement, gracieuse, souriante, comme si rien ne s'était passé. *

LIONEL.

Mon cher la Picaudière, j'ai l'honneur de vous présenter madame Bienassis.

PICAUD, étonné.

Madame...

_____

* Picaud, Lionel, madame Bienassis.

LIONEL.

Que j'ai rencontrée quelquefois chez ma tante de Tournon, et dont je me fais gloire d'être un des plus humbles admirateurs.

MADAME BIENASSIS

Monsieur...

PICAUD, à Galardon.

Un siège pour madame.

LIONEL, bas.

Vous n'avez pas lu sa carte? Bienassis, née Bourgueil.

PICAUD.

. Oh ! (Vivement.) Ce fauteuil, madame ; il est meilleur.

MADAME BIENASSIS.

Je sais, monsieur le chef de division, que votre temps est précieux.

PICAUD*.

Précieux ! Certes, il est précieux...

LIONEL.

Toujours précieux, belle dame, quand on a la bonne fortune de le passer près de vous.

PICAUD.

J'allais le dire.

Il est revenu à ses papiers qu'il remue plus que jamais.

LIONEL.

Ce cher la Picaudière a le droit d'être un peu troublé ; il épouse demain une jeune personne adorable.

---

* Picaud, à son bureau ; — madame Bienassis, sur un fauteuil ; — Lionel adossé à la cheminée.

MADAME BIENASSIS.

Ah! oui.

PICAUD.

Vous la connaissez, madame?

MADAME BIENASSIS, troublée.

Un de mes parents l'a vue à Bourbonne.

PICAUD.

Ah! elle a été à Bourbonne?

MADAME BIENASSIS.

Et il l'a trouvée... ravissante.

PICAUD, à son bureau très galant.

Elle n'est pas la seule.

LIONEL.

Elle a déjà une réputation à Paris. On ne dit plus que la belle Hélène.

PICAUD.

Alors, je serai le mari de la belle Hélène, moi.

LIONEL.

Plaignez-vous-en, heureux mortel!

PICAUD.

Il est plein d'esprit. — Appelez-moi Ménélas.

MADAME BIENASSIS.

Oh! monsieur, on n'a pas ce danger à craindre quand on a votre distinction.

PICAUD.

Madame, me voici tout à vous. (Sonnant.) J'attends votre re-
quête.

MADAME BIENASSIS.

M. Bienassis n'a pas été heureux. Il est trop... (Un employé
entre par le gauche, deuxième plan et vient parler bas à Picaud.) Trop...

PICAUD.

Complètement à vous, madame.

MADAME BIENASSIS.

Trop modeste. Il se laisse oublier, son travail actuel...
Picaud, prenant sa tête dans ses mains, est absorbé par la lecture d'une lettre.
actuel... (Il sonne.) ne suffit plus à sa... à sa dévorante activité.

PICAUD, à Galardon, qui est entré par le fond.

Le dossier de M. Bienassis. — Continuez, madame.

MADAME BIENASSIS.

Il doit être bien noté si l'on est juste... car...

PICAUD, à l'employé, qui est resté près de lui.

Ce n'est pas cela, pas cela du tout, on ne m'a point
compris. Je vais traiter la question en deux mots. (Il écrit.)
« Voir de plus haut ! » (A madame Bienassis.) Je suis obligé de
tout faire. (Galardon rentre avec un dossier.) Voici le dossier. Je
vous écoute, madame.

MADAME BIENASSIS

Je voudrais que M. Bienassis...

PICAUD, vivement.

Ne me demandez pas de faveur, pas de faveur, je vous
en prie ; je serais inflexible. La récompense du mérite et

des droits acquis, voilà tout. Voyons les notes : Bienassis, Étéocle-Polynice.

MADAME BIENASSIS

C'est cela.

PICAUD, à mi-voix.

Médiocre... médiocre... médiocre... médiocre... médiocre... tenace, caractère tenace : c'est un homme, je n'ai pas besoin d'aller plus loin. M. Bienassis est un homme, n'est-ce pas, madame?

MADAME BIENASSIS, un peu interloquée.

Oui, monsieur.

PICAUD.

Et ce qu'il faut au pays, maintenant, ce sont des hommes. Avez-vous des enfants, madame?

MADAME BIENASSIS

J'ai une fille.

PICAUD.

Faites-en un homme. Il nous faut des hommes. Faisons des hommes. Que désire M. Bienassis?

MADAME BIENASSIS.

Son avancement.

PICAUD.

Il est tenace... c'est un homme, il y a droit.

LIONEL, à part.

Eh bien, il est d'une jolie force

PICAUD.

Mais pas de faveur, ce serait impossible. — A-t-il fait choix d'une résidence?

MADAME BIENASSIS, timidement.

Les médecins m'ordonnent le climat de Paris.

PICAUD.

Si les médecins l'ordonnent, ce n'est plus une faveur.

MADAME BIENASSIS.

Vous consentiriez ?...

PICAUD.

Demandez-moi Paris. Mais à Paris...

MADAME BIENASSIS, enhardie.

Si la place de M. Momiron...

PICAUD.

De Momiron ?

MADAME BIENASSIS.

Il est bien malade !

PICAUD, se levant à demi.

Vous ne demandez pas que je hâte sa mort ?

MADAME BIENASSIS.

Oh ! monsieur !

PICAUD.

Vous êtes tout à fait modérée. (A Lionel.) Madame est tout
à fait modérée. (Il sonne. — A un gardien qui est entré.) Appelez
M. Bienassis.

MADAME BIENASSIS.

Je pourrais espérer ?...

PICAUD, se levant et passant*.

C'est fait.

MADAME BIENASSIS, se levant aussi.

M. Bienassis... avancera et il restera à Paris ?

PICAUD.

Je sais toujours reconnaître le vrai mérite, moi, madame.

MADAME BIENASSIS.

Je le vois bien, monsieur.

PICAUD, revenant s'asseoir à son bureau.

Toujours.

SCÈNE XI

PICAUD, LIONEL, MADAME BIENASSIS, BIENAS-
SIS, puis HÉLÈNE, URSULE, CHARLOTTE,
SUZANNE.

BIENASSIS, entr'ouvrant la porte sans passer la tête.

Tu sais que je ne suis pas ta dupe ! (Au dehors.) Onze
trompes d'éléphants...

Il passe une tête triomphante.

PICAUD.

Hein !... qui... on ?... Qui se trompe ?

BIENASSIS, stupéfié**.

C'est moi... c'est moi, qui croyais... qui supposais...

---

* Picaud, madame Bienassis, Lionel.
** Picaud, Bienassis, madame Bienassis, Lionel.

PICAUD.

Des éléphants !... Un impôt?... Faites-moi un rapport. (D'un air solennel.) M. Bienassis...

BIENASSIS, se croyant perdu.

Monsieur le chef de division...

PICAUD.

Je tiens à réparer envers vous l'injustice de mes prédécesseurs.

BIENASSIS.

Quoi !... (Il lève les yeux et voit madame Bienassis qui lui sourit.) Ma femme !

PICAUD.

Vous allez prendre l'intérim de M. Momiron.

BIENASSIS.

Moi?

MADAME BIENASSIS.

Remerciez.

Bienasssis, sans pouvoir parler, lui lance des regards furibonds.

LIONEL.

Mes compliments sincères, cher monsieur!

PICAUD, à part.

Si Bourgueil n'est pas content!... Mais que voulait-il dire avec ses éléphants ?

HÉLÈNE, ouvrant la porte du fond, gaiment.

Voici des solliciteuses.

Elle entre suivie d'Ursule, de Charlotte et de Suzanne.

PICAUD.

Ah! mesdames... (A madame Bienassis, présentant sa femme.) Ma
fiancée.

MADAME BIENASSIS*.

C'est... (A part.) Oh... avec cet air candide !

PICAUD, continuant.

Madame Bienassis, — Monsieur Bienassis, un de nos
employés les plus distingués.

MADAME BIENASSIS, minaudant.

J'ai tous les bonheurs aujourd'hui, mais je n'abuserai pas...
A ce soir, monsieur Bienassis.

BIENASSIS.

Non, madame, à demain !

MADAME BIENASSIS.

Demain ! — Vous travaillerez la nuit?

BIENASSIS.

Vous n'êtes donc ambitieuse que le jour?

LIONEL, vivement.

Daignez, chère madame, accepter mon bras.

PICAUD.

Permettez, Beautiran; madame est sur mes terres.

MADAME BIENASSIS, confuse.

Messieurs!

---

* Hélène, Picaud, Bienassis, madame Bienassis, Lionel; — Ursule, Charlotte, Suzanne, au fond à gauche.

PICAUD.

Je tiens à vous accompagner, madame.

MADAME BIENASSIS.

Jusque-là seulement.

PICAUD.

Jusqu'à votre voiture. Beautiran, remettez donc à M. Bien-assis son portefeuille.

LIONEL, à Bienassis.

Tout à vous, cher monsieur.

PICAUD, à madame Bienassis, qui est à son bras.

Nous avons un dédale de corridors et d'escaliers, vous pourriez vous perdre, (Très galant.) et ce serait dommage. (A part.) Si Bourgueil n'est pas content! (Haut.) Ce serait vraiment dommage.

Ils sortent par le fond.

BIENASSIS, les regardant avec stupéfaction.

Comment a-t-elle fait?

Lionel et Bienassis sortent par les archives.

SCÈNE XII

HÉLÈNE, URSULE, CHARLOTTE, SUZANNE*.

HÉLÈNE.

Nous voilà seules.

CHARLOTTE.

Profitons-en pour tout examiner.

* Suzanne, Charlotte, Hélène, Ursule.

SUZANNE.

Oh! oui, examinons.

URSULE.

Mesdemoiselles, ayez de la tenue.

HÉLÈNE.

Il me semble que, moi, je commence à être un peu dame.

URSULE.

Pas du tout; nous devons t'appeler mademoiselle jusqu'à demain, c'est l'usage.

CHARLOTTE et SUZANNE.

Oui, mademoiselle.

CHARLOTTE.

C'est ton dernier jour.

URSULE.

Peut-on enlever sa voilette?

HÉLÈNE.

Certainement. Où vais-je mettre le polichinelle, pour qu'il soit en sûreté?

URSULE.

Donne-le-moi.

HÉLÈNE.

Non pas, c'est moi qui veux l'offrir à M. Toto.

CHARLOTTE, prenant le polichinelle et le faisant jouer.

Il m'amuserait, moi, ce polichinelle!

HÉLÈNE.

Charlotte, ne le casse pas.

Charlotte le pose sur la cheminée.

SUZANNE, qui a déjà tout examiné.

Mais ce n'est pas joli du tout.

HÉLÈNE.

Suzanne voudrait des rubis et des topazes.

CHARLOTTE.

Elle s'attendait à entrer chez le prince Charmant.

SUZANNE, naïvement.

Oh! non.

URSULE, près de la table.

Ah! mon Dieu! que de papiers!

CHARLOTTE.

Oh! le joli fouillis!

HÉLÈNE, examinant les cartons.

Et ces cartons! « Affaires urgentes. » Il n'y a rien dedans.
Si, si, une boîte de cigares.

SUZANNE, qui applique le timbre.

Tiens, c'est un timbre.

CHARLOTTE.

Voilà que tu timbres les papiers officiels maintenant!

URSULE.

Quand je songe que je n'aurais qu'à prendre cette plume
et à gribouiller quelque chose pour donner de l'avancement
à tous mes amis!

SUZANNE.

A mon cousin Ernest!

CHARLOTTE.

Au mari de Zénobie!

URSULE.

Tu feras décorer mon oncle Plantaminelle pour sa fête?

HÉLÈNE, s'asseyant dans le fauteuil près de la cheminée.

Je l'ai promis. Par exemple, voilà de bons fauteuils.

URSULE.

Où l'on doit bien dormir.

CHARLOTTE.

Ah! oui.

Elles s'assoient toutes les quatre dans les fauteuils. Adalbert paraît à la porte du fond, introduisant des garçons de café qui portent des glaces, du champagne et des gâteaux de toutes sortes.

SCÈNE XIII

HÉLÈNE, URSULE, CHARLOTTE, SUZANNE, ADALBERT, puis LIONEL et BIENASSIS.

HÉLÈNE*.

Des glaces!

CHARLOTTE.

Du champagne!

* Suzanne, Charlotte, Hélène, Adalbert, Ursule.

URSULE.

Des sandwichs!

SUZANNE.

Un baba!

ADALBERT.

Une petite collation que vous offre ce bon Picaud de la Picaudière.

URSULE.

Dans son bureau !

ADALBERT.

Oh ! son bureau n'est pas si grave qu'il en a l'air. Picaud est un simple bon enfant.

TOUS.

Ah !

ADALBERT.

Il ne faut pas le juger sur sa cravate. Nous nous tutoyons.

HÉLÈNE.

Tu tutoies mon mari?

ADALBERT.

Oui, mademoiselle, oui.

HÉLÈNE.

Depuis quand?

ADALBERT.

Depuis tout à l'heure. Sers ces demoiselles, Loulou. (Remontant aux archives, à part.) Est-elle partie au moins?

Détonation de la bouteille.

CHARLOTTE.

Eh bien! c'est très gai, le ministère.

ADALBERT.

N'est-ce pas? (Lionel rentre par la porte des archives, en parlant à Bienassis.) Monsieur de Beautiran et monsieur Bienassis! Arrivez!

LIONEL, étonné *.

Eh! quoi?

BIENASSIS, entrant, un portefeuille sous le bras.

Comment?

ADALBERT.

Sers ces messieurs, Hélène.

BIENASSIS.

Une collation!

A ALBERT.

C'est Picaud qui régale. Il est très bon enfant, Picaud; on ne le connaît pas, nous nous tutoyons.

URSULE.

Comme les apparences trompent!

ADALBERT, à Hélène.

Ne fais plus de concessions, Loulou, Il sera trop heureux de payer tes dettes. (A Bienassis.) Faites-lui des rébus.

HÉLÈNE, avec joie.

Tu crois?

ADALBERT, à Bienassis.

Je n'ai pas compris l'homme qui avale un sabre...

* Charlotte, Suzanne, Ursule, Hélène, Adalbert, Lionel, Bienassis.

GALARDON, entrant vivement par le fond.

Voici M. le chef de division.

TOUS.

Ah!

ADALBERT.

Faisons-lui une entrée solennelle comme il les aime. J'ai apporté mon flageolet.

LIONEL.

Il est amusant, le sous-préfet; le sous-préfet est amusant.

Ils se mettent sur deux rangs, chacun un verre de champagne à la main, sauf Adalbert qui est monté sur un fauteuil et joue une marche sur le flageolet.

BIENASSIS.

Il va me destituer!

SCÈNE XIV

Les Mêmes, PICAUD*.

TOUS.

A la santé de monsieur Picaud!

PICAUD, s'arrêtant stupéfait à la porte du fond.

Qu'est-ce que cela?

ADALBERT.

Fais-nous un discours, Picaud.

PICAUD.

Je cherche à comprendre...

* Charlotte, Suzanne, Ursule, Hélène, Adalbert sur un fauteuil, Picaud, Lionel, Bienassis, toujours avec un portefeuille sous le bras.

ADALBERT.

A ton hyménée!

PICAUD, à part.

Quelle famille! — (Haut.) Vous aussi, Beautiran, et monsieur Bienassis! (Des employés entrent pour lui parler avec des dossiers.)
Que penseront mes subordonnés? (On remet une carte à Picaud. —
Bas.) « Paul Bourgueil. » (Haut.) Un personnage! le frère d'un
ministre! — Enlevez tout cela. Enlevez. Pas par ici, pas par
ici, par les bureaux. (A Galardon.) Priez d'attendre quelques
minutes; je travaille avec le secrétaire général. — Enlevez,
enlevez, et passez par là, mesdames... c'est un peu étroit...
mais vous passerez.

HÉLÈNE.

Et nos ombrelles?

URSULE.

Et nos voilettes?

PICAUD, les poussant par la porte de gauche, deuxième plan.

Vous les reprendrez, on vous les enverra... Aidez-moi.
Lionel. (Refermant la porte.) Là! ils sont partis *.

LIONEL.

Lui parlerez-vous de son frère?

PICAUD.

Du ministre? Jamais, jamais! — Je ne sais rien, je ne me
doute de rien. Sans cela je n'aurais pas de mérite à être
aimable.

LIONEL.

C'est juste! c'est juste!

* Picaud, Lionel.

SCÈNE XV

PICAUD, BOURGUEIL, LIONEL.

GALARDON, annonçant.

Monsieur Paul Bourgueil!

PICAUD, allant à lui.

Bourgueil!

LIONEL.

Je vous laisse, cher!

Il sort au fond à droite.

BOURGUEIL*.

C'est lui! c'est bien lui!

PICAUD.

Ce cher Paul! On disait Popaul, t'en souviens-tu?

BOURGUEIL.

S'il m'en souvient! — On t'appelait Dodore, d'Isidore.

PICAUD.

Il me semble que c'était Gustave.

BOURGUEIL.

Ou Gustave. Tatave! Ce cher Tatave! (a part.) Si vieux déjà!

* Picaud, Bourgueil.

PICAUD.

Je t'aurais reconnu.

BOURGUEIL.

N'est-ce pas?

PICAUD.

Tu es à peine changé.

BOURGUEIL.

Pourquoi changerais-je?

PICAUD.

Oui, pourquoi?

BOURGUEIL.

Tu es un peu grossi, toi.

PICAUD.

J'ai tant travaillé! — Ce cher Paul!

BOURGUEIL.

Ce cher Gustave! (A part.) Il me décoiffe dans son effusion, je n'aime pas ça.

PICAUD.

Ah! les amitiés de collège! Les vieilles amitiés de collège! Il n'y a que cela, Paul!

BOURGUEIL.

Que cela, Gustave!

PICAUD.

Assieds-toi et causons, Paul. Causons, Popaul.

BOURGUEIL, assis *.

Il me décoiffe encore, c'est insupportable,

PICAUD, s'asseyant au bureau.

Si tu me demandais un service, je me jetterais au feu. Je m'y jetterais, Paul.

BOURGUEIL.

Moi aussi, moi aussi. (A part.) Quand je dis moi aussi! Il est excellent!

PICAUD.

Tu as reçu mon billet?

BOURGUEIL.

Et je fus ému en le lisant.

PICAUD.

Pas plus que moi en l'écrivant. Je ne me serais pas marié sans toi. Je ne me croirais pas marié si tu n'étais pas là.

BOURGUEIL, jouant avec les objets qui sont sur le bureau.[1]

Bon Gustave!
 . Ainsi, bornant le cours de tes galanteries...

PICAUD.

Comment, de mes galanteries! quelles galanteries?

BOURGUEIL, tenant le flageolet laissé par Adalbert.

C'est le poète qui parle. (A part.) C'est un imbécile.

PICAUD, à part.

C'est un crétin. (Haut.) Je n'ai jamais aimé que mon admi-

* Picaud, Bourgueil.

nistration, Paul, tu pourras le dire à... à ceux qui te le deman-
deront. (A part.) Oh! la flûte!... la flûte du fou!

Il enlève le flageolet des mains de Bourgueil, le remplace par le bâton de cire rouge,
et le fourre dans le portefeuille placé sur son bureau.

BOURGUEIL.

Enfin, tu te ranges sous le joug de l'hyménée, car comme
dit le poète, — Boileau :

L'hyménée est un joug et c'est ce qui m'en plaît.

PICAUD.

Mais non. Ce qui m'en plaît, c'est qu'un haut fonctionnaire
doit être marié. Et comme je suis sûr de devenir secrétaire
général quand nous aurons un ministre vraiment intelligent...
(Appuyant.) vraiment intelligent...

BOURGUEIL.

Diable d'ambitieux, va!

PICAUD, se levant et passant [*].

Noble ambition!... L'ambition de servir son pays! Je me
sacrifie. (A part.) Oh! un polichinelle! un polichinelle dans
mon cabinet!

Il prend le polichinelle sur la cheminée et le dissimule derrière lui.

BOURGUEIL.

Qu'est-ce?

PICAUD.

Rien, rien, rien.

BOURGUEIL, à part.

Il tourne comme un tonton.

P CAUD.

Tu es garçon, toi?

---

[*] Bourgueil, Picaud.

BOURGUEIL.

On voulut souvent me conduire aux pieds des autels, mais je n'eus pas ton audace.

Il se lève.

PICAUD.

Mon audace!

BOURGUEIL.

Et puis, je désolerais Lolotte.

PICAUD.

Ah! ah! Il y a une Lolotte! — Vous êtes un libertin, Popaul.

BOURGUEIL.

Libertin!... c'est un vieux mot. Tu me vieillis. Appelle-moi gommeux, j'aime mieux ça.

PICAUD.

Gommeux, tu es un gommeux.

Il cache le polichinelle dans le portefeuille.

BOURGUEIL *.

A la bonne heure. Je me ruine pour cette fillette. Mais que veux-tu! j'ai un diable de tempérament qui me fera toujours faire des sottises.

PICAUD, à part.

Un pur crétin! Je n'avais pas prévu ça. Mais quand on a un frère ministre...

BOURGUEIL.

Ta fiancée est-elle jolie au moins?

---

* Picaud, Bourgueil.

PICAUD.

Tu me diras cela, toi; moi, je n'y entends rien. Je suis si occupé, accablé, accablé, accablé! — Elle est jeune.

BOURGUEIL.

Comment se nomme-t-elle?

PICAUD.

J'hésitais à te le dire parce que... tu es brouillé avec le père.

BOURGUEIL.

Bah !

PICAUD.

M. de Pontorson.

BOURGUEIL.

Pontorson !

PICAUD.

Un idiot, je te le livre. Il a découvert un singe, car c'est un singe.

BOURGUEIL.

Il a deux filles?

PICAUD.

Une seule. Jeune personne charmante, bonne éducation, de la fortune. Voilà les notes, je veux dire les renseignements.

BOURGUEIL, à part.

Non, non, cela ne se peut, je suis son ami de collège, je le tutoie... Je dinerai chez lui et je me trouverai en face de sa femme ! Elle est fort coquette. Pauvre bonhomme, il ne

saurait pas se défendre ! Je lui dois toute la vérité, je suis
son ami.

PICAUD.

Qu'as-tu ?

BOURGUEIL.

Picaud, veux-tu un conseil dicté par l'amitié ?

PICAUD.

Si je le veux ! (A part.) Il veut me donner des conseils,
flattons sa manie.

BOURGUEIL.

Reste garçon.

PICAUD.

Ah ! (A part.) Il est bien temps !

BOURGUEIL.

Prends une stalle aux Italiens.

PICAUD.

Je n'aime pas la musique.

BOURGUEIL.

Je te mènerai chez Lolotte.

PICAUD.

Je me marie pour me poser.

BOURGUEIL.

Cela pose aussi. Je te la céderai, Lolotte.

PICAUD, à part.

Ce n'est pas un ami, c'est un père. — (Haut.) Je te remercie
de tes bons conseils.

BOURGUEIL, à part.

Il le prend très bien. — (Haut.) Alors tu es décidé à étcin-
dre le flambeau de l'hyménée ?

PICAUD.

Décidé... décidé...

BOURGUEIL.

Romps, Gustave !

PICAUD, à part.

Il est charmant ! (Haut.) Pourquoi ?

BOURGUEIL.

Ne m'en demande pas davantage.

PICAUD.

Mais si, mais si. Tu vas me dire qu'il y a un fou dans la
famille ? — Je n'épouse pas la famille.

BOURGUEIL.

Un fou ! s'il n'y en avait qu'un, ce ne serait rien.

PICAUD.

La jeune personne serait coquette ?

BOURGUEIL.

S'il n'y avait que cela !

PICAUD.

Que cela ! Comment, que cela ? C'est que je n'ai pas le
droit d'être ridicule, moi. Je suis un fonctionnaire. — Tu
supposes que ma fiancée... Tu la connais donc ?

BOURGUEIL.

Eh bien ! oui, je la connais ! — Je la vis à Bourbonne, où

je prenais les eaux, pas pour mes rhumatismes... pour ceux
de mon oncle... qui vint plus tard.

PICAUD.

A Bourbonne? On me l'a dit. — Après?

BOURGUEIL.

Ses fenêtres étaient en face des miennes. Je chantais quelquefois. J'ai une fort belle voix de baryton.

PICAUD.

Et puis?

BOURGUEIL.

Je m'accompagnais sur la guitare.

PICAUD.

Et elle?

BOURGUEIL.

Elle m'écoutait.

PICAUD.

Ah! elle t'écoutait?

BOURGUEIL.

Que te dirai-je?... D'un côté, une fillette naïve, candide;
de l'autre, un homme jeune encore, bien fait de sa personne, et qui se trouve être spirituel! Nos yeux se rencontrèrent...

PICAUD.

Se rencontrèrent... Ah! ils se rencontrèrent!

BOURGUEIL

Et alors...

PICAUD.

Alors?

BOURGUEIL.

Oui.

PICAUD.

Hein ?

BOURGUEIL.

Ne l'accuse pas. Je fus irrésistible !

PICAUD.

Irrésistible !

BOURGUEIL.

Et puisque tu ne l'aimes pas, que tu n'aimes que l'administration, tu chercheras un prétexte pour rompre. Trouve-
la trop jeune ! — C'est si facile !

PICAUD.

Je suis marié depuis hier à la mairie !

BOURGUEIL.

Ciel ! que fis-je ? Mais alors, il y a erreur...

SCÈNE XVI

Les Mêmes, LIONEL.

LIONEL, entrant par le fond*.

Le ministre vous demande.

PICAUD.

Le ministre !... J'y vais... j'y vais...

* Bourgueil, Picaud, Lionel.

BOURGUEIL.

Je me suis trompé, c'est une autre ; elle est plus grande...
ou plus petite... ou plus mince...

PICAUD.

C'est bien, monsieur. — Mes dossiers, où sont mes dossiers ?

BOURGUEIL.

Elle était plus petite.

PICAUD, fourrant des dossiers dans le portefeuille.

Oui, monsieur. On s'est toujours trompé dans ces
cas-là.

BOURGUEIL.

C'est une autre.

PICAUD.

C'est toujours une autre. Vous allez m'en montrer une
autre. Mais le ministre me demande !

LIONEL.

Qu'avez-vous donc, cher ami ?

PICAUD.

Moi ? Je n'ai rien, rien du tout. Voyez-vous quelque chose?
Allons, Beautiran, allons chez le ministre.

Il sort précipitamment par le fond, en emportant le portefeuille.

LIONEL.

Que se passe-t-il ?

BOURGUEIL.

Oh! mon cher praticien, j'aimerais mieux que vous m'ar-
rachassiez deux dents en même temps !...

LIONEL, prenant la fuite.

On m'attend. Il me prend toujours pour un dentiste. C'est insupportable !

Il sort par le fond.

SCÈNE XVII

BOURGUEIL, puis DINDONNETTE.

BOURGUEIL.

Encore des émotions ! Il m'invite à son mariage et il est marié de la veille. Cela ne se fait point. Mais elle... elle... qui est sa femme maintenant... Il faut au moins que je la prévienne. — Je vais lui écrire. (Il s'assied près du bureau et écrit.) « Niez tout, je ne vous reconnaîtrai pas. » Ah ! pourquoi la subjuguai-je ?... Diable de guitare, va !

DINDONNETTE, à la porte du fond.

Le voici ! c'est lui !

BOURGUEIL, se retournant.

C'est elle !

DINDONNETTE, à part*.

La décoration ! — (Allant vivement à lui.) Vous avez vu mon mari ?

BOURGUEIL.

Hélas !... maudissez-moi, tendre victime.

---

* Dindonnette, Bourgueil.

DINDONNETTE.

Vous lui avez dit ?

BOURGU

Tout !

DINDONNETTE.

Ah !... (Tombant dans un fauteuil.) Vous m'avez perdue !

BOURGUEIL.

Je ne savais pas... J'ignorais... Mais aussi il m'a laissé
aller... je... Bon !... elle est évanouie... une femme évanouie,
je n'aime pas ça. Je suis prêt à tous les sacrifices. Ah ! je
suis trop ému, moi. — Je vais faire un petit voyage d'agrément en Italie.

Il sort au fond à droite.

SCÈNE XVIII

DINDONNETTE, PONTORSON, ADALBERT,
HÉLÈNE, URSULE, CHARLOTTE, SUZANNE,
puis PICAUD.

PONTORSON, entrant par le fond.

Dindonnette !... Dindonnette évanouie ! — Qu'avez-
vous ?

DINDONNETTE, se levant brusquement.

J'ai... j'ai qu'il sait tout.

PONTORSON.

Le sauvage ?

DINDONNETTE.

Je pars pour l'Amérique, et je vous conseille d'en faire
autant.

Elle sort vivement par le fond.

PONTORSON.

Comment, partir ! Et la cérémonie ! Elle sera jolie, la cérémonie ! Il y aura un scandale, un meurtre, un assassinat
peut-être !

BIENASSIS, *sortant des archives avec un manchon.*

Je le tuerai !

PONTORSON, *tombant évanoui à côté du bureau.*

Je suis un homme perdu.

BIENASSIS.

Voilà ce que j'ai trouvé dans les archives !

Il tombe sur un fauteuil, près de la cheminée.

ADALBERT, *accourant par la gauche, deuxième plan.*

C'est papa !

HÉLÈNE, *allant vers Pontorson.*

Qu'a-t-il ?

URSULE, *de même.*

De l'eau, des sels !

CHARLOTTE, *de même.*

Il n'y a rien ici.

Elles tournent de tous côtés.

PICAUD, revenant par la porte du fond comme un homme hébété, tenant le flageolet d'une main et le polichinelle de l'autre.

Voilà ce que j'ai présenté au ministre ! (Tombant sur un fauteuil.) Je suis un homme fini ! *

* Pontorson, Picaud, Bienassis ; on les entoure.

ACTE TROISIÈME

CHEZ MONSIEUR ET MADAME DE LA PICAUDIÈRE.

Salon riche, à pans coupés. — Porte au milieu. — Fenêtres avec rideaux, dans les angles. Portes à droite et à gauche. — Cheminée à gauche, premier plan. Console avec un vase de Chine, au premier plan à droite. — Une table à droite. — Chaises, fauteuils.

———

SCÈNE PREMIÈRE

ZULÉMA, ADALBERT *.

Zuléma regarde par la serrure de la porte à gauche.

DALBERT, entrant par le fond.

Continuez, mademoiselle, continuez.

ZULÉMA.

Chut ! M. de la Picaudière dort.

ADALBERT.

Ah ! — Vous n'avez pas vu papa ?

ZULÉMA.

Non, monsieur.

* Zuléma, Adalbert.

ADALBERT.

Papa veut de la musique à la cérémonie, et depuis ce
matin je cherche un ténor.

ZULÉMA.

Moi, monsieur, je viens organiser la maison nuptiale,
afin que madame de la Picaudière, en y entrant ce soir,
trouve tout en ordre. Je n'ai pu venir plus tôt parce que
monsieur s'est installé ici depuis deux jours, et, comme il
est encore censé garçon...

ADALBERT.

Je comprends.

ZULÉMA.

Monsieur ne s'est pas couché.

ADALBERT.

Tiens, tiens, tiens !

ZULÉMA.

Il s'est endormi sur un fauteuil à côté d'une table chargée
de livres ouverts.

ADALBERT.

Il dort en administrant, et il administre en dormant.
Farceur, va ! — Hélène non plus n'a pas dormi. Elle s'est
promenée toute la nuit sur ma tête, et elle est sortie avec sa
gouvernante à sept heures du matin. Et papa donc !... Il est
tout à fait détraqué, papa. — Quand il viendra, papa, vous
lui direz qu'en fait de ténor je n'ai encore trouvé que moi.
La, la, itou !

ZULÉMA.

Chut !

Elle fait quelques pas pour reconduire Adalbert.

ADALBERT.

Ne vous dérangez pas, mademoiselle. .

Il sort en chantant, par le fond.

SCÈNE II

ZULÉMA, puis HÉLÈNE, puis URSULE.

ZULÉMA, allant regarder vivement par le trou de la serrure.

La lampe brûle encore. Il a une bonne figure en dormant.
Je voudrais bien savoir à quoi il a travaillé cette nuit, par
exemple ! (Regardant encore.) Que de livres, que de livres !

Elle regarde toujours pendant qu'Hélène entre timidement par la porte du fond.

ZULÉMA, interdite *.

Madame !

HÉLÈNE.

Que regardez-vous là ?

ZULÉMA.

Ah ! mon Dieu, je le dirai bien à madame... je regardais
monsieur qui s'est endormi sur un fauteuil...

HÉLÈNE, sévèrement.

Vous avez tort, mademoiselle ; il est très mal de regarder
aux portes.

ZULÉMA, à part.

Elle se fâche déjà ! (Hélène s'est insensiblement rapprochée de la porte
et elle regarde, elle aussi, par la serrure. — A part, en souriant **.)
A la bonne heure !

* Zuléma, Hélène.
** Hélène, Zuléma.

HÉLÈNE.

C'est vrai, il dort.

URSULE, entrant par le fond.

Eh bien, Zuléma, tout est prêt? (Apercevant Hélène.) Hélène
est ici * ?

HÉLÈNE.

Oui, ma chère, ce sont des choses bien graves qui m'a-
mènent. — J'arrive, et j'ai surpris mademoiselle regardant
par le trou de la serrure.

URSULE.

Oh! Zuléma! — Que voyait-elle?

HÉLÈNE.

M. de la Picaudière qui s'est endormi dans son cabinet de
travail.

URSULE.

Vraiment!

Elle va regarder à la serrure **.

ZULÉMA, à part.

Voyez comme c'est naturel!

URSULE.

Il paraît tout à fait calme.

HÉLÈNE, bas.

Eh bien, ma chère, il ne l'est pas.

URSULE.

Tu crois?

* Hélène, Ursule, Zuléma.
** Ursule, Hélène, Zuléma.

HÉLÈNE.

Il est très en colère contre moi.

URSULE.

Qu'est-il donc arrivé?

HÉLÈNE.

Laissez-nous, Zuléma.

ZULÉMA.

Bien, madame. (A part, en s'en allant.) Si c'est comme ça que la lune de miel commence!

Elle sort au fond.

SCÈNE III

HÉLÈNE, URSULE*.

HÉLÈNE.

Quand M. de la Picaudière s'est presque évanoui hier, en même temps que papa, j'ai cru que c'était la suite d'une de leurs fréquentes querelles. Pas du tout... mon mari m'a dit d'un air courroucé et d'un ton ironique : « J'aurais dû deviner plus tôt, mademoiselle, qu'une jeune personne de votre âge et belle comme vous ne pouvait épouser sans motif un simple fonctionnaire qui n'a rien de particulièrement séduisant... »

URSULE.

Non.

* Ursule, Hélène.

HÉLÈNE.

« Et qui ne joue pas de la guitare. »

URSULE.

Comment, de la guitare!

HÉLÈNE.

Ce doit être une figure. — « Je ne vous en dirai pas davantage, vous m'avez compris. »

URSULE.

Qu'as-tu répondu?

HÉLÈNE.

J'ai répondu : Oui, monsieur.

URSULE.

Tu avais compris?

HÉLÈNE.

Parfaitement. — Il a su que je me mariais pour payer mes dettes.

URSULE.

Tu as des dettes ?

HÉLÈNE.

Oui, ma chère.

URSULE.

Comment, avant?

HÉLÈNE.

Adalbert — qui est si bavard — n'a pas su garder mon secret.

URSULE.

Ah ! tu as de dettes?

HÉLÈNE.

Je dois huit mille francs, mais j'apporte à M. de la Picaudière mes factures acquittées.

URSULE.

Tu as payé?

HÉLÈNE, tristement.

Avec les bijoux de la corbeille.

URSULE, vivement.

Tu vas garder ces factures et retourner chez toi.

HÉLÈNE.

Sans voir M. de la Picaudière?

URSULE.

Sans le voir. — Je ne te laisserai pas commettre un pareil
acte de faiblesse.

HÉLÈNE.

Mais il faut bien lui expliquer...

URSULE.

Il ne faut jamais rien expliquer à son mari.

HÉLÈNE.

Tu crois?

URSULE.

Quand on a une fois expliqué la chose la plus simple,
on est forcée d'expliquer toutes les autres, et comme il
arrive toujours un moment où on ne peut plus... mieux
vaut ne pas commencer. — Tiens! M. de Pomponne
m'accuserait d'avoir avalé le dôme des Invalides, que je

n'ouvrirais pas la bouche pour lui montrer qu'elle est trop
petite.

HÉLÈNE.

Que me conseilles-tu donc?

URSULE.

Si ton mari te boude, ne lui demande jamais pourquoi;
s'il t'accuse, ne lui réponds pas; s'il se fâche, tourne-lui le
dos. — Voilà toute la diplomatie des femmes habiles.

HÉLÈNE.

Tu as peut-être raison.

ZULÉMA, entrant par le fond *.

Monsieur est réveillé.

URSULE.

Partons, partons vite.

HÉLÈNE.

Mais...

URSULE.

Partons.

Elles sortent en courant par le fond.

ZULÉMA, qui reste à l'écart avec étonnement.

Il est déjà prêt.

Picaud entre par la porte de gauche, sans rien regarder, et va droit
au public.

Ursule, Hélène, Zuléma.

SCÈNE IV

PICAUD, ZULÉMA*.

PICAUD.

J'avais songé, un instant, à me contenter du mariage civil.
Me contenter!... La langue française a des mots étonnants!
— Eh bien, je ne peux pas m'en contenter. Je suis fonction-
naire. Et d'ailleurs, tout le monde est invité maintenant.
J'irai... j'irai jusqu'au bout. (Se retournant vers Zuléma.) Je suis
prêt, me voilà prêt; nous partons?

ZULÉMA.

Pour où, monsieur?

PICAUD.

Pour la cérémonie.

ZULÉMA.

Mais, monsieur, il n'est que neuf heures.

PICAUD.

Neuf heures! Comment, neuf heures? (Regardant sa montre.)
Il est midi cinq.

ZULÉMA.

La montre de monsieur avance.

PICAUD, portant sa montre à son oreille.

J'ai oublié de la monter. (A part.) Fini, fini... je suis un

* Picaud, Zuléma.

IV. 14

homme fini. Allons! allons! il faut réagir. Ils auront, tous,
les yeux sur moi. Quand je serai à genoux sur une petite
chaise à côté de... de madame de la Picaudière, — car j'irai
m'agenouiller sur la petite chaise, — on me regardera... on
regardera l'heureux époux... je suis l'heureux époux. (A Zuléma.) Pourquoi me regardez-vous? — C'est curieux... c'est
curieux, n'est-ce pas? Un homme mûr qui épouse une jeune
personne! (Zuléma sort par la droite. — — Au public.) Elle se montrait
trop aimable pour moi : ce n'était pas naturel. — Un autre,
un viveur, aurait deviné tout de suite; mais, moi, j'ai usé tout
mon flair dans l'administration. — J'ai fait un relevé de tous
les hommes un peu éminents qui, depuis Adam... lequel lui-
même..., car enfin le serpent..., il y a le serpent. C'est d'une
longueur! Ça m'a donné du calme. Je suis passé de là à mes
contemporains, à mes collègues, à mes supérieurs, à mes
amis; j'ai eu quelques bonnes heures. — Babolard, mon
collègue Babolard a une femme superbe... et qui... ne s'en
cache pas. Eh bien, il est très gai, il est tout à fait gai... il
fait plaisir à voir.

SCENE V

PICAUD, BIENASSIS, puis ZULÉMA.

BIENASSIS, entrant par le fond, avec une colère concentrée, un portefeuille sous le bras *.

Je suis aux ordres de monsieur le chef de division.

PICAUD, le regardant sans lui répondre.

Mais Bienassis... Bienassis a une femme très gentille aussi
lui... et tout porte à croire... que... (Avec satisfaction.) Je ne

---

* Picaud, Bienassis.

sais pas... mais enfin, il y a des chances. (Allant à lui.) Pauvre Bienassis!

BIENASSIS, étonné.

Voici le courrier...

PICAUD, le prenant sous le bras.

Savez-vous que madame Bienassis est charmante?

BIENASSIS, faisant un bond.

Hein!

PICAUD.

Charmante! charmante! La main fine, les dents mignonnes, l'œil vif. — Eh! eh! mon gaillard, cela ne vous inquiète pas un peu?

BIENASSIS.

Moi? (A part.) Il me nargue! (Haut.) Si, si, quelquefois.

PICAUD, vivement.

Eh! mon Dieu! quand cela serait!

BIENASSIS, furieux.

Quand cela serait!

PICAUD.

Que feriez-vous, Bienassis? Je suis curieux de savoir ce que vous feriez, vous.

BIENASSIS, menaçant.

Je les tuerais tous les deux.

PICAUD.

Non... non, mon cher ami, si je vous montrais le relevé de tous les hommes un peu éminents... qui, depuis Adam... lequel lui-même... vous ne tueriez personne.

BIENASSIS, roulant des yeux effarés.

Si.

PICAUD.

Non. Vous ne vous imaginez pas la place que tient dans
l'humanité ce petit accident. C'est à croire que la terre a
été faite pour lui.

BIENASSIS, tout à fait menaçant, à part.

Il a peur! (Haut.) Je vous prie de vous expliquer.

PICAUD.

Monsieur!

BIENASSIS.

Nous sommes seuls. Il n'y a ici ni inférieur ni supérieur.

PICAUD.

Permettez, monsieur. (A part.) J'ai déjà perdu mon prestige.

BIENASSIS, calme.

On vient.

PICAUD, à Zuléma, qui entre par le fond.

Qu'est-ce que vous voulez?

ZULÉMA*.

Monsieur désire sans doute qu'on mette des fleurs dans la
chambre nuptiale.

PICAUD.

La chambre nuptiale!... ah! oui, la chambre nuptiale!

* Zuléma, Picaud, Bienassis.

(Bas.) Je l'avais oubliée, la chambre nuptiale. (Haut, à Bienassis, avec mauvaise humeur.) Donnez-moi le courrier.

BIENASSIS.

Le voilà.

Il fouille dans son portefeuille.

PICAUD, prenant une énorme lettre, qu'il décachète, qu'il froisse, et qu'il finit par lire à l'envers.

La chambre nuptiale maintenant!... qu'a-t-elle besoin de me **parler** de la chambre nuptiale?... je n'y pensais pas, moi. Et des fleurs!... des fleurs!... — mettons des fleurs. (S'apercevant que Zuléma rit en le regardant.) Qu'avez-vous à rire?

ZULÉMA, riant plus fort.

Rien, monsieur.

PICAUD, furieux.

Je veux savoir pourquoi vous riez.

ZULÉMA.

Parce que monsieur lit sa lettre à l'envers.

PICAUD.

Je comprends à l'envers, moi... c'est la moindre des choses, quand on est un peu organisé. (A part.) Fini! fini! je suis un homme fini! (Retournant la lettre et lisant.) « Vous prient d'assister à la bénédiction nuptiale... » (Avec un sourire de satisfaction.) Un autre! en voilà un autre qui probablement... (Prenant une autre lettre des mains de Bienassis.) « De leur faire l'honneur de venir dîner. » Oui, je dînerai, et je mangerai... je mangerai comme les autres. (Prenant une autre lettre.) « On dansera. » Parfaitement, je danserai, et je présenterai ma femme, qui baissera les yeux, et on me félicitera, — on ne m'a jamais tant félicité que depuis hier.

IV.   **14.**

ZULÉMA.

Monsieur ne m'a pas dit s'il désirait que l'on mît des
fleurs...

PICAUD.

Je n'aime pas à être interrompu quand je travaille.

BIENASSIS.

Hein!.. une lettre de Clotilde!.. Il y a écrit dessus : Per-
sonnelle. — Je vais la trouver : il faudra bien qu'elle s'explique.

Il sort en courant par le fond.

PICAUD, sans s'apercevoir que Bienassis est sorti.

Vous répondrez que j'irai partout. — (Étonné.) Tiens! il
est parti... j'ai tout à fait perdu mon prestige.

SCÈNE VI

PICAUD, ZULÉMA*.

PICAUD à Zuléma.

Que me demandez-vous?

ZULÉMA.

Je demande à monsieur s'il ne veut pas mettre des fleurs
dans la chambre nuptiale.

PICAUD.

La chambre nuptiale! D'abord, il en faut deux.

_____

* Zuléma, Picaud.

ZULÉMA, stupéfaite.

Deux !

PICAUD.

Oui, deux, deux! Celle de monsieur et celle de madame.

ZULÉMA.

Le premier jour!

PICAUD.

Il n'y a pas de premier jour.

ZULÉMA.

Comment?

PICAUD.

Je veux dire... allez chercher le tapissier.

ZULÉMA.

Monsieur badine. Quand on a le bonheur d'épouser mademoiselle Hélène...

PICAUD.

Je l'ai, ce bonheur; je reconnais que je l'ai.

ZULÉMA.

A moins que monsieur n'ait pas regardé sa future...

PICAUD.

Je l'ai regardée parfaitement.

ZULÉMA.

Ou qu'il soit de marbre.

PICAUD.

Comment, de marbre! qu'entendez-vous par de marbre?

ZULÉMA.

Et sans parler à monsieur de ses devoirs...

PICAUD.

Mes devoirs! (A part.) Elle va me parler de mes devoirs à présent! (Haut.) Je les connais, mes devoirs.

ZULÉMA.

J'ai vu souvent des maris mécontents le matin, comme monsieur...

PICAUD.

Qu'appelez-vous mécontent ?

ZULÉMA.

Mais le soir, quand madame ôtait sa couronne et détachait la première agrafe de son corsage, il fallait voir comme monsieur se dépêchait de pardonner.

PICAUD.

Moi aussi, je pardonnerais... si je n'avais rien à lui reprocher.

ZULÉMA.

Et cependant, madame n'avait pas toujours les beaux yeux de mademoiselle Hélène, ses jolis bras, ses petites mains, sa taille...

PICAUD, avec colère.

Allez chercher le tapissier.

ZULÉMA.

Mais, monsieur...

PICAUD.

Allez le chercher.

ZULÉMA.

J'y vais, monsieur... — (En sortant.) Je donnerai congé
demain.

Elle sort par le fond.

SCÈNE VII

PICAUD, seul.

J'étais calme, j'étais tranquille... j'avais pris mon parti
d'un malheur que les plus habiles n'évitent pas. — Moi,
d'ailleurs, on m'a trompé d'avance, — on m'a escompté, —
je n'y suis pour rien. — Enfin, j'étais calme. Il n'était pas
nécessaire de me rappeler que ma femme a des yeux... des
mains... une taille... Je l'ai bien vu. Hier, quand je lui ai
fait comprendre que je savais tout, elle a rougi. — Quand
les femmes sont coupables, elles rougissent, et quand elles
rougissent, elles sont plus jolies, — c'est ce qui fait leur
force. — Je sens bien que ce soir... je serai très bête... Évidemment, je serai bête. Et pourquoi? Parce qu'un crétin,
un pur crétin a une voix de baryton et joue de la guitare...
Il est irrésistible! Ils sont tous irrésistibles! Il n'y a que
moi... Il me faut un maire en écharpe à moi. Et encore!...
voilà où j'en suis. Quand je pense que j'ai appelé ce monsieur
Popaul! — Bienassis, lui, qui n'est qu'un subordonné, le
tuerait. Cette idée ne m'était pas venue. Si je tuais Popaul!
Cela me rendrait peut-être mon prestige. — Oui, oui, je
commence à croire qu'un de nous est de trop sous le soleil,
et je trouve que ce n'est pas moi. Je vais lui proposer un
duel, un duel terrible! au pistolet! à deux pas... et je tirerai
le premier.

SCÈNE VIII

PICAUD, PONTORSON, ADALBERT *.

PICAUD, *poursuivant son idée, à Pontorson qui entre par le fond avec Adalbert.*

A un pas!... à un pas!... et je tirerai le premier.

PONTORSON, *étonné.*

Hein !

PICAUD.

Ah ! tu joues de la guitare !

PONTORSON.

Moi !

PICAUD.

Ah ! tu es irrésistible !

PONTORSON.

Comment !

PICAUD.

Ah ! pardon, beau-père, ce n'est pas vous.

PONTORSON.

Mon gendre, j'étais en courses pour vous ménager une surprise.

* Adalbert, Picaud, Pontorson.

PICAUD.

Encore une?

PONTORSON.

Quoi, encore une?

PICAUD.

Je veux dire... quelle surprise?

PONTORSON.

Vous aurez un mariage en musique.

PICAUD.

En musique!

PONTORSON.

Oui, mon gendre.

PICAUD.

Ce sera plus long.

PONTORSON.

Beaucoup plus long. Adalbert a trouvé un ténor.

PICAUD, à part.

En musique, c'est en musique maintenant!

PONTORSON.

J'ai déjà une basse et un baryton... J'aurais voulu un soprano.

PICAUD.

Non, non, c'est assez.

PONTORSON.

Vous ne me remerciez pas.

PICAUD.

Oh ! si, si.

PONTORSON.

Vous êtes préoccupé.

PICAUD.

Ah ! oui, oui.

ADALBERT.

C'est la joie !... parce que le frère de ton ami Paul est
ministre !

PICAUD.

Pas encore.

ADALBERT, lui donnant le Journal officiel.

Sa nomination est à l'*Officiel.*

PICAUD.

Et je n'ai pas lu l'*Officiel !* C'est la première fois que cela
m'arrive. Ah ! je suis un homme fini... fini.

Il remonte.

PONTORSON.

Où allez-vous ?

PICAUD.

Je vais m'inscrire.

PONTORSON.

Où ?

PICAUD.

Chez le ministre, chez le frère... le frère de Popaul, et
j'arriverai le dernier.

PONTORSON, étonné.

Mais, mon gendre...

PICAUD, sans l'écouter.

Le dernier, le dernier.

Il sort, en courant, par le fond.

SCÈNE IX

PONTORSON, ADALBERT *.

PONTORSON, furieux.

Voilà comment il me reçoit ! Je lui prépare un mariage en musique, et il ne me remercie pas ! C'est un paltoquet ! (Criant à la porte.) Vous êtes un paltoquet !

ADALBERT, même jeu.

Tu es un paltoquet.

Zuléma entre par la droite avec un paquet de rideaux.

PONTORSON.

Qu'est cela ?

ZULÉMA.

Je porte ces rideaux au tapissier pour la chambre de monsieur.

PONTORSON.

Comment ?

BIENASSIS.

Hein ?

* Adalbert, Pontorson.

ZULÉMA.

Monsieur veut deux chambres.

Elle traverse et sort à gauche.

PONTORSON.

Deux chambres! Le premier jour ! Ah! mais, c'est un cas de nullité.

ADALBERT.

Oui, papa, oui. Deux chambres !

PONTORSON.

Ce monsieur n'a jamais regardé ma fille. — Il ne lui a jamais parlé que du ministre ! Il est toujours fonctionnaire. Ce soir même... Je plaiderai, je ferai constater le délit... ou plutôt le... le... la situation, par acte extrajudiciaire, et on ne me forcera pas à garder un gendre... simplement spirituel. — Allons chez mon avocat. — Ah ! mon chapeau ? Va devant, je te rejoins. (Adalbert sort au fond.) Ah ! je n'étais pas fonctionnaire, ni spirituel, quand j'épousai madame de Pontorson. Nous nous promenions en bateau sur la Marne, au clair de lune ; j'étais blond et svelte, je ramais avec grâce... Aussi, j'ai un fils sous-préfet et une fille qui me ressemble, ce qui est si rare ! — Allons chez mon avocat.

En apercevant Bourgueil qui entre par le fond, il enfonce son chapeau et sort sans saluer.

SCÈNE X

BOURGUEIL, seul.

Hier, quand je la vis évanouie, je partis. On s'en étonnera peut-être, mais c'est un principe: quand je vois une femme évanouie, je m'évanouis aussi ; alors, j'aime mieux partir.

J'allai prendre l'air. En rentrant chez moi, je trouvai une lettre. Elle m'écrivait : « La vue de mon mari m'est devenue insupportable ; je vais à Saint-Nazaire attendre le paquebot d'Amérique. » Elle ajoutait en post-scriptum : « Vous m'avez perdue, suivez les inspirations de votre conscience. » Et elle me donnait l'heure du train. — Ma conscience me dirait de la suivre si elle n'allait qu'à Auteuil. — Mais en Amérique! J'aurais le mal de mer. Non! non! j'aime mieux que Picaud aille la chercher. Il est le mari, je le préviens, c'est à lui de partir. Mais tous ces événements me troublent. (Il sonne.) L'émotion me donne de l'appétit. Singulier effet des larmes ! (A Zuléma qui entre par le fond.) Mademoiselle, pourriez-vous m'offrir un verre de malaga?

ZULÉMA *.

Oui, monsieur !

BOURGUEIL.

Pourriez-vous y joindre quelques biscuits?

ZULÉMA.

Très facilement.

BOURGUEIL.

Mademoiselle, de Reims, je les préfère.

ZULÉMA, en sortant.

Ce doit être un parent.

BOURGUEIL.

Quel scandale ! mon nom sera prononcé. Je vais devenir un héros de roman ; je n'aime pas ça, moi. — Mais si, au contraire, j'aime assez ça.

---

* Bourgueil, Zuléma.

ZULÉMA, revenant avec un plateau qu'elle pose sur la table.

Voici, monsieur.

Elle sort par le fond à droite.

BOURGUEIL, assis près de la table et se servant.

Merci, mademoiselle. Il est excellent, ce malaga. Picaud a de bon malaga, je noterai cela.

SCÈNE XI

PICAUD, BOURGUEIL.

PICAUD, entrant par le fond [*].

Je me suis inscrit à la septième feuille, trop tard ! Mais enfin, je suis inscrit. — C'est lui ! il boit mon vin !

BOURGUEIL.

Gustave !

PICAUD.

Monsieur

BOURGUEIL, à part.

Il ne me tutoie plus.

PICAUD, à part

Je ne peux plus le provoquer : je ne peux pas provoquer le frère du ministre, — j'aurais l'air de faire de l'opposition au gouvernement.

---

[*] Picaud, Bourgueil.

BOURGUEIL.

Comme il est agité! — Gustave, sois philosophe.

PICAUD.

Je vous remercie de ce conseil.

BOURGUEIL.

Cela devait t'arriver tôt ou tard.

PICAUD.

Je le sais. — Je veux dire... qu'entendez-vous par là?

BOURGUEIL.

Tu n'es plus jeune, tu n'es pas beau...

PICAUD.

Beau! je serais beau si je voulais. — Avec trois francs de cosmétique et un bon tailleur...

BOURGUEIL.

Tu n'aimes que l'administration.

PICAUD.

Une amie fidèle au moins.

BOURGUEIL.

Tu étais prédestiné. Console-toi.

PICAUD.

Oui, je me consolerai. J'aurai une Lolotte aussi moi; j'aurai plusieurs Lolottes. Je me ruinerai en Lolottes. Et ma femme verra si je ne suis pas irrésistible comme les autres.

BOURGUEIL.

Elle te dira peut-être que ta vue lui est devenue insupportable.

PICAUD.

Comment, insupportable !

BOURGUEIL.

C'est ce qui arrive toujours.

PICAUD.

Toujours !

BOURGUEIL.

Mais on s'y habitue.

PICAUD, à part.

Ah ! s'il n'était pas le frère de l'autre ! Il est petit, il est
maigre, il n'est pas fort !... Mais j'aurais l'air de faire de
l'opposition au gouvernement.

BOURGUEIL.

Et puis elle te rend déjà justice dans le post-scriptum.

PICAUD.

Elle vous a écrit ?

BOURGUEIL.

Oui : « Mon mari a été superbe de calme. »

PICAUD.

Oui, j'ai été superbe. Certainement, j'ai été superbe. —
Mais comment serais-je encore superbe, si vous me racontez
qu'elle vous a écrit !... Au moment où la cérémonie va commencer, à midi moins cinq ! car j'irai jusqu'au bout, vous
voyez que je suis prêt : l'habit, la cravate blanche, les gants,
tout ce qui constitue l'heureux époux.

BOURGUEIL.

L'heureux époux !... tu l'as dit. — Eh bien, Picaud, va
chercher ta femme.

PICAUD.

Où ?

BOURGUEIL.

A Saint-Nazaire.

PICAUD.

A Saint-Nazaire!

BOURGUEIL.

Elle est partie.

PICAUD.

Madame de la Picaudière ?

BOURGUEIL.

Oui.

PICAUD.

A midi moins cinq ?

BOURGUEIL.

Tu la ramèneras.

PICAUD.

Et la cérémonie ?

BOURGUEIL.

Il n'y en a plus, Gustave, puisqu'elle est partie.

PICAUD.

Plus de cérémonie! Ah! c'est trop! cette fois, c'est trop!

BOURGUEIL.

Remets-toi, Picaud. Prends un peu de ce malaga, il est
excellent.

PICAUD, prenant et buvant.

Mes supérieurs... mes collègues... mes subordonnés...
mes ennemis... attendront à l'église... la petite chaise
attendra aussi... et la musique, la musique de mon beau-
père jouera pendant que ma femme... c'est trop, c'est
trop !

Il fait le geste d'ôter son habit.

BOURGUEIL.

Veux-tu que je t'aide ?

PICAUD.

Jamais, jamais ! (Il sonne. — A Zuléma, qui entre par le fond.)
Appelez le valet de chambre.

ZULÉMA.

Il se fait coiffer pour la cérémonie.

BOURGUEIL.

Il n'y a plus de cérémonie.

ZULÉMA.

Hein ?

PICAUD.

Non, non, il n'y en a plus. Je pars pour Saint-Nazaire.

BOURGUEIL.

Il part pour Saint-Nazaire. Allez préparer les effets de
voyage.

ZULÉMA.

Oh ! quel événement ! quel événement !

Elle sort en courant.

PICAUD.

On ne survit pas à un pareil désastre.

BOURGUEIL.

Mais aussi, tu n'es pas raisonnable. Cela te fait du moins une position plus franche.

PICAUD.

Il appelle cela une position franche ! Et quel est l'auteur de cette catastrophe? — C'est toi.

BOURGUEIL.

Picaud !

PICAUD.

Parce que tu as une voix de baryton et que tu joues de la guitare ! Où est-elle, ta guitare ?

BOURGUEIL.

Mais je ne la porte pas sur moi. Gustave, tu es étonnant.

PICAUD.

Et je te ménage ! Je suis forcé de te ménager, parce que je suis fonctionnaire. — Attends-moi cinq minutes.

Il entre dans son cabinet, à gauche.

BOURGUEIL.

Où vas-tu, Gustave, où vas-tu? — Nourrit-il des projets sanguinaires? Je regrette de ne pas être parti pour l'Amérique. — S'il revenait avec un revolver!... Que lui opposerais-je? Tout, excepté ma poitrine, je n'aime pas les moyens violents, moi. J'aurai la migraine demain. Mais je lui dis d'être philosophe. Pourquoi ne veut-il pas être philosophe? Je le suis bien, moi. (Picaud rentre sombre et terrible. — Il a mis une redingote.) Picaud, Picaud, que vas-tu faire ?

PICAUD *.

C'est fait.

___
* Picaud, Bourgueil.

BOURGUEIL.

Le poison, alors!...

PICAUD.

J'ai donné ma démission.

BOURGUEIL.

A la bonne heure. J'aime mieux ça.

PICAUD.

Ma démission! Le suprême sacrifice est accompli. Et maintenant, je n'ai plus de ménagements à garder.

BOURGUEIL.

Pourquoi prends-tu des regards fauves?

PICAUD.

Maintenant, je peux tout dire : j'aime ma femme !

BOURGUEIL.

Depuis quand?

PICAUD.

Depuis... depuis la chambre nuptiale... Je veux dire depuis que... je sais qu'elle a des bras... et une taille... Enfin, je l'aime!

BOURGUEIL.

Eh bien, alors, va la chercher!

PICAUD.

Oui, j'irai, mais tu me suivras! — Il faut qu'un de nous deux disparaisse.

BOURGUEIL.

Tu changes la conversation.

PICAUD.

Nous nous battrons.

BOURGUEIL.

Je ne recule pas devant un coup d'épée.

PICAUD.

Nous nous battrons en route.

BOURGUEIL.

Dans le train?

PICAUD.

Au pistolet.

BOURGUEIL.

Va pour le pistolet.

PICAUD.

A deux pas!

BOURGUEIL.

Comment, à deux pas!

PICAUD.

Et je tirerai le premier.

BOURGUEIL.

Hein!

PICAUD.

Il hésite, le lâche.

BOURGUEIL.

Si j'hésite!

PICAUD.

Les voilà, ces séducteurs! — Alors tu me donnes le droit
de t'assassiner avant de partir.

BOURGUEIL.

Mais non, mais non. — Au secours!

SCÈNE XII

Les Mêmes, DINDONNETTE.

Bourgueil, en voulant fuir, va à la porte du fond, l'ouvre; on aperçoit Dindonnette.

BOURGUEIL.

C'est elle! — N'entrez pas.

Il referme vivement la porte.

PICAUD.

Qui est là?

BOURGUEIL, se cramponnant pour l'empêcher de passer.

Vous ne le saurez point.

PICAUD.

Ouvrez cette porte.

BOURGUEIL.

Jamais.

PICAUD.

Je ferai le tour.

Il sort à droite.

BOURGUEIL, ouvrant vivement la porte du fond et introduisant Dindonnette*.

Passez vite.

* Dindonnette, Bourgueil.

DINDONNETTE.

Voilà comme vous venez me rejoindre à la gare, vous!
Et vous me jetez la porte au nez quand je vous retrouve!

BOURGUEIL.

Vous voulez donc qu'il vous tue?

DINDONNETTE.

Qui?

BOURGUEIL.

Lui!

DINDONNETTE.

Mon mari?

BOURGUEIL.

Il vous cherche.

DINDONNETTE, effrayée.

Ah! cachez-moi.

BOURGUEIL, indiquant la gauche.

Là, là : je garderai la porte.

Elle sort à gauche.

PICAUD, revenant par le fond.

Personne! (Allant vers la gauche). Ah!

BOURGUEIL, devant la porte de gauche.

Tu ne passeras point.

PICAUD.

Qui est là? Je veux le savoir.

BOURGUEIL.

C'est elle!

PICAUD.

Elle n'est donc pas partie?

BOURGUEIL.

Elle a eu des remords à la gare.

PICAUD.

Je veux la voir.

BOURGUEIL.

Seras-tu calme?

PICAUD.

Je le serai.

BOURGUEIL.

Seras-tu magnanime?

PICAUD.

Je serai magnanime, puisqu'elle revient.

BOURGUEIL.

Lui pardonneras-tu?

PICAUD.

Eh bien, oui, je lui pardonnerai!

BOURGUEIL, à part.

M'en voilà débarrassé! (Il ouvre la porte de gauche et pousse Dindonnette aux pieds de Picaud. — Haut.) Allez implorer votre époux.

DINDONNETTE, se précipitant aux genoux de Picaud.

Prince, pardonnez-moi... Hein!

PICAUD, étonné.

Quoi!... Prince!... (Ils se regardent ébahis). Je n'ai jamais vu madame.

DINDONNETTE.

Je n'ai jamais vu monsieur.

BOURGUEIL.

Comment!

PICAUD et DINDONNETTE.

. Jamais.

SCÈNE XIII

LES MÊMES, PONTORSON.

PONTORSON, entrant furieux par le fond et s'arrêtant court en voyant Dindonnette*.

J'ai vu mon avocat... — Dindonnette!

PICAUD, vivement.

Vous connaissez madame?

PONTORSON.

J'ai eu l'honneur de la voir...

DINDONNETTE.

A Bourbonne. A Bourbonne seulement.

PICAUD.

Hein! Bourgueil demeurait en face de vos fenêtres?

DINDONNETTE.

Oui.

* Bourgueil, Dindonnette, Picaud, Pontorson,

PICAUD.

Il jouait de la guitare?

DINDONNETTE.

Il grinçait.

PONTORSON.

Ah! c'est monsieur qui grinçait?

BOURGUEIL.

Comment je grinçais! Elle me disait : Ça amuse papa.

PONTORSON.

Papa!... Elle se moquait de moi.

PICAUD.

Alors vous êtes la jeune personne naïve?...

DINDONNETTE, saluant.

Princesse de Kara-Hissar.

PICAUD.

Et c'est le prince... pauvre prince!... J'ai compris.

DINDONNETTE.

Moi aussi.

PICAUD, vivement.

Mon habit, ma cravate blanche, mes gants...

DINDONNETTE, à Bourgueil, montrant Picaud en riant.

C'est donc à monsieur que vous avez tout avoué?

BOURGUEIL.

Mais oui.

DINDONNETTE.

Oh! quel bonheur! Alors le prince ne sait rien?

PICAUD.

Ma femme!... où est ma femme? Allez me chercher ma femme.

BOURGUEIL.

Sa femme!... Et celle-ci?... Je n'y comprends rien du tout.

SCÈNE XIV

LES MÊMES, ADALBERT, HÉLÈNE, URSULE.

ADALBERT, ouvrant la porte *.

Nous voilà, nous voilà. — Se marie-t-on, ou ne se marie-t-on pas?

PICAUD.

On se marie.

Il remonte chercher Hélène.

PICAUD, ramenant Hélène **.

Ma femme, voici ma femme.

HÉLÈNE.

Vous me pardonnez mes dettes?

PICAUD.

Vos dettes! Quelles dettes?

---

* Bourgueil, Dindonnette, Adalbert, Picaud, Hélène, Ursule, Pontorson.
** Bourgueil, Dindonnette, — Picaud et Hélène sur le devant, — Adalbert, Ursule, Pontorson.

HÉLÈNE.

Ce n'était pas cela ?

PICAUD.

Si, si, c'était cela. Je paierai.tout, tout. Est-elle gentille ! — Et ma démission !... Ah ! elle est encore dans ma
poche.

BOURGUEIL, passant, à Picaud *.

Pardonne-moi, Gustave, je fis erreur.

PICAUD.

Paul, si tu crois me devoir quelque dédommagement...

BOURGUEIL.

Oh ! cher ami !

PICAUD.

Présente-moi à ton frère.

BOURGUEIL.

Volontiers ! Mon frère, très distingué dans l'industrie des
sucres.

PICAUD.

Des sucres !... Je parle du ministre.

BOURGUÉIL.

Le ministre ! Je ne le connais pas.

PICAUD.

Comment ?

BOURGUEIL.

Le... Ah ! je ne le connais pas ! C'est une autre famille.

---

* Bourgueil et Picaud sur le devant à gauche, — Dindonnette, Adalbert,
Hélène, Ursule, Pontorson.

PICAUD.

Hein !

BOURGUEIL.

C'est un Bourgueil d'Agen. Nous sommes les Bourgueil de Carcassonne.

PICAUD.

Ah ! sapristi ! si j'avais su ! — Vous aviez raison, beau-père, c'est un paltoquet.

PONTORSON.

Merci, mon gendre.

ADALBERT.

Allons remettre les cravates blanches.

PICAUD, à part, sur le devant de la scène *.

Mais d'abord je vais rayer mon nom de la liste des gens éminents qui... Je m'étais inscrit.

---

* Bourgueil, Dindonnette, Adalbert, Picaud, Hélène, Pontorson, Ursule au fond.

FIN DU CHEF DE DIVISION

LES GRANDS ENFANTS

COMÉDIE EN TROIS ACTES

Représentée pour la première fois, à Paris, sur le théâtre du VAUDEVILLE,
le 7 octobre 1880.

COLLABORATEUR : M. PAUL DE NARGALIERS

PERSONNAGES

TRISTAN DE MORANGIS . . . . . . MM. PIERRE BERTON.

LUCIEN DE GIVRAY. . . . . DIEUDONNÉ.

DOMINOIS. . . . . DELANNOY.

GASTON DE VERDEILHAN . . . . . ERNEST VOIS.

LE PRINCE SERDZA. . . . . COLOMBEY.

LE COMTE BOLESCO . . . . CARRÉ.

DUQUEYLARD . . . . ANDRE MICHEL

UN DOMESTIQUE . . . . VAILLANT.

HENRIETTE DE MORANGIS. . . . . Mmes LESAGE.

SUZANNE DE ROCHETIN . . . . . . ALICE LODY.

LA PRINCESSE SERDZA. . . . . . HÉLÈNE MONNIER.

MADAME DOMINOIS. . . . . SAINT-MARC.

THÉRÈSE. . . . . J. GOBY.

GENEVIÈVE. . . . . LA PETITE LAMART.

GRÉGORY. . . . . Mlle LINCELLE.

INVITÉS ET INVITÉES, ENFANTS, GARÇONS ET FILLES.

Pour la mise en scène exacte et détaillée, s'adresser au régisseur général
du théâtre du VAUDEVILLE.

LES GRANDS ENFANTS

ACTE PREMIER

Un salon dans un hôtel des Champs-Élysées. — Porte au fond.
Portes latérales.

SCÈNE PREMIÈRE

DUQUEYLARD, UN VALET DE CHAMBRE, puis HENRIETTE.

LE VALET, du fond, précédant Duqueylard.

Monsieur devra attendre un instant. Madame de Morangis ne reçoit jamais avant quatre heures.

DUQUEYLARD.

Ce n'est pas une visite : il s'agit d'affaires.

LE VALET.

— Qui faut-il annoncer ?

DUQUEYLARD.

Maître Duqueylard, notaire.

Le valet sort ; M. Duqueylard s'assied.

HENRIETTE, entrant de gauche.

Mon cher monsieur Duqueylard, quel bon vent vous amène, vous dont le temps est si précieux ?

DUQUEYLARD, avec importance.

Je viens vous parler de la vente de votre terre de Mauriac.

HENRIETTE.

A-t-il surgi quelques difficultés ?

DUQUEYLARD.

Pas la moindre. Le contrat de vente est prêt. Je tiens à m'assurer que j'ai été exact. L'immeuble dépendait de la succession de M. Fernand de Givray, votre père ; vous l'avez recueilli conjointement avec M. Lucien de Givray, votre frère et seul cohéritier. Il n'a été fait aucun partage ?

HENRIETTE, assise.

Nous continuons à vivre, Lucien et moi, comme si notre père vivait toujours.

DUQUEYLARD.

M. Lucien est célibataire, c'est très simple ; vous, madame, vous êtes veuve de M. Louis-Henri-Tristan-Joseph de Morangis que vous aviez épousé au château de Mauriac, commune de Léognan, Gironde. J'ai l'extrait de l'acte de l'état civil ; mais je viens de m'apercevoir qu'il me manquait une pièce importante.

HENRIETTE.

Laquelle, monsieur ?

DUQUEYLARD.

L'acte de décès de monsieur votre mari.

HENRIETTE, un peu troublée.

Ah ! La terre que nous vendons n'a jamais fait partie de ma dot.

DUQUEYLARD.

Peu importe ; si M. de Morangis existait, vous ne pourriez pas agir sans son autorisation.

HENRIETTE.

Mon frère peut vendre sans moi ?

DUQUEYLARD.

Non, l'immeuble est indivis.

HENRIETTE.

Et si je lui donnais ma part ?

DUQUEYLARD.

Vous ne pourriez rien donner sans l'autorisation de votre mari.

HENRIETTE.

Alors quels sont les droits des femmes mariées ?

DUQUEYLARD.

Le législateur s'est montré parcimonieux ; elles restent mineures tant qu'elles sont en puissance de mari ; mais vous, madame, vous avez l'avantage, je veux dire le malheur d'être veuve. Il vous suffit de produire un extrait de l'acte de décès de votre mari.

HENRIETTE.

C'est que M. de Morangis n'est pas mort en France. Il

avait quitté Mauriac... pour un voyage d'exploration en Orient.

DUQUEYLARD.

Il est mort à l'étranger ? Mais le décès a dû être constaté par un agent diplomatique.

HENRIETTE.

Je l'ignore.

DUQUEYLARD.

Je ne voudrais pas, madame, réveiller des souvenirs douloureux. M. de Morangis doit avoir encore des parents dans la Gironde.

HENRIETTE.

Non, monsieur.

DUQUEYLARD.

Mon Dieu, madame, je vous dois la vérité tout entière puisque vous avez daigné me prendre pour conseil. Monsieur votre père vous a laissé des immeubles considérables sans doute, mais d'un revenu assez faible relativement. Ils sont restés dans l'indivision. Or, votre cohéritier est un peu jeune.

HENRIETTE.

Il a trois ans de plus que moi.

DUQUEYLARD.

Ça ne le vieillit pas beaucoup. Il s'est jeté très ardemment dans la haute vie parisienne.

HENRIETTE.

Ne vous effrayez jamais pour Lucien. Je ne sais pas de cœur plus généreux, de nature plus droite, plus loyale.

DUQUEYLARD.

Assurément ; mais votre devoir à vous, madame, est de
sauvegarder la fortune de mademoiselle votre fille.

HENRIETTE.

Vous pensez à sa dot? Pauvre petite Geneviève, elle n'a
pas six ans, c'est un peu tôt.

DUQUEYLARD.

Enfin, madame, puisqu'il faut préciser, vous excuserez
mon indiscrétion, M. Lucien a des dettes.

HENRIETTE, étonnée.

Des dettes de jeune homme !

DUQUEYLARD.

Je n'en connais pas le chiffre. La situation n'est pas
encore périlleuse, sans doute; elle le deviendrait si Monsieur
votre frère ne pouvait liquider tout de suite un arriéré
compromettant. Je ne parlerai pas de ses succès dans un
monde où les succès sont ruineux. Tout sera sauvé par la
vente de votre terre de Mauriac qui mettra en mes mains
des capitaux disponibles; mais je devais bien vous faire
comprendre qu'il y a urgence.

Il se lève.

HENRIETTE, se levant.

Je vous remercie.

SCÈNE II

Les Mêmes, LUCIEN.

LUCIEN, entrant gaiement de droite.

Bonjour, madame ma sœur. Ah! Monsieur Duqueylard !
Eh bien, monsieur Duqueylard, avez-vous vendu notre terre

de Mauriac? Huit cent cinquante-cinq mille francs comme mise à prix, c'est un joli chiffre. Les cinq mille francs m'amusent. C'est certainement à vous que nous les devons, monsieur Duqueylard?

DUQUEYLARD.

Je l'avoue. L'acte est préparé. Je venais chercher une dernière pièce qui me manque.

LUCIEN.

Il vous manque encore quelque chose?

DUQUEYLARD.

L'acte de décès de M. de Morangis.

LUCIEN, devenu sérieux.

Ah!

HENRIETTE.

J'expliquais à M. Duqueylard que j'aurais quelques difficultés...

LUCIEN.

Pourquoi donc? Je donnerai à M. Duqueylard toutes les indications qu'il voudra.

DUQUEYLARD.

Vous avez une constatation officielle?

LUCIEN.

Parfaitement.

DUQUEYLARD.

Remettez-la-moi.

LUCIEN.

Je ne l'ai pas sous la main. Je la chercherai et je vous la porterai à votre étude.

DUQUEYLARD.

A merveille; je vais convoquer nos acquéreurs pour
après-demain.

HENRIETTE, accompagnant Duqueylard.

Nous vous donnons vraiment beaucoup de peine.

DUQUEYLARD.

Madame, je me dois à mes clients.

Il salue et sort par le fond.

SCÈNE III

LUCIEN, HENRIETTE.

LUCIEN, se retournant vers Henriette, du ton le plus enjoué.

Si nous ne vendions pas notre terre de Mauriac? J'y ai
une très belle chasse.

HENRIETTE.

Ah! brave cœur, tu es toujours prêt à tout sacrifier pour
m'épargner une peine.

LUCIEN.

Je regretterais Mauriac, avec ses vieux chênes dont
je suis tombé si souvent et sa petite rivière où j'ai
failli me noyer trois fois. Ce sont des souvenirs qui atta-
chent.

HENRIETTE.

Tu as peur de me donner le chagrin d'avouer que
M. de Morangis existe et que j'ai menti en me disant
veuve?

IV.   16.

LUCIEN.

Tu n'as pas menti, personne ne t'interrogeait.

HENRIETTE.

J'ai quitté Mauriac, je suis venue à Paris où nous ne connaissions personne et j'y ai pris des vêtements de deuil.

LUCIEN.

Et tu as eu raison. Je n'ai qu'un reproche à te faire, c'est d'avoir pleuré ce monsieur comme s'il était mort.

HENRIETTE.

J'ai eu honte de dire que j'avais été abandonnée à dix-sept ans, sans motif, par un homme que j'adorais : voilà à quel mauvais sentiment j'ai cédé.

LUCIEN.

Alors, c'est toi qu'il faut blâmer?

HENRIETTE.

M. de Morangis avait des goûts d'artiste, la vie indépendante l'attirait : je n'ai pas su peut-être le retenir à son foyer.

LUCIEN.

Tu avais seize ans, tu étais ravissante. Il pouvait faire de toi la femme qu'il aurait voulu! Il est parti sans te laisser un mot et sans jamais te donner de ses nouvelles.

HENRIETTE.

Il n'osait plus.

LUCIEN.

Je te conseille de lui chercher des excuses.

HENRIETTE.

Je cherche si j'ai bien fait tout ce que j'aurais dû faire.

Je voudrais me mettre en repos avec ma conscience pour
avoir le droit d'oublier. J'aurais dû lui faire dire qu'il avait
une fille.

LUCIEN.

Ne te donne pas encore un remords inutile. Je suis allé
pour le lui apprendre.

HENRIETTE.

Tu l'as revu?

LUCIEN.

Un mois après la naissance de Geneviève, à Songoli, sur
les bords de la mer Noire.

HENRIETTE.

Et tu ne m'en as jamais parlé?

LUCIEN.

Je ne croyais pas avoir à me vanter de ce petit voyage.

HENRIETTE.

Tu nous as dit que tu allais en Écosse.

LUCIEN.

J'ai bifurqué à Calais.

HENRIETTE.

Alors, M. de Morangis sait, depuis cinq ans, qu'il a une
fille?

LUCIEN.

Non, je ne le lui ai pas dit.

HENRIETTE.

Pourquoi ?

LUCIEN.

Parce que la conversation a pris une autre tournure.

HENRIETTE.

Tu l'as provoqué ?

LUCIEN.

Pas tout de suite, au contraire. Je me fais annoncer : on me reçoit merveilleusement avec des allures de grand seigneur qui commencent à m'exaspérer. Il a très grand air, ton mari, en voyage. Il m'a demandé de tes nouvelles avec un si admirable sans-façon que je lui ai répondu : Je ne viens pas pour vous en donner.

HENRIETTE.

Et alors ?

LUCIEN.

Alors ? Il ne voulait à aucun prix se battre avec moi. Je le menace d'un argument irrésistible. Nous allons sur le terrain. Là, ce diable d'homme affecte de ne pas me toucher, ce qui me blessait dans mon amour-propre, et il ne se laisse pas toucher, ce qui me blessait bien davantage, mais je n'en voulais pas démordre. Je tourne, je saute, je cabriole si bien que je fais un faux pas et que je roule dans un ravin bien sottement placé à ma droite ; je me relève, j'avais le poignet droit foulé ! Je saisis mon épée de la main gauche, il fait glisser la sienne et me la plante dans le pouce. J'avais deux blessures ridicules et plus de mains disponibles. Je te devais cette confession. Mais je comptais ne la faire que sur mes vieux jours. Tu vois quel mauvais défenseur le ciel t'a donné.

HENRIETTE.

Tiens, viens que je t'embrasse ! Je n'ai plus le courage de me plaindre quand je pense que j'ai un frère comme toi.

LUCIEN.

Alors nous ne vendons plus la terre de Mauriac? D'abord
je ne sais où est ton seigneur et maître en ce moment. Nous
ne pouvons pas le faire sommer à son de trompe de revenir,
comme on faisait au moyen âge! N'y pensons plus.

HENRIETTE.

Mais il te faut de l'argent?

LUCIEN.

A moi, crois-tu? S'il m'en faut, j'en trouverai. Et puis,
d'ailleurs, je suis en train de me ranger.

HENRIETTE.

Alors tu songes à te marier! C'est le seul moyen de se
ranger à ton âge.

LUCIEN.

Eh bien, si je me marie, je prendrai une femme qui
n'aura pas de dot, nous mettrons tout en commun, ça ne
changera rien du tout, sauf que ta fille, qui n'a qu'un oncle,
ce qui est bien peu, c'est elle qui le dit, aura un oncle et une
tante.

HENRIETTE.

C'est bien toi! Mais la difficulté qui se présente aujourd'hui renaîtra demain. M. Duqueylard m'a fait comprendre, sans le vouloir, dans quelle situation fausse et
impossible je me suis mise; si tu l'avais entendu!

LUCIEN.

Je te prie de ne pas te laisser intimider par les notaires.
Je suis avocat, moi, ce qui est un grade supérieur. Je n'ai
jamais plaidé et je ne plaiderai jamais; mais il ne faut pas
essayer de me faire peur avec le Code, avec les cinq Codes.
Je sais qu'ils ne sont pas clairs, puisqu'on met quatre ans

au minimun pour les comprendre et aussitôt qu'on les comprend on ne s'entend plus. C'est ce qui fait les avocats.
Laisse donc radoter ce bon M. Duqueylard. J'irai lui dire
demain que je tiens à ma chasse de Mauriac.

HENRIETTE.

Cela lui paraîtra bien étrange.

LUCIEN.

Aucune idée n'est assez biscornue pour paraître étrange
quand elle vient d'un chasseur.

Le valet paraît.

HENRIETTE.

Des visites déjà !

UN VALET, annonçant.

Monsieur de Verdeilhan.

LUCIEN, avec joie.

Gaston ?

HENRIETTE.

Ah !

SCÈNE IV

LES MÊMES, GASTON.

LUCIEN.

Ma chère Henriette, je te présente monsieur de Verdeilhan,
juge au tribunal de la Seine.

HENRIETTE.

Mais je connais beaucoup M. de Verdeilhan, j'ai eu
le plaisir de le voir tous les jours pendant un mois au
Croisic.

LUCIEN.

J'oubliais que ma nièce m'a très souvent parlé de toi.

HENRIETTE.

M. de Verdeilhan la gâtait en la traitant comme une grande personne.

GASTON.

Elle ne m'a donc pas oublié, mademoiselle Geneviève ?

LUCIEN.

Comment, oublié ! Elle t'appelle son ami Gaston.

HENRIETTE.

C'est très irrévérencieux. Vous venez de faire un grand voyage ?

GASTON.

Oui, madame, j'ai parcouru l'Autriche et la Hongrie.

LUCIEN.

Au mois de novembre ?

GASTON.

C'est le vrai moment.

LUCIEN.

Pour un chasseur, mais pour un juge...

GASTON.

Je ne suis plus rien.

LUCIEN.

Bah !

GASTON.

J'ai voulu reprendre ma liberté tout entière.

HENRIETTE.

Voilà une décision bien inattendue.

GASTON.

Je suis l'homme des résolutions promptes. Je n'ai plus
rien à faire. Tous mes amis en profitent pour me charger
de leurs commissions. Ainsi, depuis deux jours, je cherche
à me renseigner sur un M. Dominois.

LUCIEN.

Notre propriétaire ?

GASTON.

Et voisin. Je viens de l'apprendre chez ton concierge, en
jetant les yeux sur une adresse de journal... Qu'est-ce
que c'est que M. et madame Dominois? Tu vas me renseigner tout de suite.

LUCIEN.

Non, mon ami, je ne peux pas.

GASTON.

Pourquoi?

LUCIEN.

Parce que ce sont nos amis.

GASTON.

Tu es l'ami de ton propriétaire?

LUCIEN.

D'après le bail.

GASTON.

Comment, d'après le bail?

LUCIEN.

C'est une servitude.

GASTON.

Une servitude?

LUCIEN.

Absolument. M. Dominois nous a loué son premier étage, avec un pavillon pour moi, à des prix... admirables, sous la condition que nous serions ses amis.

HENRIETTE, souriant.

C'est exact.

LUCIEN.

Je n'y ai pas vu malice, j'ai signé; Henriette a signé aussi, car tu es dans le contrat.

GASTON.

Je comprends que l'amitié de madame de Morangis et la tienne soient des biens précieux.

LUCIEN.

Oh! ce n'est pas cela. Les époux Dominois, qui avaient gagné plusieurs millions dans la fabrication des cartes à jouer et qui avaient édifié cet hôtel somptueux, voulaient recevoir, mais ne recevoir que des gens qu'ils n'avaient jamais vus, jugeant inutile de revoir les autres. Ils ont éprouvé quelque embarras; alors ils ont imaginé de se créer des relations nouvelles en prenant des locataires bien posés.

GASTON.

Ce n'était pas maladroit.

HENRIETTE, souriant,

Et voilà comment depuis six mois nous avons des amis..

LUCIEN.

Accablants ! qui s'intéressent à nos santés, qui s'occupent de nos affaires, qui nous racontent les leurs...

HENRIETTE.

Qui sont là quand je reçois ; ils ne disent rien, mais ça les amuse, qui ont toujours leur couvert mis...

LUCIEN.

Et il y a un bail de neuf ans.

HENRIETTE.

Ajoutons vite que ce sont des gens excellents.

LUCIEN.

La pluie aussi est excellente en certaine saison, ce qui ne l'empêche pas de passer pour ennuyeuse. Nous avons en ce moment un peu de répit, parce qu'ils donnent demain leur premier bal, une fête rêvée depuis dix ans.

GASTON.

Eh bien, mes renseignements sont pris, je n'en voulais pas davantage. Il ne me reste plus qu'à demander si mademoiselle de Rochetin, qui est chez eux, est parente à un degré quelconque de M. et madame de Rochetin qui ont plaidé bruyamment en séparation, il y a quelques années.

LUCIEN.

C'est leur fille tout simplement.

GASTON.

Leur fille !

HENRIETTE.

Elle est charmante, Suzanne de Rochetin.

LUCIEN.

Elle est adorable.

HENRIETTE.

On pourrait, peut-être, lui reprocher une éducation un peu singulière.

LUCIEN.

A qui la faute ?

HENRIETTE.

Oh! ce n'est pas moi qui la blâmerai, la chère enfant !

LUCIEN.

C'est précisément cette éducation singulière qui lui donne du piquant. D'après le jugement de séparation, mademoiselle de Rochetin doit passer trois mois chez sa mère, qui est confite en dévotion, trois mois chez son père, qui mène une vie de polichinelle très chic, et six mois chez M. et madame Dominois, ses oncle et tante, aujourd'hui millionnaires, hier encore fabricants de cartes à jouer. Tu vois d'ici l'éducation qu'elle reçoit : dévote pendant le premier trimestre, cocodette pendant le second et bourgeoise bourgeoisant le reste du temps. Sa mère l'appelle Suzanne, les Dominois l'appellent Suzette et son père l'appelle Suzon. Suzanne, Suzette et Suzon, voilà mademoiselle de Rochetin.

HENRIETTE.

Pauvre enfant !

LUCIEN.

Adorable, mon ami, adorable !

GASTON.

Je l'ai vue une fois dans un salon très sérieux.

LUCIEN.

Eh bien ?

GASTON.

Je l'ai trouvée très réservée et timide à l'excès.

LUCIEN.

Elle était avec sa mère.

GASTON, à Lucien.

Je voudrais bien te dire un mot chez toi. (Haut.) Je suis
complètement fixé. Il s'agissait d'un de mes cousins très
épris de mademoiselle de Rochetin.

LUCIEN, vivement.

Ah !

GASTON.

Mais quand il connaîtra la situation du père et de la
mère...

LUCIEN.

Il renoncera à l'épouser.

GASTON.

Naturellement.

HENRIETTE.

Cependant Suzanne n'est pas coupable.

GASTON.

Non certes ; mais vous connaissez, madame, les suscep-
tibilités souvent malveillantes de notre monde. On se heur-
terait à chaque instant à des allusions, même involontaires,
dont la femme serait blessée et dont le mari souffrirait.
Notre société en veut à ceux qui ont l'air de la braver et

rien n'est plus douloureux à supporter qu'une situation fausse.

HENRIETTE.

Eh bien! moi, je n'en aimerais que plus Suzanne.

LUCIEN, à part.

Ce sera un jour peut-être la situation de sa fille.

SUZANNE, à la cantonnade.

Madame de Morangis est-elle chez elle?

HENRIETTE.

Voici mademoiselle de Rochetin.

SCÈNE V

LES MÊMES, SUZANNE.

SUZANNE, entrant étourdiment.

Madame, je viens vous annoncer une grande nouvelle...
Oh! pardonnez-moi, je vous croyais seule.

Elle s'arrête.

HENRIETTE.

Entrez, Suzanne, je vais vous présenter un de mes bons
amis, M. Gaston de Verdeilhan.

SUZANNE, saluant d'un ton très réservé.

J'ai eu le plaisir de voir monsieur chez la baronne de
Sommières.

GASTON.

Vous vous le rappelez, mademoiselle?

SUZANNE.

Oh ! très bien.

GASTON.

Je ne l'espérais pas.

SUZANNE.

On parlait du dernier roman que ces dames ne connais-
saient pas et qu'elles jugeaient abominable. On vous a prié
de le raconter décemment.

GASTON.

Oui, oui, j'ai même essayé.

SUZANNE.

Mais ce n'était pas cela du tout. Je l'avais lu chez papa et
je n'y avais trouvé aucun mal. Une jeune femme très étour-
die, qui s'aperçoit trois mois après son mariage qu'elle n'a
pas pris le jeune homme qu'elle aimait et qu'elle a épousé
précisément celui qu'elle détestait. Rien n'est plus invraisemblable, n'est-ce pas, madame ? Puis un beau jour, elle
va dire à son mari avec des airs d'héroïne : « Je vous trompe,
ce n'est pas vous que j'aime, c'est mon cousin Oscar. » Elle
ne le trompe pas, puisqu'elle le lui dit. Mais vous racontiez
tout autre chose.

LUCIEN.

Je le crois bien.

SUZANNE.

Je vous aurais soufflé si maman n'avait pas été là. Maman
était indignée ! Je l'étais sans savoir pourquoi, mais comme
j'avais envie de rire !

GASTON.

Alors, mademoiselle, ce jour-là vous vous êtes un peu
moquée de moi ?

SUZANNE.

Oh ! non, monsieur, je ne me moque jamais de personne
devant maman.

HENRIETTE.

Vous m'apportiez une grande nouvelle, Suzanne; est-ce
un secret pour ces messieurs ?

SUZANNE.

Oh ! ce n'est un secret pour personne, mais ce n'est intéressant que pour moi.

HENRIETTE.

Alors, dites-le vite.

SUZANNE.

J'ai décidé ma tante Dominois à inviter papa à la fête
qu'elle donne demain. Elle détestait papa... Et j'ai décidé
mon oncle Dominois à aller voir maman pour la prier de
venir. Il était brouillé avec maman. Je ne sais s'ils viendront
tous deux, mais ils sauront au moins qu'on ne les oublie
pas quand on s'amuse ici.

HENRIETTE.

Vous êtes la plus tendre des filles, et on n'est pas meil-
leure que vous.

SUZANNE.

Oh ! je ne sais si je suis bonne; ce que je sais, par exemple, c'est que j'aime bien ceux que j'aime. Geneviève a dû
être ravie de revoir M. de Verdeilhan ?

GASTON.

Je n'ai pas encore vu mademoiselle Geneviève.

SUZANNE.

Elle a beaucoup grandi, elle est superbe; elle est mieux que jolie, elle a du brio dans le sourire, c'est un mot de papa. Je vais la chercher.

HENRIETTE, vivement.

Attendez-moi, je veux présenter Geneviève avec tous ses avantages; elle n'est pas habillée : c'est une coquetterie de maman. (A Gaston.) Je ne vous demande que cinq minutes.

LUCIEN.

Oh! cinq minutes pour la toilette de mademoiselle ma nièce !...

SUZANNE.

Pas davantage. (En sortant avec Henriette.) Nous lui mettrons ses beaux nœuds roses.

HENRIETTE.

Les plus beaux.

SUZANNE.

Et sa collerette de dentelle.

SCÈNE V

LUCIEN, GASTON.

LUCIEN, gaîment.

Voilà Suzanne, Suzette et un peu Suzon.

GASTON.

Toutes les trois charmantes.

LUCIEN.

Et elle ne se mariera pas ?

GASTON.

Si, elle se mariera sottement.

LUCIEN.

Parce qu'il a plu à son père et à sa mère d'avoir des torts réciproques.

GASTON.

Le monde est ainsi fait et tu n'y changeras rien... mais je veux vite profiter des quelques instants où nous sommes seuls pour t'exprimer mes regrets. J'ai ouvert, ce matin seulement, une lettre de toi déjà ancienne, qui est restée à Paris pendant mon voyage...

LUCIEN.

Je ne te savais pas absent.

GASTON.

Et qui s'était glissée au milieu d'invitations banales. Tu me parlais d'un service à te rendre.

LUCIEN.

Oui.

GASTON.

Est-il trop tard ?

LUCIEN.

Non, non, certes.

GASTON.

Tant mieux. Dis-moi tout de suite de quoi il s'agit.

LUCIEN.

J'ai dépensé beaucoup d'argent avec Albertine : elle m'ado-
rait incèrement.

GASTON.

Naïf!... et maintenant?

LUCIEN.

Maintenant je fais la cour à une princesse valaque, la princesse Serdza : elle est superbe, elle est mariée, je l'adore avec
l'idée que ce ne sera pas éternel, ça repose; mais ça ne m'occupe pas assez. Alors j'ai joué et j'ai perdu.

GASTON.

Beaucoup?

LUCIEN.

Quinze cents louis qu'il me fallait dans les vingt-quatre
heures. Tu n'étais pas à Paris, je ne savais à quel saint me
vouer. Je rencontre M. Dominois dans l'escalier. Un mauvais
génie me souffle, je lui conte ma mésaventure. Il m'ouvre
son coffre-fort. J'y puise mes quinze cents louis avec une
désinvolture de grand seigneur qui le charme. Eh bien, mon
ami, tu ne sais pas combien cette dette me pèse. J'aimerais
mieux devoir le triple à un usurier. J'y suis fait, aux usu-
riers. Ils me volent, ça me met à l'aise.

GASTON, tirant un carnet.

Je vais d'abord te donner un chèque pour payer M. Dominois.

LUCIEN.

Gaston... mon bon Gaston...

GASTON.

Puis nous ferons ensemble le compte de ce que tu
dois.

LUCIEN.

Ce sera bien long.

GASTON.

J'ai tout le temps.

LUCIEN.

Tu veux donc que je te trouve invraisemblable. Tiens, je ne fais qu'un vœu, c'est qu'un jour tu aies besoin de moi.

GASTON.

J'aurai besoin de toi certainement.

LUCIEN.

Tu as eu quelque déboire, n'est-ce pas? Quand on est juge au tribunal de la Seine à trente ans, on ne se retire pas sans motif.

GASTON.

J'ai un motif et un motif très grave. Je veux me marier.

LUCIEN.

Et tu ne pourrais pas te marier comme juge?

GASTON.

La femme que j'aime est veuve. Elle a un enfant qu'elle a l'intention de conduire tous les hivers dans le Midi. Mes fonctions seraient un obstacle.

LUCIEN.

Elle a exigé que tu donnes ta démission?

GASTON.

Non, je ne me suis pas encore déclaré.

LUCIEN.

Et tu te démets d'avance?

GASTON.

Par un sentiment de délicatesse facile à comprendre... et puis, j'ai assez de fortune pour vivre indépendant.

LUCIEN.

Alors, c'est une veuve que tu épouses?

GASTON.

Que je désire épouser.

LUCIEN.

Toi, dont le plus grand argument contre le divorce est qu'on ne peut prendre une femme qui aurait déjà eu un mari !

GASTON.

I n'y a aucun rapport...

LUCIEN.

Comment, aucun ! Le veuvage, c'est le divorce obligatoire.

GASTON.

Le mari n'y est plus.

LUCIEN.

Il y a été.

GASTON.

Pour moi, il n'existe pas, il n'a jamais existé.

LUCIEN.

Tu es bien bon ; moi, je n'épouserai jamais qu'une jeune fille. Elle n'aurait pas vingt ans, dix-huit c'est très bien. Elle serait jolie et spirituelle, elle aurait les yeux noirs, les cheveux blonds et je serais un mari étonnant, étonnant, entends-tu?

GASTON.

Je te crois, mon bon Lucien; mais c'est le portrait de mademoiselle de Rochetin que tu viens de faire là.

LUCIEN.

Moi? je cherche un idéal.

GASTON.

Tu ne songes pas à l'épouser, j'imagine?

LUCIEN.

Mais, mon bon Gaston, je ne peux même pas payer mes dettes, comment veux-tu que je me marie? Et puis ma situation n'est pas celle de tout le monde, j'ai des devoirs, moi, je suis chef de famille; j'ai une nièce à élever.

GASTON.

Oh! que ce ne soit pas là ce qui t'arrête. Tu n'auras pas à te préoccuper de ta nièce.

LUCIEN.

Et comment pourrais-je ne pas m'en préoccuper?

GASTON

Il se trouvera quelqu'un qui sera trop heureux de lui servir de père.

LUCIEN.

A quel titre?

GASTON.

Mais tu ne devines donc rien! Tu ne vois pas que ton ami Gaston de Verdeilhan va te prier de demander pour lui la main de madame de Morangis?

LUCIEN, ahuri.

La main d'Henriette!

GASTON.

C'est elle dont je te parlais, c'est elle que j'aime.

LUCIEN, de même.

Toi !

GASTON.

Je voyais madame de Morangis tous les jours au Croisic
et je n'ai jamais connu de femme plus séduisante. Je me
demandais si le charme que je ressentais près d'elle résis-
terait à l'absence. J'ai voyagé. Eh bien, mon bon Lucien, je
l'aime plus que jamais. Je ne sais ce qui s'est passé dans sa
vie : une grande douleur sans doute. Je ne veux pas l'interroger, elle a le regard droit et pur des femmes irré-
prochables.

LUCIEN.

Et tu as donné ta démission... Sais-tu seulement si ton
amour est partagé ?

GASTON.

C'est une question qu'on ne fait pas à un amoureux.

LUCIEN.

Voilà qui crée entre nous une situation nouvelle et em-
barrassante.

GASTON.

Comment ! tu serais embarrassé parce que je te prie de
demander pour moi la main de ta sœur ? As-tu quelque
reproche à m'adresser ?

LUCIEN.

Aucun, aucun ; personne mieux que moi ne sait ce que
tu vaux ; mais il m'est impossible à présent d'accepter le
service que tu voulais me rendre si généreusement.

GASTON.

Pourquoi ?

LUCIEN.

C'est une question de conscience.

Il déchire le chèque.

GASTON.

Lucien !

LUCIEN, vivement.

Chut ! voici Henriette.

SCÈNE VII

Les Mêmes, HENRIETTE, SUZANNE,
GENEVIÈVE.

HENRIETTE.

Notre toilette a été un peu longue.

SUZANNE.

Mais aussi quel résultat !

GENEVIÈVE, venant à Gaston.

Bonjour, mon bon ami.

HENRIETTE.

Geneviève, sois convenable.

GASTON.

Comme vous êtes belle, mademoiselle

GENEVIÈVE.

Tu m'appelles mademoiselle... tu es donc fâché?

GASTON.

Oh ! non, non, je ne serai jamais fâché avec vous, mon enfant.

GENEVIÈVE.

Dis-moi tu, alors !

GASTON.

Avec toi, Geneviève.

GENEVIÈVE.

Nous aussi nous t'aimons bien. Demande à maman.

HENRIETTE, vivement.

Geneviève ! — Certainement nous aimons beaucoup M. de Verdeilhan, parce qu'il est excellent. Je n'ai qu'un reproche à lui adresser : il te gâte trop.

GENEVIÈVE.

Il ne faut pas lui dire ça. (A Gaston.) Tu es très gentil, et maman te trouve aussi très gentil.

HENRIETTE, embarrassée, malgré elle.

Maintenant, Geneviève, que tu· as rempli ton devoir en venant saluer M. de Verdeilhan...

GENEVIÈVE.

Je n'ai pas fini. Je ne l'ai pas encore invité à mon bal. Maman donne un bal d'enfants pour moi, après-demain : c'est l'anniversaire de ma naissance. Je t'enverrai une carte d'invitation.

HENRIETTE.

Mais non, Geneviève. Il n'y a pas d'invitation pour les grandes personnes. Tu as des cartes pour tes petits amis.

GENEVIÈVE, à Gaston.

C'est un bal costumé.

HENRIETTE.

Pour les enfants seulement.

LUCIEN.

Et rassure-toi : ce jour-là, on cesse d'être enfant à quinze ans.

HENRIETTE.

L'invitation est faite, tu peux aller retrouver ta gouvernante.

GENEVIÈVE.

Non, je vais jouer avec Suzette.

HENRIETTE.

Tu appelles mademoiselle de Rochetin Suzette ?

SUZANNE.

C'est moi qui l'ai voulu, madame ; ici on ne m'appelle que Suzette.

GENEVIÈVE, à Gaston.

Veux-tu venir jouer avec nous ? Je te montrerai ma grande poupée.

HENRIETTE.

Geneviève, perds-tu la tête ?

GENEVIÈVE.

Il veut bien venir ; nous jouerons à la dame.

HENRIETTE.

Ne montre pas à tout le monde que tu es une petite fille mal élevée.

GENEVIÈVE, à Gaston, sans se déconcerter.

Tu feras la bonne et je t'appellerai Justine.

GASTON, riant.

C'est irrésistible.

HENRIETTE.

Je vous demande pardon, monsieur.

GENEVIÈVE.

Il veut bien : mon oncle fera le parrain qui apporte les bonbons.

LUCIEN.

C'est asssez généralement mon rôle.

GENEVIÈVE.

Suzanne fera la marraine. Tu auras une jolie marraine.

SUZANNE.

Venez, Geneviève, je vous apprendrai un autre jeu.

GENEVIÈVE.

J'aime mieux celui-ci.

HENRIETTE.

Geneviève, soyez sage, ou mademoiselle de Rochetin ne vous aimera plus.

GENEVIÈVE.

Oh ! Suzette !...

SUZANNE.

Tu sais bien, n'est-ce pas, que je t'aimerai toujours ? Vous me permettez de la tutoyer, madame ?

HENRIETTE, elle prend Geneviève par la main.

Je vous en prie, mon enfant.

Elles remontent toutes les trois.

GASTON, bas, à Lucien.

Ainsi j'ai eu tort de compter sur toi, et je devrai chercher un autre intermédiaire ?

LUCIEN. vivement.

Non. Je consulterai Henriette et je te transmettrai sa réponse.

GASTON.

Quand te verrai-je ?

LUCIEN.

Je t'écrirai ce soir.

GASTON.

C'est tout ce que je demande.

HENRIETTE, revenant.

Que devez-vous penser de ma façon d'élever ma fille ?

GASTON.

Il est bon que les enfants soient un peu indépendants ; on voit mieux ce qu'ils pensent.

HENRIETTE.

Comme vous êtes indulgent !

LUCIEN.

Ne retiens pas Gaston. Il t'a attendue très longtemps, et il a un rendez-vous.

HENRIETTE.

Excusez-moi, monsieur, j'espère que maintenant nous nous verrons souvent, puisque vous êtes à Paris et que vous n'êtes plus magistrat.

GASTON

Autant que vous le permettrez, madame ; à bientôt, Lucien.

LUCIEN.

A bientôt.

Gaston sort.

SCÈNE VII

LUCIEN, HENRIETTE.

HENRIETTE, avec conviction.

Il est très bien, M. de Verdeilhan.

LUCIEN, inquiet.

Tu trouves ?...

HENRIETTE.

Oui ! Ce ne sont pas seulement les agréments de son esprit plus sérieux que mondain qui me plaisent, mais c'est un homme de cœur.

LUCIEN.

Est-ce qu'il te plaît vraiment ?

HENRIETTE.

Il me plaît beaucoup.

LUCIEN.

Beaucoup ! c'est très grave, cela.

HENRIETTE.

En quoi, grave ?

LUCIEN.

Je me mêle de choses qui ne me regardent pas.

HENRIETTE.

Tout te regarde, tu es mon aîné.

LUCIEN.

Ah! oui, je l'oubliais. Eh bien! as-tu pensé quelquefois
que tu pourrais aimer Verdeilhan ?

HENRIETTE.

Oui, je l'aurais aimé, très certainement   mais tu sais bien
que je ne suis pas libre.

LUCIEN.

Alors si tu étais libre?.. — S'il n'y avait pas eu de fossé
derrière moi là-bas, quand nous nous sommes battus, si tu
étais réellement veuve?

HENRIETTE.

Tu me poses là des questions que je ne me suis jamais
posées et que je ne me poserai jamais... A quoi bon! Ma
destinée est ainsi faite que je ne peux plus ni aimer ni être
aimée; je ne me révolte pas contre elle, je la subis coura-
geusement. On ne peut pas m'en demander davantage.

LUCIEN.

Non certes, on ne peut t'en demander davantage, non.

(Marchant avec agitation. — A part.) J'écrirai à Gaston une lettre évasive. Nous nous brouillerons, elle ne saura jamais pourquoi et tout sera dit.

HENRIETTE.

Qu'as-tu?

LUCIEN.

Rien, rien. Voici M. Dominois. Il nous manquait. (Dominois entre.) (A part.) Elle n'est pas commode à écrire cette lettre!

SCÈNE IX

Les Mêmes, DOMINOIS.

DOMINOIS, qui s'est avancé en saluant.

Je vous dérange peut-être?

HENRIETTE.

Pas du tout, mon cher monsieur Dominois.

LUCIEN.

Vous ne nous dérangez jamais, mon cher monsieur Dominois. (A part.) Pas commode du tout.

DOMINOIS.

Vous partez?

LUCIEN.

Oui. J'ai une lettre à écrire.

DOMINOIS, vexé.

Au moment où j'arrive?

LUCIEN.

Mais je reste un instant. (a part.) L'amitié a ses devoirs, c'est dans le bail.

DOMINOIS.

Je voudrais vous adresser, à madame votre sœur et à vous, une question : où en est la loi sur le divorce?

LUCIEN.

Mais on en parle toujours beaucoup, mon cher monsieur Dominois.

DOMINOIS.

Je sais bien. A-t-elle quelque chance de passer?

LUCIEN.

Les avis sont partagés, monsieur Dominois.

DOMINOIS.

On m'a affirmé qu'elle passerait à la Chambre.

LUCIEN.

Mais au Sénat?

DOMINOIS.

Ah! oui, au Sénat, il y aura du tirage, comme l'on dit.

LUCIEN.

Peut-être bien.

DOMINOIS.

Combien avons-nous de sénateurs?

LUCIEN.

Je l'ignore complètement.

HENRIETTE.

Mais en quoi le divorce peut-il vous intéresser?

DOMINOIS.

Mon Dieu, madame, je vais vous le dire. Ce n'est pas avec des amis comme vous que j'aurai des secrets. Voilà vingt-deux ans que je suis marié.

HENRIETTE.

C'est très respectable.

DOMINOIS, sans conviction.

Oui!.. Vingt-deux ans que j'ai madame Dominois!

LUCIEN.

Eh bien, monsieur Dominois?

DOMINOIS.

Eh bien, mon jeune ami, je trouve que c'est assez.

LUCIEN.

Vous voulez divorcer!

HENRIETTE.

Vous voulez divorcer!

DOMINOIS.

Si on établit une loi sur le divorce, c'est bien pour qu'elle serve à quelque chose, n'est-ce pas?

HENRIETTE.

Et vous l'appliqueriez sans motif?

DOMINOIS.

Comment, sans motif! Mais voilà vingt ans sur vingt-deux que je trouve madame Dominois insupportable.

LUCIEN.

Il ne sera pas aussi facile de se séparer que vous vous l'imaginez, avec la nouvelle loi.

DOMINOIS.

Je la connais.

LUCIEN.

Il faudra des injures graves.

DOMINOIS.

J'injurierai gravement, s'il le faut, madame Dominois, et cela me sera facile : nous venons d'avoir une scène épouvantable à propos de notre jeune parente Suzette.

HENRIETTE.

Mademoiselle de Rochetin?

DOMINOIS.

Madame Dominois m'a appelé valet de pique! Je l'ai appelée dame de carreau! Et alors...

LUCIEN, à part.

Voilà le fabricant de cartes...

DOMINOIS.

Croyez-moi, madame, quand un homme calme et septentrional, — je suis de Saint-Quentin, — a eu pendant vingt-deux ans une femme nerveuse et méridionale, — elle est de Carcassonne, — il éprouve le besoin de changer.

HENRIETTE.

Vous vous remarieriez ?

DOMINOIS.

Il me semble que c'est le vœu de la loi.

LUCIEN.

Avez-vous fait un choix?

DOMINOIS.

Non, je voudrais maintenant épouser une Danoise ou une Suédoise, c'est plus au Nord. (Il se lève, à Lucien.) Vous devez connaître des sénateurs ?

LUCIEN.

J'en connais beaucoup.

DOMINOIS.

Vous me mettrez en relations avec eux ?

LUCIEN.

Volontiers. (A part) Est-ce qu'il veut les corrompre ?

DOMINOIS.

Oh! voici ma femme, ne lui parlez de rien.

HENRIETTE.

Oh ! nous n'y songeons pas.

LUCIEN, à part.

Mais il faut que j'écrive ma lettre.

SCÈNE X

Les Mêmes, MADAME DOMINOIS.

MADAME DOMINOIS.

Monsieur Dominois est ici ?

DOMINOIS.

Oui, je viens d'entrer.

MADAME DOMINOIS.

Est-ce que je vous chasse, monsieur Lucien ?

LUCIEN.

Non, madame, non ; mais j'ai une affaire urgente.

MADAME DOMINOIS.

Quand j'arrive ?

LUCIEN.

Je ne pars pas encore. (A part.) Ce sont des tyrans.

DOMINOIS.

Vous savez, madame Dominois, que nous avons une démarche à faire auprès de madame de Morangis.

MADAME DOMINOIS.

Nous devions la faire ensemble.

HENRIETTE.

C'est donc bien grave ?

MADAME DOMINOIS.

Avez-vous expliqué à madame ce dont il s'agit

DOMINOIS.

Je commençais. Nous tenions à avoir demain à notre fête quelques personnes à sensation. La princesse Serdza fait beaucoup parler d'elle.

HENRIETTE.

Un peu trop, je crois.

DOMINOIS.

Précisément ; nous l'avons invitée.

MADAME DOMINOIS.

Elle nous a répondu une lettre charmante.

DOMINOIS.

Nous avons cru devoir lui faire une visite.

MADAME DOMINOIS.

Elle connait beaucoup M. Lucien.

LUCIEN.

Oui, j'ai rencontré la princesse dans le monde, tout récemment encore, à l'ambassade japonaise.

DOMINOIS.

Où elle était costumée en vestale. Les journaux ont dépeint son costume. Elle devait être superbe.

MADAME DOMINOIS.

Mais elle ignorait encore que M. de Givray avait une sœur qui s'appelait madame de Morangis.

DOMINOIS.

Elle croit avoir rencontré un de vos parents dans ses voyages.

HENRIETTE.

Cela m'étonnerait beaucoup.

MADAME DOMINOIS.

Elle a un fils de treize ans, et quand je lui ai parlé du bal d'enfants que vous alliez donner...

HENRIETTE, vivement.

Elle a demandé une invitation ?

DOMINOIS.

Nous la lui avons offerte.

HENRIETTE, bas, à Lucien.

Voilà, par exemple, qui passe les bornes.

DOMINOIS.

En lui disant que nous avions l'honneur d'être vos meilleurs amis ; c'est exact, n'est-ce pas ?

MADAME DOMINOIS.

Elle doit venir vous remercier aujourd'hui avec le prince.

DOMINOIS.

Et il fallait que vous soyez prévenue.

HENRIETTE.

Je vous avoue que je serai quelque peu embarrassée avec la princesse Serdza. Il me semble que le prince n'est que son second mari et le premier n'est pas mort.

MADAME DOMINOIS.

Elle a divorcé.

LUCIEN.

On divorce très facilement en Valachie.

MADAME DOMINOIS, avec un soupir.

C'est un pays privilégié.

LUCIEN, à part.

Elle aussi !

MADAME DOMINOIS.

Faisons des vœux pour que la France jouisse bientôt des mêmes avantages.

HENRIETTE, souriant.

Moi, je n'en ferai pas et voilà pourquoi je serai gênée

avec la princesse Serdza. Mon esprit se révolte à l'idée d'une union qui ne serait pas indissoluble pour la femme qui s'est donnée, quels que soient les torts du mari.

MADAME DOMINOIS.

Voilà une parole de Romaine; mais moi je ne suis que de Carcassonne.

DOMINOIS.

Et c'est bien assez !

LUCIEN.

Alors, madame Dominois, vous voteriez pour la loi nouvelle ?

MADAME DOMINOIS.

Des deux mains, monsieur, des deux mains.

DOMINOIS.

Et vous, mon cher monsieur Lucien, quelle est votre opinion?

LUCIEN.

Je n'en ai pas, je demande à voir.

DOMINOIS.

Vous ne trouvez pas monstrueuse une union qu'on ne peut jamais rompre?

LUCIEN.

Je sais bien que les enfants ne s'amusent vraiment que des jouets qu'ils peuvent casser... demandez à ma nièce Geneviève. Et ils ont beau vieillir jusqu'à en devenir respectables, leurs goûts ne changent pas beaucoup. Mais ce qui fait la supériorité des vrais enfants, c'est qu'ils savent bien ce qui les amuse, tandis que nous, nous ne le savons guère. Maintenant, je ne vois aucun inconvénient à ce qu'on vote le divorce; il servira surtout à ceux qui s'en passeraient. Ce sera un luxe.

DOMINOIS.

Ce n'est pas une opinion, c'est de la fantaisie; les jeunes gens d'aujourd'hui ne sont pas sérieux. En se plaçant à un point de vue humanitaire, il est certain que l'institution du mariage y gagnera en importance.

LUCIEN, riant.

Vous trouvez?

DOMINOIS.

D'abord il y aura moins de vieilles filles.

LUCIEN.

Vous croyez donc qu'il y aura un plus grand nombre de maris?

DOMINOIS.

Naturellement, puisque les mêmes pourront servir plusieurs fois.

LUCIEN.

Je n'y pensais pas.

MADAME DOMINOIS.

Enfin, quoi qu'en pense monsieur, ce sera le seul remède à certaines situations.

DOMINOIS.

Trop fréquentes!

MADAME DOMINOIS.

J'allais le dire.

LUCIEN.

Et la vieille gaîté française! Que deviendra la vieille gaîté

française? S'il n'y a plus de maris trompés, on ne rira
donc plus?

DOMINOIS.

Non, monsieur, on ne rira plus ou on rira autrement.

LUCIEN.

J'en ai peur! Quoi! pas même un... imaginaire? Tous
divorcés... par bandes.

HENRIETTE.

Lucien, tu es très inconvenant.

LUCIEN.

Je veux convaincre madame Dominois. (Se rapprochant d'elle
et à mi-voix.) Voyons, madame Dominois, s'il vous plaisait
d'être infidèle à M. Dominois...

MADAME DOMINOIS, minaudant.

Oh! monsieur Lucien! que dites-vous?

LUCIEN.

Ne serait-ce pas plus gentil...

DOMINOIS, se rapprochant.

Permettez.

LUCIEN.

De le tromper mystérieusement...

DOMINOIS.

Mais non.

LUCIEN.

Que de demander l'autorisation au tribunal, et le résultat
serait le même.

MADAME DOMINOIS.

Vous me dites des choses...

LUCIEN.

Vous ai-je offensée?

MADAME DOMINOIS.

Oh ! non, au contraire ; mais je n'oserai plus lever les
yeux devant vous.

LUCIEN.

Alors, je me retire, madame Dominois, je me retire.
(A part.) Je n'ai que ce moyen de m'en débarrasser, je lui fais
baisser les yeux et je m'esquive... comme Joseph. (Il s'esquive.
— A Henriette.) Je te les laisse.

SCÈNE XI

DOMINOIS, HENRIETTE, MADAME DOMINOIS.

DOMINOIS.

Il est charmant, M. Lucien, mais il va un peu loin.

HENRIETTE.

C'est un enfant.

MADAME DOMINOIS.

Maintenant que vous êtes seule, je ne cacherai rien à une
amie comme vous.

DOMINOIS.

Nous y voilà.

MADAME DOMINOIS.

M. Dominois a été indigne.

DOMINOIS.

Remarquez, madame, que je reste toujours calme.

MADAME DOMINOIS.

Si vous croyez que c'est un agrément! J'avais promis à
Suzette de prier sa mère de venir à la fête de demain ; mon
sieur s'y oppose.

HENRIETTE.

Pourquoi, monsieur Dominois?

DOMINOIS.

Parce que madame ne veut pas que j'invite son père.

HENRIETTE, à madame Dominois.

Pourquoi, madame Dominois?

MADAME DOMINOIS.

Parce que c'est le père qui a tous les torts.

DOMINOIS.

Moi, je trouve que c'est la mère.

MADAME DOMINOIS.

Vous me faites bondir!

DOMINOIS.

M. de Rochetin avait du moins une excuse.

MADAME DOMINOIS.

Laquelle, monsieur, laquelle?

DOMINOIS.

Sa femme n'était pas amusante.

MADAME DOMINOIS.

Pourquoi aurait-elle été amusante puisqu'elle était sa
femme?

UN VALET.

Le prince et la princesse Serdza.

TOUS.

Ah!

DOMINOIS.

Ne vous étonnez pas... J'ai remarqué que le prince, qui est très distingué d'ailleurs, n'ouvre pas la bouche quand il fait des visites.

MADAME DOMINOIS.

Ce doit être l'usage du grand monde.

DOMINOIS.

Sans doute.

SCENE XII

Les Mêmes, LE PRINCE, LA PRINCESSE.

LA PRINCESSE.

Nous avons tenu à vous remercier tout de suite, madame, le prince et moi, du grand plaisir que vous nous faites, en voulant bien admettre à votre bal d'enfants mon petit Grégory; et voilà ce qui vous paraîtrait surprenant si nous n'étions pas à Paris, la ville du monde où l'on se coudoie le plus facilement sans se connaître. J'ai appris par madame Dominois que M. de Givray, que nous avons l'honneur de voir assez souvent, avait une sœur et que cette sœur s'appelait madame de Morangis.

HENRIETTE.

C'est que je vis très retirée, madame, et vous voyez que si je donne une fête c'est pour ma fille.

LA PRINCESSE.

Vous vous condamnez bien jeune à la retraite, madame, et vos amis doivent s'en plaindre.

DOMINOIS, galamment.

Ils s'en plaignent, princesse.

LA PRINCESSE.

J'avais doublement le désir de vous voir depuis que madame Dominois m'a parlé de vous.

MADAME DOMINOIS.

Je n'ai dit que ce que je pensais.

LA PRINCESSE, continuant.

Nous avons beaucoup connu, en Orient, un Français très distingué qui portait le même nom que vous : M. Tristan de Morangis.

HENRIETTE, réprimant un mouvement de surprise.

Ah!

LA PRINCESSE.

J'ai pensé que c'était un de vos parents.

HENRIETTE, froidement.

Non, madame.

DOMINOIS.

Si notre amie, madame de Morangis, avait un parent en Orient, nous le saurions.

LA PRINCESSE.

Le Tristan de Morangis dont je vous parle est un très

grand artiste; il envoie aux journaux illustrés anglais et français des dessins remarquables sous un pseudonyme devenu célèbre : Amati, qui veut dire en sanscrit : sans penser. — C'est un original.

DOMINOIS.

Amati, le fameux Léo Amati! Je ne connais qu'Amati, par ses dessins du moins.

MADAME DOMINOIS.

Il envoie quelquefois de jeunes dames sauvages bien décolletées.

DOMINOIS.

Chaque pays a ses usages, madame Dominois.

HENRIETTE.

J'ai vu beaucoup de dessins signés Amati, mais je n'avais jamais entendu parler de leur auteur.

LA PRINCESSE.

Nous avons fait avec lui, le prince et moi, un voyage en Syrie. Il est très amusant ; il a une femme charmante.

HENRIETTE, naïvement et comme malgré elle.

Il vous l'a dit ?

LA PRINCESSE.

Je l'ai vue.

HENRIETTE, étonnée.

Vous l'avez vue ?

LA PRINCESSE.

Elle l'accompagne partout.

HENRIETTE. stupéfaite.

Ah !

LA PRINCESSE.

Une blonde vaporeuse, Parisienne jusqu'au bout des ongles ! Cela parait vous étonner, madame ?

HENRIETTE, s'efforçant de sourire.

Je me demande comment on peut voyager dans ces pays sauvages en compagnie d'une femme.

LA PRINCESSE.

Madame de Morangis est très courageuse et Tristan est un mari modèle.

HENRIETTE.

Vraiment ! A-t-il des enfants ?

LA PRINCESSE.

Non, madame, et c'est là, je crois, un gros chagrin.

SCÈNE XIII

Les Mêmes, GENEVIÈVE, puis SUZANNE.

GENEVIÈVE, entrant tout éplorée.

Maman, pardonne-moi, j'ai cassé ma poupée.

HENRIETTE.

Ah ! Geneviève, viens. (Elle la regarde vivement, à part.) Tu ne ressembles qu'à moi ! (Elle l'embrasse violemment.) Je vous demande pardon, madame, je ne peux pas voir pleurer ma fille.

GENEVIÈVE.

Mais toi aussi, maman, tu pleures.

HENRIETTE.

C'est ta faute, méchante enfant, tu viens tout en larmes parce qu'une poupée est cassée.

GENEVIÈVE.

Alors, tu me pardonnes ?

HENRIETTE.

Oui, chère enfant, je te pardonne.

SUZANNE.

Ce n'est pas Geneviève, madame, c'est moi qui ai été maladroite.

GENEVIÈVE.

Maman a pardonné.

SUZANNE.

Le prince Serdza !

DOMINOIS.

Vous connaissez le prince ?

SUZANNE.

Je l'ai vu très souvent chez mon père.

DOMINOIS, bas, à Henriette.

Alors il est jugé.

SUZANNE, allant au prince et lui tendant familièrement la main.

Bonjour, prince.

HENRIETTE, à la princesse.

Mademoiselle de Rochetin.

LA PRINCESSE.

Ah ! mademoiselle, le prince m'a bien souvent parlé de

vous. Je ne m'attendais pas à vous rencontrer chez madame
de Morangis.

SUZANNE.

Je suis ici en voisine, madame.

DOMINOIS.

Suzette est chez nous en ce moment.

LA PRINCESSE, à part.

Elle est très jolie, cette fillette.

SUZANNE, à Henriette.

J'ai eu le plaisir de voir le prince à Vienne, quand j'y
suis allée avec mon père ; vous étiez avec le peintre Amati
qui m'amusait tant en me racontant ses voyages. Sa
femme, une toute jeune femme, s'habillait en homme pour
l'accompagner et elle ne manquait jamais d'oublier quelque chose, tantôt sa cravate, tantôt son gilet, tantôt... enfin
tout ce qu'elle n'avait pas l'habitude de porter. J'en ai ri
bien souvent. Mais j'ai une bonne nouvelle à vous annoncer. Il est à Paris, votre ami Amati.

HENRIETTE, à part.

A Paris ?

LA PRINCESSE, avec joie.

Vraiment ?

HENRIETTE, s'efforçant d'être calme.

Comment le savez-vous, Suzanne ?

SUZANNE.

Ce matin, en allant à la messe pour faire plaisir à ma
mère...

DOMINOIS, vivement.

Vous n'avez pas à faire plaisir à votre mère en ce moment, son trimestre est passé.

SUZANNE.

J'ai rencontré papa, je ne lui ai pas dit où j'allais, j'ai
un peu menti.

MADAME DOMINOIS.

Vous lui avez parlé.

SUZANNE.

Oui, je lui ai parlé.

MADAME DOMINOIS.

Mais cela ne vous est permis que d'avril à juillet et nous
sommes en décembre.

SUZANNE.

Cela m'est bien égal.

MADAME DOMINOIS.

Il y a jugement.

SUZANNE.

Tant pis pour lui. Quand je rencontre papa, j'embrasse
papa, quand je rencontre maman, j'embrasse maman. Je
n'ai rien fait à personne, moi, je ne suis pas une coupable qu'il faut juger. On n'a pas le droit de m'enlever un
plaisir; c'est bien assez de régler ma vie comme une péni-
tence. J'ai vu mon père, il m'a offert son bras, nous nous
sommes promenés longtemps sur le trottoir de gauche; il
paraît que nous ne pouvions pas aller à droite, et papa
m'a dit tout à coup : « Tu sais, le peintre Amati qui t'amusait tant avec ses histoires... il est à Paris. Je l'ai rencontré ce matin autour du lac avec sa femme. » J'ai embrassé
papa, j'ai pris avec ma femme de chambre un chemin
détourné, et je suis entrée à l'église. Si les juges trouvent
que j'ai commis un crime, qu'ils me condamnent.

MADAME DOMINOIS, à la princesse.

Je vous prie de croire, madame, que lorsque mademoiselle de Rochetin a passé dans notre intérieur ses six mois réglementaires, ses manières sont toutes différentes.

LA PRINCESSE.

Mais je trouve mademoiselle de Rochetin absolument charmante. (Se levant et s'adressant à Henriette.) — Je ne partirai pas, madame, sans vous redire combien nous sommes heureux, le prince et moi, de votre gracieuse invitation.

Henriette salue. — La princesse sort avec le prince toujours digne et majestueux.
Henriette remonte pour les accompagner.

DOMINOIS.

Il n'a pas ouvert la bouche. (A Suzanne.) Trouverais-tu l'adresse de ce peintre célèbre ?

SUZANNE.

Très facilement.

DOMINOIS.

Nous l'inviterons à notre soirée.

MADAME DOMINOIS.

J'y pensais.

SCÈNE XIV

LUCIEN, DOMINOIS, HENRIETTE, MADAME
DOMINOIS, SUZANNE.

Lucien entre, tenant une lettre.

HENRIETTE.

Lucien ! Heureusement qu'il n'était pas là !

LUCIEN, à part.

Voici ma lettre, — elle est idiote, — je ne sais que dire...
Madame Dominois, si vous étiez veuve et si on vous demandait votre main, que répondriez-vous.

MADAME DOMINOIS.

J'accepterais.

LUCIEN.

Ah ! oui... mais si vous vouliez refuser...

MADAME DOMINOIS.

Je répondrais que j'aime toujours mon mari.

LUCIEN, à part.

Voilà ma réponse à Gaston. (Remettant la lettre dans sa poche.)
Nous aimons toujours le défunt ! Je n'aurais pas trouvé ça,
moi.

DOMINOIS.

Et maintenant, partons. — (Salutations à Henriette.) Madame...

UN VALET, annonçant.

Monsieur de Boistêtu.

MADAME DOMINOIS.

Un sénateur ?

DOMINOIS.

Un sénateur ! Je reste.

ACTE DEUXIÈME

Chez M. Dominois. — Un petit boudoir correspondant avec les salons par une galerie.

SCÈNE PREMIÈRE

SUZANNE, THÉRÈSE, puis MADAME DOMINOIS.

SUZANNE, tenant un journal.

Est-ce que tu comprends quelque chose à ce discours sur le divorce, toi ?

THÉRÈSE.

Mais, ma chère, c'est un très grand orateur. Il a eu un succès énorme au Cirque. Les femmes ont failli le porter en triomphe : papa y était !

MADAME DOMINOIS, entrant.

J'avais prié M. Dominois de m'acheter la photographie... (Apercevant Thérèse.) Mademoiselle !

SUZANNE.

Vous ne reconnaissez pas mon amie Thérèse Duqueylard ?

IV. 19.

MADAME DOMINOIS.

Ah ! mademoiselle, comment se porte notre excellent notaire, M. Duqueylard ?

THÉRÈSE.

Mon père va très bien, madame, je vous remercie.

SUZANNE.

Thérèse est venue avant ses parents pour me tenir compagnie.

MADAME DOMINOIS.

J'avais prié M. Dominois de m'acheter la photographie de tous les hommes distingués que nous recevons ce soir, pour les reconnaître. Il m'en a apporté deux. Nous n'aurons que deux hommes célèbres ! Es-tu sûre, au moins, que ton oncle ait envoyé une invitation à ce dessinateur à la mode, Léo Amati, et à sa femme ?

SUZANNE.

Oui, ma tante !

MADAME DOMINOIS.

Il s'appelle Morangis, comme nos locataires. Ton oncle ne l'a pas oublié ?

SUZANNE.

Non, ma tante, je le lui ai rappelé.

MADAME DOMINOIS.

Cet artiste ne pourra pas se plaindre d'avoir été invité trop tard : il n'était pas à Paris.

SUZANNE.

Et puis, mon oncle a ajouté sur l'invitation deux ou trois phrases aimables.

MADAME DOMINOIS.

M. Dominois a écrit quelque chose : alors c'est une
bêtise.

SUZANNE.

Pourquoi, ma tante ?

MADAME DOMINOIS.

Tu ne connais pas M. Dominois. Je ne le connais bien
moi-même que depuis quelques jours. J'ai fermé les yeux
pendant vingt ans, mais depuis que je les ouvre... je lui vois
tous les défauts ; il les a tous !... Je me faisais une fête de
donner ce bal ; eh bien, ma joie est gâtée par M. Dominois ;
je vais lui faire une scène.

                                        Elle remonte vivement.

THÉRÈSE.

Reprenons vite notre journal .

SUZANNE.

Je t'assure que ça ne m'intéresse pas du tout.

THÉRÈSE.

Mais, ma chère, ça doit intéresser toutes les demoiselles
à marier !

SUZANNE.

C'est que je ne suis pas à marier, moi.

THÉRÈSE.

Es-tu sotte, jolie comme tu es !... Je remarque au
contraire, que tous les jeunes gens sont très aimables
pour toi.

SUZANNE, galment.

Oh ! quand on est aimable pour ton amie Suzette, ça ne
tire pas à conséquence. On sait bien qu'une jeune fille dans

ma situation ne se marie pas facilement. Mes bons parents
Dominois me le disent tous les jours. Voilà pourquoi je suis
libre avec tout le monde : c'est que je n'ai rien à redouter
de personne ; je suis un garçon.

THÉRÈSE.

Alors, tu renonces à te marier ?

SUZANNE.

Je n'y pense pas et j'ai bien raison. Papa voudrait pour
gendre un homme du monde, aimable, spirituel, un peu
bruyant.

THÉRÈSE.

C'est très bien.

SUZANNE.

Maman, elle, voudrait un bon jeune homme, timide,
vertueux...

THÉRÈSE.

Moi, je me rangerais de l'avis de mon père.

SUZANNE.

Oh ! non, jamais. Je les aime également tous les deux,
quoiqu'ils soient brouillés, et je ne voudrais à aucun prix
marquer une préférence. Alors comme mon mari ne pourrait convenir à l'un et à l'autre, je resterai fille.

THÉRÈSE.

Eh bien, moi, j'aurais juré que tu aimais M. de Givray.

SUZANNE.

Es-tu folle ?

THÉRÈSE.

Oh ! comme tu as rougi !

SUZANNE.

On rougirait à moins. Tu me parles de M. de Givray
que je vois tous les jours... chez madame de Morangis. Mais
j'en ai beaucoup entendu parler chez papa. Il était amoureux d'une chanteuse; maintenant il est amoureux d'une
princesse.

THÉRÈSE.

En attendant, le pauvre jeune homme...

SUZANNE.

Une princesse très belle, la princesse Serdza. Chez maman aussi, on a parlé de lui et on en a dit tant de mal que
j'en ai pleuré toute la nuit.

THÉRÈSE.

Ah ! ah ! tu vois bien !

SUZANNE.

Parce qu'il est le frère de madame de Morangis que
j'adore. Pauvre Henriette ! je l'ai trouvée aujourd'hui tout
en larmes. Bien certainement, elle a eu, depuis hier, une
grande douleur.

THÉRÈSE.

Tu crois ?

SCÈNE II

LES MÊMES, DOMINOIS, puis LUCIEN.

DOMINOIS, entrant furieux.

Madame Dominois me reproche maintenant de n'avoir pas engagé assez d'hommes célèbres. Ce n'est pas l'embarras, elle a raison cette fois ; nous n'avons ce soir qu'un homme de lettres et il n'est connu que comme sous-préfet. (A Suzanne.) Es-tu sûre de m'avoir exactement donné l'adresse de ce dessinateur ?

SUZANNE.

J'ai dit à ma tante qu'on l'aurait chez le prince Serdza.

DOMINOIS.

C'est madame Dominois qui l'a prise ? alors elle n'est pas exacte.

SUZANNE.

Pourquoi, mon oncle ?

DOMINOIS.

Parce que tu ne connais pas madame Dominois ! Moi, je ne la connais complètement que depuis trois jours ; j'ai fermé les yeux pendant vingt-deux ans... Mais je ne veux pas m'attrister ce soir, il faut que je sois calme et enjoué. (Regardant.) J'avais laissé ici mon journal. (Le voyant dans les mains de Thérèse.) Ah !

THÉRÈSE, embarrassée.

Je me suis permis d'y jeter les yeux...

DOMINOIS.

Ah ! J'avais glissé dedans une liste manuscrite de ma main.

SUZANNE.

La voici, mon oncle.

DOMINOIS.

Merci. (A part.) C'est la liste des sénateurs.

SUZANNE, à part.

Monsieur Lucien !

LUCIEN, du fond.

Mon cher monsieur Dominois, vous m'avez prié de venir de bonne heure et me voici !

DOMINOIS.

De bonne heure, cher ami ? (Regardant sa montre.) Je ne trouve pas ; c'est dans ces occasions qu'on juge un ami.

LUCIEN, à Suzanne.

Je vais profiter, mademoiselle, de ce que j'arrive avant tout le monde pour vous demander la première valse.

SUZANNE.

Avec grand plaisir, monsieur.

DOMINOIS, à part, avec dépit.

Cher ami, j'ai à vous parler.

THÉRÈSE.

Vois-tu, il t'a demandé tout de suite la première valse.

LUCIEN.

Mademoiselle Duqueylard voudra bien aussi m'accorder un quadrille ?

DOMINOIS.

Il me quitte, il n'est pas poli.

THÉRÈSE.

Oui, monsieur, le troisième ! J'ai déjà des engagements.

SUZANNE.

Tu vois bien qu'il t'invite aussi.

THÉRÈSE.

Oh ! moi, un quadrille. Tu saisis la nuance. Aussi je ne lui ai accordé que le troisième. Ce n'est pas que je sois jalouse de toi. Oh ! non, mais j'ai voulu lui montrer que j'avais compris.

SUZANNE.

Folle !

Elles sortent à gauche, premier plan.

LUCIEN, qui suivait toujours Suzanne de près.

Elle est ravissante, en toilette de bal, mademoiselle de Rochetin.

DOMINOIS.

Très gentille aussi, mademoiselle Duqueylard, et ce sera une femme sérieuse. Elle lisait tout à l'heure le fameux discours de... vous savez bien... le nom ne me vient pas... quoique célèbre... en faveur du divorce.

LUCIEN.

Elle s'occupe du divorce, à dix-sept ans ?

DOMINOIS.

Cela indique une certaine prévoyance.

LUCIEN.

C'est abominable !

DOMINOIS.

Cependant, sans accorder aux femmes plus d'importance qu'elles n'en méritent...

LUCIEN.

Vous vous imaginez que j'épouserais une jeune fille qui répondrait oui à M. le maire, d'une voix angélique, en pensant : « Mais s'il me déplait, oh ! ce ne sera pas long, je passerai à un autre. » Jamais ! jamais ! jamais ! J'aimerais mieux être trompé plus tard sans préméditation.

DOMINOIS.

Eh bien, vous avez tort ; en me plaçant à un point de vue humanitaire, je trouve que ce qui enlève au mariage de sa gravité, c'est qu'il est éternel.

LUCIEN.

Bah !

DOMINOIS.

Un mari éternel, une femme sempiternelle !... C'est tout de suite drôle... pour la galerie.

LUCIEN.

Vous avez des aperçus tout à fait ingénieux, monsieur Dominois.

DOMINOIS.

N'est-ce pas ?

LUCIEN.

Mais avouez au fond que, pendant vingt-deux ans, vous avez été très heureux avec votre femme.

DOMINOIS.

Heureux ! Vous appelez cela heureux ! Je me résignais,

voilà tout. Je me disais : Puisqu'il faudra la supporter toute ma vie, trouvons-la supportable... Mais, si ce n'est plus une obligation ni un devoir... si tous les gens mariés à perpétuité...

LUCIEN.

Peuvent être graciés...

DOMINOIS.

Amnistiés... je serais bien bête de ne pas user...

LUCIEN.

De cette mesure libérale ?

DOMINOIS.

Précisément ; et tous les jours je découvre à ma femme un nouveau défaut.

LUCIEN.

Voilà un joli résultat !

SCÈNE III

DOMINOIS, LUCIEN, MADAME DOMINOIS.

MADAME DOMINOIS.

Ah ! monsieur Lucien ! Madame votre sœur est là ?

LUCIEN.

Henriette a été un peu souffrante, elle viendra plus tard.

MADAME DOMINOIS, à part, vexée.

Ah ! (Haut.) Il me semble qu'un véritable ami aurait remarqué ma toilette.

LUCIEN, à part.

Ah ! sapristi ! quelle faute ! (Haut.) Elle est merveilleuse.

DOMINOIS.

Si vous étiez un ami sincère, vous la trouveriez extra-vagante.

LUCIEN.

Ah ! mon cher monsieur Dominois !..

MADAME DOMINOIS.

Si M. Lucien vous aimait, il vous dirait que vous êtes ridicule avec votre gardénia à la boutonnière et vos cheveux en coup de vent !

LUCIEN.

Oh ! madame Dominois !

DOMINOIS.

Regardez madame Dominois, et soyez franc !

MADAME DOMINOIS, le faisant retourner.

Regardez bien M. Dominois et soyez sincère.

DOMINOIS.

Oh ! madame, pas de violences! Nous n'avons plus que quelques semaines à nous subir, subissons-nous.

MADAME DOMINOIS.

Oui, monsieur, subissons-nous.

LUCIEN.

Ouf! (A part.) On ne peut jamais être à la fois l'ami du mari et celui de la femme, à moins de tromper le mari... et je ne me suis pas engagé à cela.

DOMINOIS, revenant à madame Dominois.

J'ai une bonne nouvelle à vous annoncer : la loi passera au Sénat !

MADAME DOMINOIS.

Je l'espérais.

DOMINOIS.

Moi j'en suis sûr : j'ai pointé les sénateurs.

MADAME DOMINOIS.

Je les ai pointés aussi.

LUCIEN.

Ah bah !

MADAME DOMINOIS.

Il n'y en a que treize douteux.

DOMINOIS.

Cinq seulement !

LUCIEN, riant.

Pas davantage ?

DOMINOIS.

Pas davantage !

MADAME DOMINOIS.

Cependant, comme douteux, nous avons d'abord M. du Plantain.

DOMINOIS.

Oh ! il est brouillé avec sa femme, il ne demandera pas mieux.

MADAME DOMINOIS.

Mais M. de Bréderode qui vient de se marier.

DOMINOIS.

Avec une femme si laide ! Il ne doit pas tenir à la garder.
Je l'ai vue, madame de Bréderode.

MADAME DOMINOIS.

Nous avons, par exemple M. de Boistétu.

DOMINOIS.

Il n'est pas douteux, il votera pour la loi.

MADAME DOMINOIS.

Cependant, il est veuf !

DOMINOIS.

Oui, mais avant, sa femme l'avait fait mourir de chagrin.

LUCIEN.

Permettez, c'est elle qui est morte.

MADAME DOMINOIS.

Parce que les femmes sont toujours trop bonnes.

LUCIEN.

Je n'y pensais pas. Alors voilà votre classement ?

DOMINOIS.

En savez-vous un autre ?

LUCIEN.

Non pas, c'est le meilleur.

MADAME DOMINOIS, vivement.

Un inconnu !

LUCIEN.

Le comte Bolesco, un Valaque.

MONSIEUR et MADAME DOMINOIS.

Ah !

SCÈNE IV

LES MÊMES, BOLESCO.

BOLESCO.

Ah ! monsieur de Givray, vous allez me rendre un service,
je ne connais ni monsieur ni madame Dominois...

LUCIEN.

Les voici... Le comte Bolesco.

BOLESCO.

Je tenais à vous remercier, madame, de votre gracieuse
invitation.

MADAME DOMINOIS.

C'est nous qui sommes flattés...

DOMINOIS.

Très flattés. Nous avons l'honneur de connaître beaucoup
un de vos compatriotes : le prince Serdza.

BOLESCO.

Ah !

DOMINOIS.

Et la princesse, une femme admirable !

BOLESCO, avec orgueil,

N'est-ce pas ?

DOMINOIS.

Une de ces femmes dont le mari a le droit d'être fier.

BOLESCO, saluant modestement.

Oh ! mon Dieu ! je ne ferai pas le modeste.

DOMINOIS, étonné.

Je parle du prince.

BOLESCO.

Je suis son prédécesseur.

DOMINOIS, ahuri.

Ah !

LUCIEN, à Dominois.

C'est ce qu'on appelle mettre les pieds dans le plat.

BOLESCO.

Il me semble que si l'un de nous deux doit être fier...

LUCIEN.

C'est l'inventeur.

BOLESCO.

Il me semble. Ceux qui sont venus ou qui viendront après moi...'

LUCIEN.

Ne sont plus que des vulgarisateurs.

.BOLESCO.

Il me semble.

MADAME DOMINOIS à son mari.

Il a raison ; ainsi pour moi, c'est vous qui aurez eu tout l'honneur.

DOMINOIS

Oh ! le prince et la princesse qui viennent de ce côté.

MADAME DOMINOIS, bas.

Il faut le prévenir.

DOMINOIS.

Je crois bien ! S'il se trouvait en face de son successeur... (Allant gravement à Bolesco.) Je crois accomplir un devoir de maître de maison en vous prévenant que le prince Serdza et la princesse se dirigent de ce côté.

BOLESCO, très simplement.

Eh bien ?

LUCIEN.

Eh bien ?

DOMINOIS.

J'aurais pensé que vous auriez pu trouver gênant de vous rencontrer.

BOLESCO, même jeu.

Pourquoi donc ?

DOMINOIS, interloqué.

Ah !

LUCIEN, gaiment.

Oui. Pourquoi ?

BOLESCO.

N'est-ce pas ? je suis très bien avec Serdza.

MONSIEUR et MADAME DOMINOIS.

Ah !

BOLESCO.

Je lui demanderai des nouvelles de mon fils, qui est le sien maintenant ; je veux dire : le nôtre ; un enfant de treize ans, charmant, qu'il élève très mal, dit-on. (Regardant à droite.) Toujours belle, la princesse ! Serdza a vieilli.

MADAME DOMINOIS.

Je suis curieuse de savoir comment ça va se passer.

DOMINOIS.

Il faut que je m'habitue à cette situation-là.

SCÈNE V

LES MÊMES, LE PRINCE, LA PRINCESSE.

LA PRINCESSE, entrant au bras du prince.

Ah ! monsieur de Givray, il faut venir à vous.

LUCIEN.

J'ignorais, princesse, que vous étiez arrivée.

LA PRINCESSE.

Tiens, Bolesco ! Vous allez bien ?

BOLESCO.

Très bien, princesse ; mais vous aussi : vous avez embelli.

LE PRINCE.

N'est-ce pas ?

BOLESCO.

Mes compliments, cher ami !

LE PRINCE.

Je les accepte, mon cher.

Ils se serrent la main.

BOLESCO.

Comment va notre fils Grégory?

LE PRINCE.

Solide comme un chêne, ce garçon-là. Il tient de vous.

LA PRINCESSE.

Toujours un peu paresseux.

LE PRINCE, regardant Bolesco.

Naturellement !

DOMINOIS, à part.

Eh bien, c'est très simple. Ça ne les gène pas du tout !

MADAME DOMINOIS.

Comme c'est facile !

LUCIEN.

Moi, j'en suis touché.

BOLESCO, bas, à la princesse.

Vous êtes heureuse dans votre nouvelle situation?

LA PRINCESSE.

Très heureuse !

BOLESCO.

Le prince passe pour un peu brutal.

LA PRINCESSE.

Je m'y suis faite.

BOLESCO.

Allons, tant mieux! tant mieux! (Haut.) C'est par les journaux, princesse, que j'ai appris que vous étiez à Paris. Il n'a été bruit pendant huit jours que de votre succès à l'ambassade japonaise.

LE PRINCE.

Un succès immense, Bolesco. La princesse était en vestale, moi j'étais en pierrot.

BOLESCO.

La princesse avait déjà obtenu le même succès avec moi dans le costume de Diane chasseresse.

LE PRINCE.

Le costume exact?

BOLESCO.

A peu près. Moi, j'étais en Hercule.

LUCIEN, à part.

Ils se rappellent leurs petits souvenirs, c'est charmant.

LA PRINCESSE.

J'ai su, mon pauvre Bolesco, que vous étiez épris d'une chanteuse à la mode.

BOLESCO.

Je vous jure...

LA PRINCESSE.

Oh! ne jurez pas, ça ne me regarde plus.

BOLESCO.

Heureusement, car jalouse comme je vous connais...

LE PRINCE, vivement.

La princesse n'est pas jalouse.

BOLESCO, se rengorgeant.

Elle l'était de mon temps.

LE PRINCE, vexé.

Pourquoi ne le serait-elle plus du mien?

LA PRINCESSE.

Parce que je vous sais vertueux, prince.

LE PRINCE.

Vertueux! vertueux! pas plus que Bolesco!

LUCIEN, à part.

Comme c'est nature!

LA PRINCESSE.

Et puis le caractère se modifie avec l'âge.

LE PRINCE.

Voulez-vous me faire croire que vous êtes moins jeune que de son temps?

LA PRINCESSE, riant.

Ce n'est pas moi qui vous le dirai.

BOLESCO, très galant.

Vous serez toujours jeune, Eva!

LE PRINCE, très vexé.

Je vous prie, Bolesco, de ne pas appeler ma femme Eva tout court.

BOLESCO.

Je vous demande pardon, prince, c'est une ancienne
habitude.

LE PRINCE.

Prétendez-vous garder toutes vos anciennes habitudes?

LUCIEN.

Ce serait exorbitant!

LA PRINCESSE.

Vous êtes de grands enfants! Bolesco, voulez-vous me
conduire au buffet?

LE PRINCE.

Permettez, princesse, je suis là.

LA PRINCESSE.

Merci, mais Bolesco est gourmet, lui, il me choisira les
bonnes choses. Vous n'y entendez rien.

LE PRINCE.

Je vous prouverai que je m'y entends aussi bien que
Bolesco.

LA PRINCESSE.

Eh bien, je prendrai des deux mains.

LE PRINCE.

C'est là, justement, ce que je ne veux pas.

LA PRINCESSE.

Alors n'en parlons plus; offrez-moi votre bras, monsieur
de Givray.

LUCIEN.

Très volontiers, princesse.

DOMINOIS, à part.

Maintenant, je retrouverais madame Dominois au bras de mon successeur, que cela ne me ferait rien du tout, j'aurais même du plaisir.

LE PRINCE, à Bolesco.

Elle nous boude.

BOLESCO.

C'est votre faute, tout vous fâche !

MADAME DOMINOIS.

Ils vont se disputer.

DOMINOIS.

Dans nos salons ! Je ne les quitte pas.

LE PRINCE, très simplement.

Voulez-vous faire un whist ?

BOLESCO, de même.

Avec plaisir ! (Il prend le prince amicalement par le bras.) Êtes-vous heureux dans votre nouvelle situation ?

LE PRINCE.

Très heureux !

Ils remontent.

BOLESCO.

La princesse a toujours été un peu capricieuse.

LE PRINCE.

Elle est charmante !

BOLESCO.

Allons, tant mieux, tant mieux !

Ils sortent.

DOMINOIS, stupéfait.

Ils sont intimes !

Monsieur et madame Dominois les suivent.

SCÈNE VI

LA PRINCESSE, LUCIEN.

LUCIEN.

Vous ne craignez pas de les laisser ensemble ?

LA PRINCESSE.

Pourquoi donc ?

LUCIEN.

Des rivaux !

LA PRINCESSE.

Ce ne sont pas des rivaux, ce ne sont que des maris.

LUCIEN.

C'est juste.

LA PRINCESSE.

Pourquoi ne m'aviez-vous jamais dit que vous aviez une
sœur qui s'appelle madame de Morangis ?

LUCIEN.

Parce que lorsque je suis avec vous, princesse, je ne pense
qu'à vous.

LA PRINCESSE.

C'est aimable, mais ce n'est pas une raison. Si vous avez
un motif, je le devinerai. Les femmes devinent tout. Mais

ce n'est pas de madame de Morangis que je veux vous parler,
c'est de moi.   ·

LUCIEN, très galant.

A la bonne heure !

LA PRINCESSE.

Savez-vous que vous m'avez tout à fait compromise à l'ambassade japonaise ?

LUCIEN.

Si je vous ai causé le moindre souci, j'en suis désespéré.

LA PRINCESSE.

Un journal a écrit que vous aviez été pour une très noble
et très belle étrangère d'une galanterie que n'autorisait pas
son costume ; on ne pouvait s'y tromper, j'étais en vestale·

LUCIEN.

Le lendemain le journal a rectifié...

LA PRINCESSE.

Très sottement. Il a dit qu'il y avait erreur, que ce n'était
pas moi.

LUCIEN, souriant.

Cela vous a contrariée ?

LA PRINCESSE.

Beaucoup. On va croire que c'est la marquise Papoli, qui
était en Minerve. La vérité est que vous avez été très galant.
Vous m'avez même avoué que vous m'aimiez.

LUCIEN.

Je vous l'avouerai toute ma vie.

LA PRINCESSE.

Vous êtes très enthousiaste.

LUCIEN.

Qui ne le serait près de vous?

LA PRINCESSE.

Là! là! calmons-nous. Voulez-vous causer un peu raison avec moi?

LUCIEN.

J'aimerais mieux autre chose.

LA PRINCESSE.

Quand je dis raison, je veux dire froidement. Ce n'est pas encore là ce que vous demandez! Mais je suis très méthodique, moi.

LUCIEN.

Je vous écouterai... je vous écouterai jusqu'à la fin du monde, là, en vous regardant.

LA PRINCESSE.

Si vous me regardez de cette façon-là, vous ne m'entendrez pas.

LUCIEN.

C'est égal!

LA PRINCESSE.

Comment, c'est égal! voilà bien un mot de Français. Mais ce que j'avais à vous dire est très sérieux.

LUCIEN.

Aussi sérieux que vous voudrez.

LA PRINCESSE.

A la bonne heure ! Ainsi, vous m'aimez vraiment?

LUCIEN.

En doutez-vous encore ?

LA PRINCESSE.

D'un amour véritable ?

LUCIEN.

De l'amour le plus ardent.

LA PRINCESSE.

Et le plus sincère ?

LUCIEN.

Et le plus sincère.

LA PRINCESSE.

Eh bien, il ne m'en coûte pas de confesser que de mon côté...

LUCIEN.

Je ne vous déplais pas?

LA PRINCESSE.

Non.

LUCIEN.

Ah! princesse !

LA PRINCESSE.

Alors, puisque nous nous aimons bien décidément...

LUCIEN.

Alors?...

LA PRINCESSE.

Je vais en parler à mon mari.

LUCIEN, ahuri.

A votre... mari ?

LA PRINCESSE.

Pour abréger les délais.

LUCIEN, de même.

Les délais...

LA PRINCESSE.

Vous aimez mieux que je ne lui en parle pas ?

LUCIEN.

Je vous l'avoue.

LA PRINCESSE.

Vous avez raison, il vaut mieux que cela vienne de lui.

LUCIEN.

De lui !

LA PRINCESSE.

Ça supprimera les discussions. Ne vous préoccupez de rien, j'en fais mon affaire. Je vais, dès ce soir, me rendre insupportable.

LUCIEN.

Ah !

LA PRINCESSE, tendrement.

Adieu, je vous jure que je ne vous ferai pas attendre longtemps.

Elle sort.

LUCIEN, ahuri.

Elle veut donc que je l'épouse ! Elle veut que je succède
au prince comme il a succédé à Bolesco ! Dans quelle chausse-
trape suis-je tombé ! (Il se retourne et se retrouve en face de Gaston.)
Gaston !

SCÈNE VII

LUCIEN, GASTON.

GASTON.

Je te cherchais.

LUCIEN.

Tu ne m'avais pas dit que tu étais invité.

GASTON.

Je ne l'étais pas. Je me suis fait présenter, je tenais à
venir.

LUCIEN.

Pourquoi ?

GASTON.

Pour revoir madame de Morangis.

LUCIEN.

Tu n'as donc pas reçu ma lettre ?

GASTON.

Si.

LUCIEN.

Eh bien ?

GASTON.

Eh bien, elle est très amusante, ta lettre !

LUCIEN.

Amusante ?

GASTON.

Ton amour pour le défunt est du plus haut comique.

LUCIEN.

Voilà une expression que je n'accepte pas.

GASTON.

Et tu m'as écrit sans même consulter madame de Morangis ?

LUCIEN.

Qui te l'a dit ?

GASTON.

Je l'ai rencontrée aujourd'hui dans un salon. Elle m'a salué de son plus gracieux sourire et elle m'a parlé comme à l'ordinaire.

LUCIEN, à part.

Je n'avais pas prévu cela.

GASTON.

Tu reconnaîtras qu'il est difficile de qualifier une pareille façon d'agir.

LUCIEN.

Vas-tu me chercher querelle ?

GASTON.

Je ne le peux pas, puisque j'aspire à devenir ton beau-frère.

LUCIEN.

C'est un scrupule inutile. Je ne crois pas avoir à expliquer ma conduite. Je n'ai pas consulté Henriette parce que je connaissais ses sentiments.

GASTON.

Es-tu sûr de les connaître ? Est-ce à toi que madame de Morangis ferait ses confidences ?

LUCIEN.

Tu n'as pas à douter de ma parole.

GASTON.

Pourquoi, hier, as-tu subitement changé de ton quand je t'ai annoncé mes intentions ? Pourquoi n'as-tu plus voulu accepter de moi un service que j'étais heureux de te rendre ?

LUCIEN.

Parce que je prévoyais la réponse que j'aurais à te faire. Il ne manque pas de femmes charmantes qui accueilleront ta demande avec joie ; tu seras le meilleur des maris, et si j'avais une fille, je te la donnerais tout de suite. Mais ici tu te trompes, renonce à tes projets.

GASTON.

Y renoncer ! comme on renonce à un mariage de convenance qui ne convient plus ! Tu m'as donc bien mal compris ? Mais cette résistance inexplicable de ta part, cet obstacle imprévu, me fait mieux sentir quelle passion est la mienne. Et qui te dit que je ne sois pas aimé ?

LUCIEN.

Voilà ce que rien ne peut t'autoriser à croire. J'ai voulu ménager ton amour-propre en t'épargnant un refus direct.

GASTON.

Eh bien, je le veux, ce refus... Je le veux de sa bouche même.

LUCIEN.

Et moi, je veux à tout prix empêcher un entretien pénible pour elle comme pour toi.

GASTON.

Tu ne l'empêcheras pas, car la voici.

LUCIEN, voulant le retenir.

Gaston !

Gaston est déjà près d'Henriette qui entre en souriant.

SCÈNE VIII

Les Mêmes, HENRIETTE, puis DOMINOIS.

HENRIETTE.

Ah ! monsieur de Verdeilhan, je ne savais pas que nou aurions le plaisir de vous voir, ce soir.

LUCIEN, résolument.

Gaston est venu pour toi.

HENRIETTE, étonnée.

Pour moi ?

LUCIEN.

Et je te dirai maintenant la vérité, puisqu'il le faut. M. de Verdeilhan s'est mis en tête que tu songeais à te remarier.

HENRIETTE.

Me remarier ?

LUCIEN.

Et il m'avait chargé de te demander ta main.

HENRIETTE, interdite.

M. de Verdeilhan?

LUCIEN, à Gaston.

Là, que te disais-je?

GASTON.

Lucien devait vous dire, madame, que c'est ma vie entière
que je vous offre. J'ai renoncé à ma carrière.

HENRIETTE.

Pour moi?

GASTON.

Pour n'avoir plus d'autre préoccupation que vous. Lucien,
que je croyais mon ami, et qui me connaît bien, devait vous
dire que vous n'êtes pas pour moi une femme... que j'aime:
vous êtes la femme adorée, la seule...

HENRIETTE, l'interrompant, avec une émotion violente.

Monsieur de Verdeilhan, je ne me consolerais jamais si je
pensais qu'une seule de mes paroles ait pu vous tromper...
sur mes idées.

GASTON.

Vous refusez?

HENRIETTE.

Je ne vis plus que pour ma fille.

GASTON.

Vous savez bien que votre fille serait la mienne, elle m'aime
déjà et vous ne pouvez pas rester veuve, à votre âge.

HENRIETTE.

Je resterai ce que je suis, et je vous supplie de ne pas
insister.

GASTON.

Si Lucien vous avait dit ce qu'il sait, que je vous appartiens, qu'il n'y a plus à me prendre ou à me laisser! Je suis à vous.

HENRIETTE.

Je vous supplie encore de ne pas me parler ainsi, je vous jure que ce n'est pas généreux.

GASTON, la regardant avec étonnement.

Pourquoi?

HENRIETTE.

Parce que je suis trop loyale pour ne pas reconnaître que j'étais heureuse de votre amitié. J'aurais dû penser qu'elle pourrait prendre un autre caractère.

GASTON.

Et voilà ce que vous vous reprochez?

HENRIETTE.

Je me reproche votre amour pour moi, puisque vous devez en souffrir.

GASTON.

Et vous ne trouvez pas autre chose à me répondre?

HENRIETTE.

Pardonnez-moi et oubliez-moi.

GASTON.

Je ne sais à quel sentiment vous cédez. Je ne peux pas croire que votre résolution soit irrévocable. Ne répondez pas. Quoi qu'il arrive, mon existence à moi est fixée. Vous m'avez dit de vous oublier, comme si je le pouvais. C'est me donner l'ordre de ne plus vous revoir, j'obéirai. (Se retournant vers Lucien.) Mais je voudrais bien ne pas me brouiller avec toi, Lucien.

LUCIEN.

Non, non, Gaston, je resterai toujours ton ami.

HENRIETTE, bas à Lucien.

Donne-moi ton bras, Lucien. Je ne veux pas qu'il me voie
pleurer.

Ils sortent.

GASTON.

Pourquoi me repousse-t-elle ainsi?

DOMINOIS, entrant, à Gaston.

Nous avons le célèbre Léo Amati, le dessinateur à la
mode.

GASTON.

Je vous en félicite, monsieur.

DOMINOIS.

Il vient d'entrer avec sa femme. Elle est charmante. Les
voilà qui passent.

GASTON.

Oui, oui, je les vois parfaitement.

Il sort.

DOMINOIS.

Il a l'air préoccupé, ce jeune homme.

SCÈNE IX

DOMINOIS, BOLESCO, LA PRINCESSE.

LA PRINCESSE, entrant avec Bolesco.

Non, non, Bolesco, je vous assure que le prince est insupportable.

BOLESCO.

Depuis quand? C'est ainsi que vous avez commencé avec moi quand l'idée vous est venue de rompre.

LA PRINCESSE, souriant.

Vous, au moins, vous n'avez pas été entêté.

BOLESCO.

Oh! pas du tout.

DOMINOIS, allant à eux.

Nous avons le célèbre Léo Amati.

LA PRINCESSE.

Tristan? Nous venons de le voir.

DOMINOIS.

Avec sa jeune femme.

LA PRINCESSE.

Qui est ravissante ce soir, n'est-ce pas, Bolesco?

BOLESCO.

Je l'ai toujours trouvée adorable, moi, madame de Morangis.

DOMINOIS, d'abord étonné.

Ah! oui, la femme de l'artiste. C'est que nous avons une voisine qui s'appelle aussi de Morangis. Ça me trouble un peu, mais je m'y ferai.

BOLESCO.

Mais Tristan m'a dit cent fois qu'il n'avait ni parent ni homonyme en France.

DOMINOIS.

Vous voyez bien qu'il se trompe.

LA PRINCESSE.

Tristan, lui, est des environs de Bordeaux.

DOMINOIS, sérieux.

Madame de Morangis aussi.

LA PRINCESSE.

Du petit village de Léognan.

DOMINOIS.

Madame de Morangis aussi.

BOLESCO et LA PRINCESSE.

C'est bien extraordinaire.

DOMINOIS.

Et elle ne connaîtrait pas ce monsieur qui porte le même nom qu'elle et qui est du même village ?

BOLESCO.

Voilà qui, pour moi, explique bien des choses ; Tristan a souvent fait allusion devant moi à une ancienne liaison.

DOMINOIS.

Une ancienne liaison !

BOLESCO.

Il en parlait très discrètement.

DOMINOIS.

Nous nous serions trompés à ce point !

LA PRINCESSE.

Voyons, Bolesco, vous n'y pensez pas, la sœur de M. de Givray !

DOMINOIS.

De Givray ! Est-ce bien son nom ?

LA PRINCESSE.

Comment, est-ce bien son nom ?

DOMINOIS.

On se fait si facilement noble en France. Ainsi moi, pendant un temps, j'avais mis une apostrophe — D — apostrophe — Ominois. Je l'ai supprimée, parce qu'on ne la remarquait pas.

LA PRINCESSE.

Non, non, ce n'est pas possible.

BOLESCO.

Ces aventures-là ne sont pas rares à Paris.

LA PRINCESSE.

Vous aussi !

DOMINOIS.

Des locataires que j'avais choisis, madame ! choisis moi-même pour avoir des gens du monde.

Madame Dominois paraît au bras du prince.

SCÈNE X

LES MÊMES, LE PRINCE, MADAME DOMINOIS.

DOMINOIS.

Venez, madame Dominois, vous allez apprendre une étrange nouvelle.

MADAME DOMINOIS.

Qu'est-il arrivé ?

DOMINOIS.

Nous avons, ce soir, dans nos salons, deux dames de Morangis.

LE PRINCE, gaiment.

Tiens, tiens, tiens, tiens !

MADADE DOMINOIS.

Eh bien ! oui.

DOMINOIS.

Et il n'y a jamais eu qu'un seul M. de Morangis.

MADAME DOMINOIS.

Que voulez-vous dire ?

DOMINOIS.

Je veux dire que si l'une est vraie, l'autre est fausse.

LE PRINCE et BOLESCO.

Forcément.

DOMINOIS.

Puisque nous ne jouissons pas de la loi sur le divorce.

LE PRINCE, à part.

Non ! Pauvres gens!

MADAME DOMINOIS.

Alors, notre madame de Morangis à nous serait une aventurière ?

LA PRINCESSE.

C'est impossible !

MADAME DOMINOIS.

N'est-ce pas, madame ?... Une femme si distinguée...

DOMINOIS.

Oh ! oh ! la distinction s'acquiert. Ainsi, moi, par exemple, aujourd'hui...

MADAME DOMINOIS.

Des gens si riches ?

DOMINOIS.

Oh ! oh ! riches ! le jeune Lucien m'a emprunté trente mille francs. Il faut être bien à court d'argent pour emprunter si peu.

LE PRINCE.

Ce qui me préoccupe, moi, c'est la situation de Tristan.

BOLESCO.

Entre ses deux femmes.

LA PRINCESSE, s'appuyant au bras de Bolesco et sur celui du prince.

Ce serait intolérable !

LE PRINCE et BOLESCO, ensemble.

Intolérable !

BOLESCO.

Et la situation des deux femmes ?

LA PRINCESSE.

C'est à en tomber à la renverse !

DOMINOIS.

Dans mes salons !

MADAME DOMINOIS.

En plein bal !

DOMINOIS.

Il faut empêcher ça.

MADAME DOMINOIS.

Vous avez un moyen ?

DOMINOIS.

Je le trouverai ! Dussé-je... Je le trouverai. Je vais d'abord
combler d'égards la vraie madame Tristan — la nouvelle —
pour prouver à l'autre que nous avons compris.

MADAME DOMINOIS.

Moi aussi, je vais la combler de prévenances.

M. et madame Dominois s'esquivent. Lucien entre très troublé. — Il s'arrête à
gauche, pendant que Tristan est seul au fond.

LE PRINCE.

C'est Tristan.

LA PRINCESSE.

Seul ?

LE PRINCE.

Seul. Est-ce que vous le préviendriez, vous, Bolesco ?

BOLESCO.

Ma foi non. C'est très délicat. Laissons faire M. Dominois.

LE PRINCE.

Oui, laissons faire M. Dominois,

LA PRINCESSE.

Si je n'avais appris cela qu'après mon mariage, j'aurais
été obligée de divorcer encore.

SCÈNE XI

BOLESCO, LE PRINCE, TRISTAN, LUCIEN,
LA PRINCESSE.

TRISTAN, entrant gaîment, aux Volaques.

Je suis très surpris, moi. J'ai reçu une invitation presque
affectueuse. J'ai cru qu'elle me venait d'un ancien ami dont

j'avais oublié le nom. Pas du tout. Je n'ai jamais vu M. Dominois... et à vrai dire, excepté vous, mes chers amis, je
ne connais absolument personne dans ce salon. Je m'y
attendais un peu.

LUCIEN, s'avançant, avec une résolution froide.

Princesse, voulez-vous me présenter à M. de Morangis ?

LE PRINCE et BOLESCO, aburis.

Hein ?

TRISTAN, stupéfait.

Comment !

LA PRINCESSE, après un moment de trouble.

Avec grand plaisir... monsieur Lucien de Givray.

Tristan salue. •

LUCIEN.

J'ai eu déjà l'honneur de rencontrer monsieur, sur les
bords de la mer Noire ; il l'a peut-être oublié.

TRISTAN, très poli.

Non, monsieur, je m'en souviens parfaitement.

LA PRINCESSE, étonnée.

Alors, vous êtes en pays de connaissance.

LUCIEN.

Oui, princesse, et si j'osais, je vous enlèverais un instant
M. de Morangis pour lui demander, puisque le hasard me
favorise, quelques renseignements que je ne retrouve plus
dans mes notes. (A la princesse.) Vous ne vous doutiez pas que
j'étais homme à écrire mes impressions de voyage ?

TRISTAN.   •

Vous me trouverez très disposé, monsieur, à vous donner
tous les renseignements que vous désirerez.

LUCIEN.

Je n'ai pas oublié votre extrême courtoisie.

Ils se sont rapprochés.

LA PRINCESSE, allant au prince et à Bolesco.

Ils se parlent comme des gens du même monde. Alors, je n'y comprends plus rien du tout, moi.

DOLESCO.

Ni moi.

LE PRINCE.

Ni moi.

Ils sortent.

SCÈNE XII

TRISTAN, LUCIEN.

LUCIEN.

Je ne vous cacherai pas ma surprise, monsieur.

TRISTAN.

Je vous avouerai aussi, monsieur, que je ne m'attendais pas à vous trouver dans ce salon.

LUCIEN.

Votre première intention avait été de vous expatrier ; je le comprenais. M'autoriserez-vous à vous demander pourquoi vous êtes rentré subitement en France ?

TRISTAN.

Voilà une question à laquelle j'aurais le droit de ne pas répondre. N'oubliez pas que je ne vous dois plus rien. Vous êtes venu me provoquer à Songoli ; je ne vous en ai pas voulu. Nous nous sommes battus, nous pouvons maintenant

nous revoir avec calme. Ce sera d'autant plus facile que je
n'aurai à vous entretenir que de questions d'affaires. Je suis
revenu momentanément en France pour régler ma situation avec madame de Morangis, pas dans mon intérêt, dans
le sien.

LUCIEN.

Dans le sien ! Vous l'a-t-elle demandé ? Savez-vous si elle
le désire? Avez vous entendu parler d'elle depuis votre départ?

TRISTAN.

Jamais. Vous seul auriez pu m'en parler et vous savez ce
qui s'est passé. Je me suis trouvé dernièrement dans un
salon, à Pesth, avec des négociants de Bordeaux. Ils par-
laient de la terre de Mauriac, qu'on serait obligé de vendre,
disaient-ils. Ce nom de Mauriac a attiré mon attention. Je
ne me suis pas fait connaître, comme vous le pensez bien.
Ils étaient très peu renseignés, d'ailleurs ; mais j'ai appris
que monsieur votre père était mort, vous laissant, à madame de Morangis, votre sœur, et à vous des immeubles
considérables. La loi en France est ainsi faite qu'elle ne
donne aucune liberté d'action aux femmes mariées.

LUCIEN.

Le jour où vous êtes parti, monsieur, madame de Morangis a pris des vêtements de deuil. Elle s'est considérée
comme veuve, et aux yeux du monde, elle passe pour telle.

TRISTAN.

Veuve !

LUCIEN.

C'est ainsi qu'elle a retrouvé le calme...

TRISTAN.

Mais, monsieur...

LUCIEN.

Et qu'elle a pu vivre dignement, sans jouer le triste rôle

des femmes abandonnées. Il serait cruel maintenant de troubler son repos pour des questions d'intérêt qui ne nous
préoccupent pas.

TRISTAN.

C'est une situation qui ne peut se prolonger.

LUCIEN.

Cependant elle n'a pas d'issue.

TRISTAN.

Non, elle n'a pas d'issue, vous avez raison. Elle n'en a
pas. Une séparation judiciaire n'y changerait rien et ce qu'il
faudrait, c'est que je disparusse. Voilà où nous en sommes.
J'avais entendu dire à l'étranger que les Chambres françaises
préparaient une législation nouvelle sur le mariage et je suis
bien étonné de ne trouver à Paris que l'indécision et le
doute. Les faits sont là cependant. On peut discuter la théo-
rie, mais les faits... Est-ce que notre situation n'est pas
horrible? Je l'ai faite, soit! J'ai subi un entraînement auquel j'aurais dû savoir résister, oui! je souffre parce que
j'ai mérité de souffrir. Je ne me plains pas. Mais elle! la
femme, que lui reproche-t-on? Quel est son crime? Pourquoi la condamne-t-on à vivre éternellement seule? Parce
que son mari a été coupable à vos yeux, vous ne lui rendrez
jamais sa liberté! Elle est pour toujours attachée à un
absent et elle n'a même pas le droit de se dire veuve!

LUCIEN.

Vous plaidez la cause du divorce?

TRISTAN.

Oui, j'appelle le divorce de tous mes vœux.

LUCIEN.

Parce qu'il vous permettrait d'épouser votre maîtresse.

TRISTAN.

Je ne sais, monsieur, si vous avez l'intention de m'offen-

ser. J'ai arrangé ma vie autrement que je ne devais peut-
être ; mais c'est chose faite, et, pour un galant homme, les
liens les plus fragiles peuvent devenir les plus sacrés. Ce
n'est plus au frère de madame de Morangis que je parle,
c'est à monsieur Lucien de Givray qui a mon âge, qui
aime sans doute et qui est aimé. Est-ce à nous de condamner la femme qui a été victime d'une de nos passions ou
d'un de nos caprices ? Elle savait qu'elle ne devait attendre
de tous que le mépris ; elle s'est humiliée et abaissée pour
nous aimer. Hésiteriez-vous, s'il était possible de la rele-
ver ? Je ne vous parle pas de moi ; je ne me prononce pas
sur ce que je ne ferai pas ou sur ce que je ferai, ce n'est
pas l'heure d'y penser. — Mais vous me demandez si j'appelle de mes vœux le divorce, à moi qui vis depuis cinq
ans avec cet horrible remords de n'avoir créé autour de
moi que des malheurs irréparables !...

LUCIEN.

Je vous remercie, monsieur, de votre franchise.

SCÈNE XIII

LES MÊMES, GASTON, puis HENRIETTE.

GASTON, qui est entré.

Adieu, Lucien, je pars.

LUCIEN.

Viens, Gaston, je veux te présenter M. Tristan de Morangis, mon beau-frère.

TRISTAN, voulant arrêter Lucien.

Monsieur...

GASTON, stupéfait.

Son mari !...

LUCIEN.

On le croyait mort. Mais de M. Morangis revient, au con-

traire, avec les meilleures intentions, ce qui n'est pas l'habitude des revenants. Il va proposer à ma sœur le divorce.

GASTON.

Le divorce?

LUCIEN.

Oui. Si nos législateurs s'y prêtent, et monsieur est per-
suadé qu'ils s'y prêteront, madame de Morangis deviendra
légalement libre.

TRISTAN.

N'est-ce pas là ce qu'elle doit désirer?

LUCIEN.

Et tu l'épouseras, puisque tu l'aimes!

TRISTAN, violemment.

Comment!

LUCIEN.

Lui contesterez-vous, à elle, le droit de se remarier?

GASTON.

Monsieur, tout à l'heure encore, j'ignorais que vous exis-
tiez, et, je n'éprouve aucun embarras à vous le dire : j'aime
madame de Morangis, que tout le monde ici croyait veuve.

TRISTAN.

Voilà ce que vous osez me dire, à moi?

GASTON.

Je suis prêt à vous rendre raison de tout ce qu'il vous
plaira d'appeler une injure.

LUCIEN.

Permets, Gaston, il n'y a que moi maintenant qui aie le
droit de défendre ma sœur.

TRISTAN.

Vous oubliez, monsieur, qu'elle porte encore mon nom.

LUCIEN.

Il n'est pas nécessaire, monsieur, que vous vous le rappe-
liez, pour qu'elle reste ce qu'elle a toujours été : la femme
de l'honneur et du devoir.

GASTON.

Quand vous êtes entré dans ce bal, je venais de parler à
madame de Morangis pour la dernière fois.

TRISTAN, affolé.

Elle est ici, dans ce salon?

LUCIEN.

Oui, monsieur.

TRISTAN.

J'avais cru comprendre... J'ignorais qu'elle était à Paris.

LUCIEN.

Elle y est depuis cinq ans.

GASTON.

Et je ne pouvais guère deviner que vous veniez parler de
vos droits ou de vos devoirs, puisque vous aviez au bras
une autre femme.

LUCIEN, avec éclat.

Votre maîtresse...

TRISTAN.

Monsieur...

GASTON.

Il fallait bien te le dire, pour que tu puisses éviter à madame de Morangis le plus cruel des affronts.

LUCIEN, de même.

Votre maîtresse est dans le même salon que votre femme !

GASTON.

Lucien, je t'en supplie, contiens-toi.

LUCIEN, s'animant de plus en plus.

Et elle porte son nom !

TRISTAN.

Je vous prie, monsieur, de ne pas aggraver une situation plus poignante encore pour moi que pour vous.

LUCIEN.

Je ne veux pas laisser ma sœur exposée plus longtemps à se trouver en face...

TRISTAN.

Vous pensez bien que je ne vous permettrai d'outrager personne.

LUCIEN.

J'exige...

TRISTAN.

Ne me donnez pas d'ordres.

LUCIEN.

Monsieur !...

TRISTAN.

Laissez-moi, vous dis-je ! Je sais ce que j'ai à respecter et ce que j'ai à défendre.

Il sort brusquement au moment où Henriette paraît.

HENRIETTE.

Mon mari !

LUCIEN.

Oui.

HENRIETTE.

Avec toi !...

LUCIEN.

J'aurais voulu te prévenir qu'il était à Paris.

HENRIETTE.

J'étais prévenue, mais le trouver ici !

LUCIEN.

Il nous croyait toujours à Mauriac. Il va repartir.

HENRIETTE.

Alors, M. de Verdeilhan sait, maintenant, pourquoi je lui ai refusé ma main ?

GASTON, avec effort.

Oui, madame.

Il sort ; Henriette, désespérée, s'appuie sur l'épaule de son frère.

LUCIEN, après avoir embrassé sa sœur.

Les Dominois. Cache-leur bien ton trouble.

HENRIETTE.

Sois tranquille.

SCÈNE XIV

LUCIEN, DOMINOIS, HENRIETTE, MADAME DO-
MINOIS, puis TRISTAN, LA PRINCESSE, LE
PRINCE, BOLESCO, Invités des deux sexes.

DOMINOIS, s'avançant avec madame Dominois, en voyant
sortir Gaston.

Maintenant qu'ils sont seuls, nous ne pouvons plus
hésiter.

MADAME DOMINOIS.

Elle est avec son frère, ce sera plus difficile.

DOMINOIS.

Au contraire, ça m'encourage.

HENRIETTE, allant à madame Dominois.

Votre fête est charmante, madame, vous devez être ravie.

MADAME-DOMINOIS, pincée.

Oui, madame, ravie.

DOMINOIS.

Ce qui charme surtout dans notre fête, c'est son parfum
de distinction. Pas un accroc, pas un jusqu'à présent.

HENRIETTE.

Il faut espérer qu'il n'y en aura pas, madame Dominois.

MADAME DOMINOIS, très embarrassée.

Nous l'espérons.

DOMINOIS.

C'est mon vœu le plus cher ; seulement nous avons des relations si... si... élevées, qu'elles sont naturellement susceptibles.

MADAME DOMINOIS.

Elles ont le droit de l'être.

DOMINOIS.

Certes, elles ont le droit.... (Bas, à madame Dominois.) Ne m'interrompez pas ; c'est assez difficile à dire (Haut.) Notre monde est très scrupuleux... Je dirai même chatouilleux. Nous le sommes trop, car enfin, une faute... Mon Dieu une faute... une faute même grave !... on la pardonne toujours, quand on la commet soi-même.

LUCIEN, à part.

Il devient fou.

DOMINOIS.

Par goût je serais indulgent... Il est dans ma nature d'être indulgent. (S'apercevant que madame Dominois l'a quitté pour aller s'asseoir à part.) Elle me laisse tout dire ! Voilà bien la lâcheté des femmes.

LUCIEN.

A qui en avez-vous avec ce discours, monsieur Dominois ?

HENRIETTE.

Je vous avoue que je ne comprends pas un mot à ce que vous nous racontez là.

DOMINOIS.

Il me semblait qu'une retraite prudente, sous prétexte de migraine... on ne sait pas les services que la migraine rend à l'humanité. Cette bonne migraine ! Vous l'aviez précisément ce matin, madame.

LUCIEN.

Je vous prie, monsieur, d'être tout à fait clair.

DOMINOIS, avec énergie.

Je le serai, monsieur, puisque vous m'y obligez. Nous avons ici le célèbre Léo Amati, de son vrai nom Tristan de Morangis.

LUCIEN.

Eh bien, monsieur ?

DOMINOIS.

Eh bien, je trouve que la présence de madame dans le même salon... est au moins étrange !

LUCIEN, furieux.

Savez-vous bien ce que vous dites ?

HENRIETTE, affolée.

Vous voulez me renvoyer parce que M. de Morangis est ici ?

DOMINOIS, gravement.

Parce qu'il est entré dans mes salons avec sa femme.

LUCIEN, prêt à s'élancer.

Monsieur !

TRISTAN, qui est entré depuis un instant.

Il n'y a ici qu'une madame de Morangis... et elle est devant vous.

Mouvement général.

LA PRINCESSE, à Tristan.

Vous ne m'aviez pas dit que vous aviez une fille !

TRISTAN, stupéfait.

Une fille !

ACTE TROISIÈME

Une élégante serre-boudoir ; à droite et au fond, les salons où dansent
les enfants.

SCÈNE PREMIÈRE

LE PRINCE, BOLESCO, LA PRINCESSE, DOMINOIS.

La princesse, le prince et Bolesco sont assis à une table de whist :
ils font un mort.

DOMINOIS, entrant.

C'est un whist intime ; tableau conjugal !

Il sort.

LE PRINCE, à la princesse.

Vous mettez un sept?

LA PRINCESSE.

Bolesco a l'as !

LE PRINCE.

Mais non, l'as est tombé depuis une heure !

LA PRINCESSE.

Je ne l'avais pas vu.

LE PRINCE, à part.

On ne joue pas plus mal que ma femme.

IV.   22

LA PRINCESSE.

Je n'aime pas à jouer le whist avec un mort, moi.

LE PRINCE.

C'est beaucoup plus intéressant.

LA PRINCESSE.

Non, ça m'attriste; je voudrais un quatrième.

LE PRINCE.

Vous n'avez pas vu que je faisais une invite à trèfle?

LA PRINCESSE.

Oh! prince, je ne comprends jamais vos finesses.

LE PRINCE.

Mais, princesse, je ne vous ai jamais vue de cette humeur-là!

DOMINOIS, rentrant.

Vous entendez dire tous les jours que le monde est méchant... Comment, princesse, vous jouez déjà au whist?...

LA PRINCESSE.

Que faire dans un bal où les grandes personnes ne dansent pas? Regarder sauter des marmots, ce n'est pas d'une gaîté folle, et, d'ailleurs, il y a foule autour d'eux!

LE PRINCE, de très mauvaise humeur.

Vous n'avez pas coupé!

LA PRINCESSE.

Ah! pardon!

BOLESCO, vivement.

Il n'est plus temps!

LA PRINCESSE.

Vous êtes sévère !

BOLESCO.

Inflexible au jeu!

LA PRINCESSE, à Dominois.

Vous disiez en entrant que le monde était méchant!

DOMINOIS.

Au contraire, princesse, au contraire, je constatais l'empressement qu'on a mis à venir ce soir chez madame de Morangis, après la fatale méprise dont elle a failli être victime, hier, chez moi.

LA PRINCESSE.

Oh! la pauvre femme! savez-vous que vous l'avez tout simplement mise à la porte.

DOMINOIS.

Je m'en suis excusé à genoux! Elle a daigné me pardonner!

LA PRINCESSE.

Mais le frère?

LE PRINCE.

Jouez donc, princesse... mais ne coupez pas mon roi!

BOLESCO, inflexible.

C'est fait!

DOMINOIS.

Le frère!... Ç'a été plus difficile! Il m'a remboursé ce qu'il me devait... avec violence! c'est un brave cœur!... Enfin, tout est fini. Cette aventure donne même à notre fête un certain piquant qui ne la dépare pas, au contraire; on en parle beaucoup.

LA PRINCESSE.

Et c'est la femme légitime qui est intéressante, ce qui n'arrive pas tous les jours.

DOMINOIS.

C'est une victime, princesse, une véritable victime.

LA PRINCESSE.

Oh! les femmes sont toujours un peu victimes.

LE PRINCE, qui a jeté une carte.

Ah! pardon! vous me faites prendre le pique pour le trèfle.

BOLESCO.

La carte est jetée!

LE PRINCE.

Vous êtes sévère!

BOLESCO.

Inflexible au jeu!

LE PRINCE.

Je vous supplie, princesse, de ne plus causer.

DOMINOIS.

Je sais bien que l'on pardonne beaucoup aux artistes; mais votre Tristan a été un peu léger.

LA PRINCESSE.

Il croyait sa femme dans la Gironde.

DOMINOIS.

Ce n'était pas une raison pour venir chez moi avec sa maîtresse.

LA PRINCESSE.

Et moi qui ai eu des relations presque intimes avec cette demoiselle!...

BOLESCO.

Ce n'est pas une demoiselle, il paraît qu'elle est mariée de son côté.

LA PRINCESSE.

Vraiment?

LE PRINCE, impatienté.

Avec un gentilhomme campagnard qui la battait et qui faisait la cour à sa femme de chambre...

LA PRINCESSE, riant.

Eh! mais, c'est une série... Avec le divorce, tout cela s'arrangerait... Qu'est-ce qu'on attend?

LE PRINCE.

Jouez donc, princesse.

DOMINOIS.

Il est à peu près sûr que la loi sera votée.

LA PRINCESSE.

Vous croyez?

DOMINOIS.

La nuit dernière, un de nos adversaires les plus ardents a surpris sa femme en flagrant délit et on suppose qu'il entraînera son groupe.

LE PRINCE.

Eh bien! quand les Français auront le divorce, ils ne sauront pas s'en servir.

BOLESCO.

Absolument pas.

LA PRINCESSE.

C'est aussi mon avis.

DOMINOIS.

Pourquoi?

LE PRINCE.

Parce que ce n'est pas dans leur tempérament.

LA PRINCESSE.

Tout les arrêtera. Les convenances, la délicatesse, la poli-
tesse, le point d'honneur, et l'opinion de leur concierge!

DOMINOIS.

Ils seront peut-être gênés d'abord par des considérations
de second ordre. Je le reconnais moi-même : en sentant
l'heure approcher, j'ai quelque trouble... Madame Dominois
m'a raconté, dans une heure d'abandon, qu'elle avait failli
autrefois épouser un vicomte... Eh bien, si elle devenait
vicomtesse, je serais vexé.

LE PRINCE, furieux.

Encore un rubber* perdu... par votre faute!

LA PRINCESSE.

Mon Dieu, mon ami, que vous prenez un ton déplaisant
pour dire les choses les plus simples!... Voulez-vous faire
un quatrième, monsieur Dominois?

DOMINOIS.

J'en serai très honoré, madame.

LE PRINCE.

Je demande qu'on tire les places au sort.

LA PRINCESSE, de mauvaise humeur.

Oh! comme il vous plaira.

On se lève. Bolesco ramasse les cartes.

LE PRINCE, se penchant vers Bolesco.

Est-ce que la princesse était nerveuse de votre temps?

BOLESCO.

Les jours d'orage!

_____

* *Prononcer* rob.

LE PRINCE.

Seulement?

LA PRINCESSE.

Bolesco, vous ne m'avez pas fait compliment sur la façon
dont j'ai habillé votre fils!

BOLESCO.

Grégory? Je ne l'ai pas encore vu. Le prince m'a accaparé
pour sa partie de whist... Et à propos de Grégory, je voulais
vous parler de lui, Serdza, vous le gâtez horriblement.

LE PRINCE.

Je ne le contrarie jamais, voilà tout. Est-ce qu'il se plaint
de moi?

BOLESCO.

Au contraire, il vous adore; mais il est très mal élevé.

LE PRINCE.

Je suppose que ce n'est pas un reproche?

BOLESCO.

Ma foi! si.

LE PRINCE, vivement.

Par exemple!

LA PRINCESSE, prenant le prince.

Ne vous fâchez pas, Bolesco a raison : vous élevez horriblement cet enfant; il faudrait le corriger.

LE PRINCE.

A quoi bon? il aura évidemment tous les défauts; c'est le
portrait de son père.

DOMINOIS, à part.

Il aplatit le prédécesseur.

BOLESCO.

Si vous voulez prendre une carte, princesse?

Ils prennent chacun une carte. Dominois, le prince et Bolesco déposent leur carte sur la table.

LA PRINCESSE, *sans montrer la sienne.*

Je suis avec mon mari.

Le prince et Bolesco prennent tous les deux le fauteuil qui est en face d'elle.

LE PRINCE.

Que faites-vous, Bolesco?

BOLESCO.

Je me place.

LE PRINCE.

La princesse a dit : Je suis avec mon mari.

BOLESCO.

Eh bien? Oh! pardon, je m'y trompe toujours.

LE PRINCE.

Je vous répète que ça m'est désagréable... très désagréable.

LA PRINCESSE.

Vous vous arrêtez à des enfantillages.

DOMINOIS.

Combien la fiche?

BOLESCO.

Un louis.

DOMINOIS.

Je vous préviens que je suis très sérieux au whist, moi!

LE PRINCE.

C'est le jeu des gens sérieux.

LA PRINCESSE.

Mais nous sommes tous très sérieux.

BOLESCO.

Ah! voici Grégory.

SCÈNE II

LES MÊMES, GRÉGORY.

LE PRINCE.

Eh bien, Grégory, t'amuses-tu?

GRÉGORY.

Oh! non, papa.

BOLESCO.

Pourquoi donc, Grégory?

GRÉGORY.

Ah! bonjour, papa!

Il l'embrasse.

DOMINOIS, à part, surpris.

Comment? Ah! oui!...

LA PRINCESSE.

Il me semble pourtant qu'on est assez gai de l'autre côté?

GRÉGORY.

Ces enfants font trop de tapage, c'est insupportable!

BOLESCO.

Tu n'es donc plus un enfant, toi?

LE PRINCE.

Mais non, Grégory est un homme.

BOLESCO.

Si vous lui donnez de ces idées-là...

DOMINOIS, tout à son jeu et navré.

Le neuf de pique!

GRÉGORY.

Je ne suis pas content, parce que mademoiselle de Rochetin n'a pas voulu danser avec moi.

LE PRINCE.

Est-ce possible, Grégory?

GRÉGORY.

Elle m'a répondu : Non, mon petit ami.

LE PRINCE.

A ta place, je me serais fâché.

BOLESCO.

Le conseil est joli!

GRÉGORY.

Je me suis fâché.

LE PRINCE.

A la bonne heure!

GRÉGORY.

Mais elle a ri et je n'aime pas ça.

LE PRINCE.

Tu as bien raison.

BOLESCO.

Vous le rendrez impossible!

LE PRINCE.

Mais non, mais non, Bolesco, laissez-le faire : c'est sa nature.

DOMINOIS, de plus en plus navré.

Sept de trèfle!

LA PRINCESSE.

Ne t'adresse pas aux grandes personnes, Grégory, tu trouveras des jeunes filles de ton âge.

GRÉGORY, avec importance.

Il y a la petite Morangis, qui est trop jeune, mais qui me plaît beaucoup!

LE PRINCE, riant.

Déclare-lui ta flamme.

GRÉGORY.

Je lui ai demandé sa main.

BOLESCO.

Comment, sa main?

GRÉGORY.

Oui, papa, je veux me marier tout de suite, moi, pour pouvoir changer souvent.

LE PRINCE.

C'est un calcul?

GRÉGORY.

Oui, papa!

Il regarde les levées qui sont devant Dominois.

DOMINOIS, toujours navré.

Pardon, mon petit ami, il ne faudrait pas toucher les cartes.

GRÉGORY.

Oui, papa. (Dominois le regarde avec stupéfaction.) Ah! non, pas vous!

LA PRINCESSE, riant.

Pensez donc à ce que vous dites, Grégory.

Grégory a fait tomber les cartes de Dominois, et se prépare à les ramasser.

DOMINOIS, se levant pour ramasser les cartes.

Non, non, vous montreriez mon jeu! (A part.) Et on se préoccupe du sort des enfants!... Ils seront très heureux. En voilà un qui a déjà deux pères et qui en voudrait trois.

Il va se mettre au jeu. — Grégory est allé à la cheminée et crayonne sur un album.

BOLESCO.

Que fais-tu là, Grégory?

GRÉGORY.

Je fais des images.

BOLESCO, se levant.

Sur cet album?

Grégory laisse l'album et se rapproche de la table de jeu.

LE PRINCE.

Laissez-le faire : il s'amuse.

BOLESCO.

Tu prends mes fiches maintenant... (Grégory se sauve et en passant jette les fiches à la place du prince.) pour les donner à Serdza! Je vais te corriger.

Il s'élance furieux.

LE PRINCE, le retenant.

Cela, par exemple, je vous le défends.

BOLESCO.

Je n'ai pas la permission de corriger mon fils?...

LE PRINCE.

Absolument pas! Cela ne vous regarde plus.

BOLESCO.

C'est une prétention intolérable!

LE PRINCE.

C'est ainsi!

Ils se toisent en remontant.

LA PRINCESSE.

Mon Dieu! qu'il est difficile de jouer une partie de whist en famille... j'y renonce.

Elle se lève.

DOMINOIS, resté seul à la table de jeu.

J'avais un jeu superbe!

Bolesco, furieux, est allé s'asseoir au fond ; le prince, non moins furieux, s'est assis à droite, et la princesse, exaspérée, lui tourne le dos sur un canapé à gauche... Grégory sans s'émouvoir, continue à jouer avec les jetons.

SCÈNE III

Les Mêmes, LUCIEN, puis MADAME DOMINOIS.

Lucien entre comme s'il cherchait quelqu'un.

DOMINOIS, à Lucien.

Voilà le jeu que j'avais! (Lucien passe sans regarder.) Il m'en veut toujours.

LUCIEN.

J'échappe à la femme et je tombe sur le mari! On pardonne trop facilement aux imbéciles; voilà pourquoi il y en a tant, ça les encourage.

DOMINOIS, allant à Lucien.

Je voudrais vous dire encore combien je suis désespéré...

LUCIEN.

C'est inutile, monsieur Dominois; je cherche l'éventail d'Henriette qu'elle a dû laisser par ici...

IV.   23

DOMINOIS, revenant à la table de jeu.

Il est fâché!

Lucien veut s'éloigner quand il est arrêté par la princesse.

LA PRINCESSE, à voix basse.

Je fais tout ce que je peux pour exaspérer le prince et c'est Bolesco qui l'exaspère ; je ne l'ai jamais vu d'un calme aussi tenace avec moi! Ce serait à y renoncer si je ne vous aimais comme je vous aime!

LE PRINCE, allant à Lucien, en roulant des yeux furibonds.

Je tiendrais beaucoup à savoir, monsieur, ce que la princesse vient de vous dire tout bas.

LA PRINCESSE, ravie.

Enfin!...

LUCIEN, très sec.

Monsieur, je n'ai pas l'habitude de répondre quand on m'interroge sur le ton que vous prenez.

LE PRINCE.

Oui? Eh bien! j'y mettrai de la douceur.

LA PRINCESSE.

Vous pouvez répondre au prince que ce que je vous ai dit ne le regarde pas.

LE PRINCE, furieux.

Madame!...

LA PRINCESSE, toujours calme.

Bolesco, emmenez donc Grégory.

BOLESCO.

Volontiers. (A part.) Est-ce que ce jeune homme va la lui prendre? (Avec empressement, à Lucien) Je ne vous ai pas encore serré la main, cher monsieur... Viens, Grégory.

GRÉGORY.

Oui, papa!

Ils sortent.

LE PRINCE.

Vous comprenez, monsieur, que votre silence me donne le droit d'interpréter comme il me plaît les quelques mots que la princesse vous a dits à voix basse.

LUCIEN.

Parfaitement, monsieur, interprétez comme il vous plaira.

LE PRINCE.

Monsieur...

DOMINOIS.

Encore un scandale!... je m'en vais!

Il sort.

LA PRINCESSE, toujours calme.

Soyez donc gentleman, mon cher.

LE PRINCE.

N'oubliez pas, madame, que j'ai l'honneur d'être votre mari.

LA PRINCESSE, avec intention.

En ce moment.

LE PRINCE.

Qu'entendez-vous par là?

LA PRINCESSE.

J'entends que vous n'avez pas été le premier!

LE PRINCE, vexé.

C'est une allusion à Bolesco.

LA PRINCESSE.

Et qu'alors, rien ne peut vous faire croire que vous serez le dernier!...

LE PRINCE, avec prétention.

Il me semble que si!

LA PRINCESSE.

Vous êtes fat, mon cher!

LE PRINCE.

En tout cas, jusqu'à ce que vous m'ayez donné un successeur!...

LA PRINCESSE.

Oh! si vous me menacez....

LE PRINCE.

Mais je ne vous menace pas!

LUCIEN, à la princesse.

Le prince ne menace pas!... (A part.) Où allons-nous?

LE PRINCE.

Je dis seulement : tant que vous ne m'aurez pas donné
un successeur.

LA PRINCESSE.

Admettez que je vous le donne...

LUCIEN.

C'est une supposition.

LE PRINCE, ahuri.

Qui donc?...

Il regarde Lucien.

LUCIEN, vivement.

Non! non!

LA PRINCESSE.

Je ne nomme personne... mais vous savez bien que je ne vous tromperai jamais.

LUCIEN, à part.

Elle le remplace de peur de le tromper!

LE PRINCE, furieux.

Alors, madame, vous cherchez une rupture?

LA PRINCESSE.

Mais non, c'est vous!

LE PRINCE.

Moi?

LA PRINCESSE.

Je l'ai cru!

LE PRINCE.

Comment?

LA PRINCESSE.

A votre changement de caractère.

LE PRINCE.

Comment?

LA PRINCESSE.

Et je me suis mise prudemment à aimer un peu d'avance mon futur mari.

LE PRINCE.

Comment?

LUCIEN, à part.

Un peu d'avance est adorable!

LA PRINCESSE.

Il ne faut pas m'en vouloir.

LE PRINCE.

Soit, madame. J'aurai assez de dignité pour ne pas insister.

LUCIEN.

Moi, monsieur, je serai toujours à vos ordres.

LA PRINCESSE.

Un duel!... y pensez-vous? (A part, à Lucien.) On ne peut pas s'exposer à tuer le mari de sa femme, ce serait de bien mauvais goût.

LE PRINCE, à part.

Enfin, j'aurai toujours vécu avec elle quarante-cinq jours de plus que Bolesco!

Il sort.

LA PRINCESSE, à Lucien.

Ne vous préoccupez pas du prince; il n'a jamais adoré que le whist! Maintenant voici ma main. Dans dix mois je serai votre femme!

LUCIEN.

Ma femme!... Mais je vous assure que le prince est désolé...

LA PRINCESSE.

Je l'espère bien.

LUCIEN.

Pauvre prince! Il était si heureux d'être votre mari! et je le comprends.

LA PRINCESSE.

Ne le serez-vous pas autant que lui?

LUCIEN.

Oh si! oh si!... Mais en France, dix mois... c'est l'éternité!

LA PRINCESSE.

Que voudriez-vous donc?

LUCIEN.

Je voudrais vous aimer tout de suite, sans raisonner... en aveugle!

LA PRINCESSE, se redressant avec dignité.

Oh! vous m'avez prise pour une de vos Parisiennes qu'aucune pudeur ne retient? Apprenez, monsieur, que je ne serai jamais la maîtresse de personne, moi!... Je prendrai un mari, deux maris, dix maris!... Des maris... tant que l'on voudra; mais un amant... jamais!... Adieu... mon cher, ne m'accompagnez pas.

Elle sort fière et irritée, Dominois est entré depuis un instant.

LUCIEN.

Elle ne sera jamais la maîtresse de personne, mais elle serait volontiers l'épouse de tout le monde! C'est un nouveau genre de femmes vertueuses qu'on va nous créer.

DOMINOIS.

Un amant, jamais!... Des maris supplémentaires... mais si le mari du lendemain anticipe... je ne permettrai jamais cela à madame Dominois! (Arrêtant Lucien au moment où il va sortir.) Je voudrais vous dire encore combien je suis désespéré.

LUCIEN.

Je vous ai déjà répondu que c'était inutile.

MADAME DOMINOIS, accourant.

Mon cher monsieur Lucien, je voudrais vous dire encore combien je suis désespérée...

LUCIEN.

Je vous remercie, madame.

MADAME DOMINOIS.

Madame de Morangis a bien voulu pardonner à M. Dominois; je n'ai jamais douté, moi...

LUCIEN.

Je l'ai bien vu.

MADAME DOMINOIS.

Je viens de la réconforter par quelques bonnes paroles.

LUCIEN.

Voilà qui n'était pas nécessaire.

DOMINOIS.

Je le pensais.

MADAME DOMINOIS.

Je lui ai dit qu'on a souvent plus à souffrir des maris qui restent que de ceux qui s'en vont.

DOMINOIS.

Je crois que c'est pour moi, cela.

MADAME DOMINOIS.

J'ai ajouté...

LUCIEN, sèchement.

Le mieux, madame, serait de ne jamais reparler à madame de Morangis de ce qui s'est passé hier chez vous.

SCÈNE IV

DOMINOIS, MADAME DOMINOIS.

DOMINOIS.

Voilà !... Il vous a donné le conseil de vous taire, je vous l'avais déjà donné.

MADAME DOMINOIS.

Est-ce que les femmes malheureuses ne doivent pas se consoler entre elles ?

DOMINOIS.

Vous remarquerez, madame, que je ne vous ai pas encore quittée pour courir la pretentaine.

MADAME DOMINOIS.

C'est que moi, je ne me contenterais pas de dire que je suis veuve...

DOMINOIS, avec conviction.

Vous ne le serez jamais !

MADAME DOMINOIS.

Comme notre infortunée locataire que vous avez maltraitée.

DOMINOIS.

Notre locataire ! Savez-vous à quoi j'ai pensé pendant toute la nuit, moi ? C'est qu'il est très désagréable d'avoir pour locataire une femme notoirement abandonnée par son mari.

MADAME DOMINOIS.

C'est vrai ! Elle sera toujours triste par convenance.

IV.   23.

DOMINOIS.

Ça manquera de prestige.

MADAME DOMINOIS.

Elle ne recevra plus personne.

DOMINOIS.

Et notre bail a encore sept ans à courir.

MADAME DOMINOIS.

Sept ans et cinq mois.

DOMINOIS.

Nous sommes volés. Ah ! si nous avions le mari !

MADAME DOMINOIS.

A la fois homme du monde et artiste !

DOMINOIS.

Quel éclat pour notre immeuble !

MADAME DOMINOIS.

Ce serait superbe !

DOMINOIS.

J'inviterais ses amis, qui deviendraient les miens, et je pourrais développer mes goûts artistiques sans me ruiner.

MADAME DOMINOIS.

Oui, mais jamais ce mari-là ne reviendra à sa femme.

DOMINOIS.

Pourquoi ?

MADAME DOMINOIS.

Parce qu'il en a une autre.

DOMINOIS.

Ce n'est pas une raison, au contraire.

MADAME DOMINOIS.

C'est sa femme, alors, qui ne voudra plus le recevoir.

DOMINOIS.

Il faudrait un ami commun qui s'interposât. Si je trouvais l'occasion, j'essaierais.

MADAME DOMINOIS.

Vous?

DOMINOIS.

Je vous ai donné assez de preuves de mon habileté.

MADAME DOMINOIS.

Ah! oui...

DOMINOIS.

La voici. — Peut-on quitter une femme pareille!

MADAME DOMINOIS.

Ce sont les meilleures que l'on quitte, monsieur.

DOMINOIS.

Ah! c'est pour elle, cela!

SCÈNE V

Les Mêmes, HENRIETTE, GENEVIÈVE,
puis GRÉGORY et Deux Enfants.

Henriette entre tenant Geneviève par la main.

HENRIETTE.

Modère-toi, Geneviève, et reste calme un instant.

GENEVIÈVE.

Mais, maman, il faut bien remplir mes devoirs de maîtresse de maison.

HENRIETTE.

Tu les remplis à merveille; seulement, je ne veux pas que tu te fatigues.

GENEVIÈVE.

Ah! je n'ai pas salué M. Dominois. Vous allez bien, monsieur Dominois? Que c'est aimable à vous de nous avoir fait l'honneur de venir à un bal d'enfants. Voulez-vous m'offrir votre bras? Je vais vous placer.

DOMINOIS.

Elle est charmante! Mademoiselle...

Il lui offre le bras.

HENRIETTE.

Attends un peu, Geneviève. Repose-toi pendant cette valse.

GENEVIÈVE.

Que dira mon danseur? C'est Grégory Bolesco; il est très susceptible.

HENRIETTE.

Laisse-le te chercher un moment.

GENEVIÈVE.

Il dira que je suis coquette.

HENRIETTE.

Eh bien, laisse-le dire.

GENEVIÈVE.

Il m'a avoué qu'il me trouvait très gentille.

HENRIETTE.

Ah ! vraiment ?

GENEVIÈVE.

Mais trop petite !

HENRIETTE.

Tu grandiras.

GENEVIÈVE.

Je t'assure, maman, qu'il faut que je me dépêche... Il m'a déjà demandé ma main.

DOMINOIS.

Ah ! M. Grégory vous a demandé votre main.

GENEVIÈVE.

Pour plus tard.

HENRIETTE.

Je l'espère bien.

GENEVIÈVE.

Il veut que je prenne d'abord un autre mari pendant quelque temps.

HENRIETTE.

Ah !

DOMINOIS.

Et pourquoi, mademoiselle ?

GENEVIÈVE.

Pour voir si j'ai bon caractère.

DOMINOIS.

C'est un garçon prudent.

GENEVIÈVE.

Il m'a raconté qu'il voulait imiter son second papa, qui est très fin. Il a deux papas, lui.

HENRIETTE.

Ce sont de très sots discours que te tient là M. Grégory.

GENEVIÈVE.

Est-ce que ça l'empêche d'aimer autant sa maman?

HENRIETTE.

Tu dois bien penser que oui.

GENEVIÈVE.

Alors, moi, je ne veux que toi.

HENRIETTE.

Chère enfant!

GENEVIÈVE.

Suzette m'a dit que tu avais eu un gros chagrin, et qu'il fallait être bien bonne pour toi.... et je lui ai promis d'être bonne.... oh! mais bonne!... Alors tu diras : oui, j'ai un gros chagrin, mais j'ai une si bonne petite fille!

HENRIETTE, l'embrassant.

Oh! oui, j'ai une bonne petite fille.

DOMINOIS, à part.

Voici l'occasion. (Haut.) Ah! madame Dominois, si vous aviez daigné me faire l'honneur de me donner une fille,... je vous pardonnerais tous vos autres torts. Tous! et même davantage!

Grégory entre suivi de deux ou trois enfants

GRÉGORY.

Ah! mademoiselle de Morangis, je vous cherche partout.

DOMINOIS, vexé, à part.

On m'interrompt toujours.

JEANNE.

Vous me faites vis-à-vis, Geneviève!

PIERRE.

Et on a commencé la première figure.

GENEVIÈVE.

Je vous supplie de me pardonner, monsieur, j'ai voulu embrasser maman. Monsieur Grégory, offrez donc votre bras à madame Dominois.

GRÉGORY.

Ah! madame.

MADAME DOMINOIS.

Monsieur, je suis trop flattée.

Elle sort avec Grégory.

GENEVIÈVE, apercevant Cécile.

Ah! Cécile! Monsieur Dominois, voulez-vous offrir votre bras à Cécile?

CÉCILE, à part, en faisant la moue.

Ah!

GENEVIÈVE, bas.

Ma chère, il faut se sacrifier quand on est dans le monde.

DOMINOIS.

Ce sera pour moi un grand honneur! Mademoiselle... (En regardant Henriette.) J'avais si bien commencé.

Il sort avec Cécile.

GENEVIÈVE, allant à sa mère.

Tu vois, je fais tout ce que tu m'as dit. Je suis très aimable, car tu m'as recommandé d'être gracieuse. (Apercevant au fond un tout petit garçon.) Ah! monsieur de Château-Ponsac, vous cherchez votre maman, monsieur? Permettez-moi de vous conduire?... (Retournant vers Henriette.) Tu vois?

Elle prend le petit bonhomme par la main et le conduit avec cérémonie.

LUCIEN, entrant.

Geneviève! — Ah... monsieur de Château-Ponsac, mes amitiés à monsieur votre père.

SCÈNE VI

LUCIEN, HENRIETTE.

LUCIEN.

Sais-tu bien que ta fille a un succès énorme?

HENRIETTE.

Oh! la chère enfant! quand je la regarde, je me dis que je suis injuste et qu'il ne peut pas y avoir de mère plus heureuse que moi.

LUCIEN.

A la bonne heure, j'aime à te voir ainsi, souriante.

HENRIETTE.

Tu étais inquiet, n'est-ce pas?

LUCIEN.

Moi, pas du tout.

HENRIETTE.

Tu ne tiens pas en place. Tu t'imaginais que ce bal d'enfants serait pour moi une cruelle épreuve tu te trompais.

LUCIEN.

Je le vois bien. C'est à qui te témoignera le plus de sympathie. On t'admire plus encore qu'on ne te plaint. On aime, en France, les femmes vaillantes.

HENRIETTE.

Aujourd'hui, au moins, ma situation est nette.

LUCIEN.

Tout ce qu'il y a de plus net. Je suis allé, ce matin, chez cet excellent M. Duqueylard : deux heures après, toutes les questions d'intérêt étaient réglées. Les notaires sont admirables quand ils veulent : il a toutes les autorisations nécessaires, en double et triple minute, c'est parfait.

HENRIETTE.

Tu as revu M. de Morangis?

LUCIEN.

Non, j'ai su qu'il repartait ce soir même. Tu ne seras plus exposée à le rencontrer. M. Duqueylard a ajouté avec son plus gracieux sourire que tu n'aurais plus qu'à demander une séparation pour la faire prononcer. Mais il pense qu'il y a intérêt à attendre, parce que tu pourrais obtenir mieux, si la nouvelle loi passait.

HENRIETTE.

Il est bien bon, M. Duqueylard.

LUCIEN.

Il est très partisan du divorce — pas pour lui — mais il y aura beaucoup de contrats à faire, beaucoup d'autres à défaire. Tout s'embrouillera si bien dans les familles qu'on ne s'y reconnaîtra plus et son étude y gagnera. Voilà comment chacun juge à son point de vue. Mais il a peur qu'on hésite dans notre monde. Il voudrait un ou deux exemples venant d'un peu haut. Je n'ai pas répondu pour toi.

HENRIETTE.

Tu aurais pu répondre, tu connais mes idées.

LUCIEN.

Elles ont pu se modifier depuis deux jours.

HENRIETTE.

Pourquoi? Rien n'est changé.

LUCIEN.

Je t'avoue que je ne sais plus que penser.

HENRIETTE.

J'ai subi hier une humiliation que·je ne pourrai jamais oublier. — Mais je n'autoriserai pas le père de ma fille à se créer légalement, ailleurs, d'autres devoirs. Il restera seul responsable de ce qu'il lui plaira de faire; pour moi, je ne demande rien. — Ah! Suzanne!

SCÈNE VII

Les Mêmes, SUZANNE.

Suzanne entre tout émue.

SUZANNE.

Vous avez dû vous étonner, madame, de ne pas me voir; mais je vous prie de dire à mes parents Dominois que j'étais près de vous. Je viens de commettre une grosse faute.

HENRIETTE.

Vous, Suzanne?

LUCIEN.

Moi, je n'en crois rien.

SUZANNE.

Je suis allée chez mon père.

HENRIETTE.

Ah!

LUCIEN, gaîment.

Voilà qui est grave.

SUZANNE.

Il m'avait écrit qu'il tenait absolument à me parler; s'il était venu, j'étais sûre d'une querelle avec ma tante, qui prend le jugement au pied de la lettre. — J'ai résolu de m'échapper pendant votre fête. — J'ai pris une voiture et je suis arrivée toute seule chez papa. — Vous jugez de sa surprise. (Avec hésitation.) Il était avec M. de Morangis.

HENRIETTE.

M. de Morangis n'est pas encore parti?

SUZANNE.

Il partira demain. Il m'a beaucoup parlé de vous, madame.

HENRIETTE.

M. de Morangis a eu tort de vous parler de moi; il est des choses que vous ne pouvez pas, que vous ne devez pas comprendre.

SUZANNE, timidement.

Ah! Il m'a aussi parlé de Geneviève. (Très émue.) Pauvre petite Geneviève! j'ignorais qu'elle était dans la même situation que moi.

HENRIETTE.

Oui, oui, la même.

SUZANNE.

Je l'en aimerai davantage. Et j'ai vu un père plus mal-
heureux encore que le mien. Il ne connait pas sa fille.

HENRIETTE.

Il n'a rien fait pour la connaître.

SUZANNE.

Mais maintenant... Je lui ai promis que je vous deman-
derais l'autorisation de l'amener ici.

HENRIETTE, vivement.

A aucun prix. — N'allez pas plus loin. — C'est inutile.
— Est-ce que M. de Rochelin vous avait fait demander pour
vous parler de moi?

SUZANNE.

Un peu sans doute. — Mais il m'a fait appeler surtout
parce qu'il avait de bonnes nouvelles à m'annoncer. On lui
a raconté que j'avais eu un grand succès, hier, au bal.

LUCIEN.

Et on a eu raison, mademoiselle, c'est la première fois
que vous paraissiez dans le monde, et vos danseurs, qui n'ont
pas comme moi le charmant privilège de vous voir souvent,
ont été enthousiasmés !

HENRIETTE.

Vous devez être contente, Suzanne ?

SUZANNE.

Oh ! oui, bien contente, madame ! Mon père en a été si
joyeux ! De plus, une dame de ses amies lui avait écrit
qu'un jeune homme très distingué m'avait vue et allait la
prier de demander ma main.

LUCIEN.

Ah !

SUZANNE.

La dot convenait ; mon père m'a prise dans ses bras en
me disant : Je croyais que tu ne te marierais jamais ! Je
croyais que personne ne me demanderait jamais ma petite
Suzon, parce que son père et sa mère lui avaient fait une position fausse. Et il répétait à M. de Morangis : Si vous saviez
ce qu'est le bonheur d'avoir une fille. Et il reprenait gaîment :
Tu vas donc te marier, Suzon ? Et ton mari te rendra heureuse, toi, j'en fais mon affaire. Moi, je ne répondais rien,
je pensais : Ce monsieur ne me conviendra peut-être pas.

LUCIEN.

Ah !

SUZANNE.

Mais je n'aurais pas voulu troubler la joie de mon père.
La porte s'ouvre et l'on apporte une autre lettre de la même
dame. Elle priait de regarder comme non avenue celle
qu'elle avait écrite le matin. Le jeune homme me trouvait
toujours charmante, mais des considérations qui ne m'étaient
pas personnelles... Papa avait compris. Il s'est détourné de
moi et il a éclaté en sanglots. M. de Morangis lui a pris la
main et s'est détourné aussi : « Pauvre ami, lui disait-il,
pauvre ami ! » Alors j'ai essayé de consoler papa ! Je lui ai
expliqué que je ne voulais pas me marier... ce qui est vrai ;
j'ai ajouté que je serais majeure dans trois ou quatre ans et
qu'alors je n'irais plus chez mes parents Dominois, que je
me partagerais entre ma mère et lui — et que, s'il voulait
bien, je ne me partagerais pas. Il m'a embrassée sans me
répondre. Je sens encore ses larmes couler sur ma figure. Il
m'a accompagnée jusqu'ici, mais nous n'avons plus dit un
mot ni l'un ni l'autre. — A présent, madame, je vous promets que je vais faire tout ce que je pourrai pour être gaie
à la fête de votre petite Geneviève.

HENRIETTE, à part.

Geneviève ! voilà les douleurs qui nous attendent un jour,
elle et moi.

LUCIEN.

Mademoiselle, je ne comprends pas les appréhensions de
M. de Rochetin. Il peut être sûr que les prétendants à la
main de sa fille ne manqueront pas ; je crois même au contraire qu'il faudra se hâter, et si vous ne vous y opposez pas,
j'irai demain vous demander à monsieur votre père.

SUZANNE.

Vous !

LUCIEN.

Ce serait déjà fait si des questions d'intérêt qu'Henriette
connaît bien ne m'avaient interdit jusqu'à présent de me
marier. Elles ont été réglées aujourd'hui.

HENRIETTE.

Il vous dit vrai, Suzanne.

SUZANNE.

Vous pensez à la joie que vous feriez à mon père.

LUCIEN.

Je pense que je vous aime, Suzanne, et que si vous con-
sentiez à devenir ma femme, vous m'auriez donné le seul
bonheur que je rêve depuis que je vous ai vue.

SUZANNE.

Mon Dieu ! madame, je ne sais que répondre.

HENRIETTE.

Pensez-vous que vous aimerez Lucien ?

SUZANNE.

Si je l'aimerai !

HENRIETTE.

Eh bien, ce sera aussi mon vœu le plus cher qui sera
réalisé. (Plus bas.) Venez, toutes ces émotions vous brisent.

LUCIEN.

Alors, mademoiselle, vous me permettez d'aller voir votre père?

SUZANNE, avec prière.

Vous irez aussi chez maman?

LUCIEN.

Certes, j'irai chez madame de Rochetin.

SUZANNE.

Oh! vous plairez à papa, j'en suis bien sûre; mais à maman...

• LUCIEN.

Je ne lui plairai pas?

SUZANNE.

Vous lui jurerez que vous êtes corrigé.

LUCIEN.

De quoi?

SUZANNE.

Je ne sais pas bien... De tout...

LUCIEN.

Je jurerai tout ce qu'il faudra.

HENRIETTE, l'emmenant.

C'est moi qui lui dirai ce que vaut Lucien et ce qu'il a fait pour nous.

SUZANNE.

Oh! oui, madame, dites-le-lui bien... car si j'épousais M. Lucien, j'aurais le droit d'aimer autant que vous Geneviève.

HENRIETTE.

Oh! pas tout à fait.

Elles sortent.

SCÈNE VIII

LUCIEN, GRÉGORY, LE PRINCE, BOLESCO, GENEVIÈVE, Les Enfants.

LUCIEN.

Le ciel n'est pas juste. Il n'y aura ici de vraiment heureux que moi qui n'ai rien fait pour le mériter.

LE PRINCE, entrant avec Bolesco.

M. de Givray ! (Lucien ne l'entend pas et sort ; à Bolesco.) Je voulais lui faire mes excuses... nous avons failli rompre, la princesse et moi !... Elle n'a pas pu... Elle m'adore !

Une troupe d'enfants entre vivement, et court à tous les meubles qu'ils repoussent dans tous les coins.

GRÉGORY, entrant le premier.

Nous n'avons plus assez de place... Il faut prendre la serre.

TOUS.

Oui... oui!

GRÉGORY.

Nous allons repousser les meubles.

GENEVIÈVE.

Dans tous les coins...

LE PRINCE.

Encore les enfants! c'est insupportable!

BOLESCO.

Moi, je les aime, les enfants.

LE PRINCE.

Eh bien, mon cher, c'est un sentiment que je comprends, mais qui s'émousse quand on en a!

GENEVIÈVE, au fond.

Nous enlevons les meubles.

LES ENFANTS, entrant en foule.

Oui, oui.

LE PRINCE.

Oh! qu'est-ce que c'est?

GRÉGORY.

Nous voulons répéter une nouvelle figure pour le cotil-
lon.

GENEVIÈVE.

Que nous a apprise M. de Château-Ponsac.

GRÉGORY.

Son papa est député.

Il remonte placer une chaise pour le maire.

GENEVIÈVE.

Mais ça n'est pas politique.

Elle remonte.

GRÉGORY.

Ça s'appelle les mariages de l'avenir.

Il va au piano.

GENEVIÈVE.

Il y a un jeune homme qui fait M. le maire... c'est M. de
Château-Ponsac; un danseur et une danseuse s'avancent
comme ça : « Monsieur le maire, mariez-nous! »

DEUX PETITS COUPLES.

Monsieur le maire, mariez-nous!

Le maire les bénit.

GENEVIÈVE.

Puis ils font un tour de valse.

Grégory joue.

GENEVIÈVE.

Puis ils reviennent. « Monsieur le maire, démariez-
nous! »

LES DEUX PETITS COUPLES.

Monsieur le maire, démariez-nous!

Le maire ouvre les bras, les valseurs changent de femmes.

GENEVIÈVE.

« Monsieur le maire, remariez-nous! » (Les valseuses changent
de cavaliers; Geneviève apercevant une petite fille qui valse en agitant les bras au-
dessus de sa tête.) Oh! Cécile! on ne danse pas comme ça!... Si
maman te voyait! assez! assez!

Grégory s'arrête. Les enfants crient : Bravo! et se dispersent en trois
groupes. Entrée de Tristan qui passe au milieu d'eux en cherchant à reconnaître sa
fille.

SCÈNE IX

LES MÊMES, TRISTAN.

TRISTAN, très ému, au prince.

Voulez-vous me montrer mademoiselle de Morangis?

LE PRINCE.

Mademoiselle de Morangis? (Cherchant des yeux.) Ma foi, je l'ai
vue un instant, mais je ne la reconnaîtrais pas!

TRISTAN.

Ah!

LE PRINCE, à Tristan.

Mais oui, au fait, mademoiselle de Morangis, c'est...

TRISTAN.

C'est ma fille!

LE PRINCE.

Je voudrais bien vous la montrer... je vais demander à Grégory. Grégory !

GRÉGORY.

Ah! papa, ne m'arrête pas, je suis trop occupé...

LE PRINCE, souriant.

Désobéissant! (a part.) Il est charmant.

Il remonte en cherchant des yeux Geneviève.

TRISTAN, à Bolesco.

Pourriez-vous me montrer mademoiselle de Morangis?

BOLESCO.

Ma foi, je ne l'ai jamais vue! (a Grégory.) Grégory, où est mademoiselle de Morangis?

GRÉGORY, tout en voulant s'échapper.

Elle est là, papa, la voici!... non, ce n'est pas elle... Tu la reconnaîtras, du reste, c'est la plus jolie! (il s'échappe.) Venez, venez par ici!

Geneviève, Elise et deux autres jeunes filles viennent en grande cérémonie et avec beaucoup d'embarras devant Tristan qui, vaincu par l'émotion, s'est appuyé sur le dos d'un fauteuil.

LES JEUNES FILLES, ensemble.

Monsieur!

TRISTAN.

Mesdemoiselles...

ÉLISE.

Voulez-vous nous permettre de prendre ce fauteuil?

TRISTAN.

Ce fauteuil?

GENEVIÈVE.

Nous allons vous déranger.

ÉLISE.

Mais il nous gênerait tout à l'heure...

TRISTAN.

Je vais vous aider.

Ils rangent le fauteuil.

TOUTES.

Merci, monsieur.

Elles s'éloignent, Geneviève disparaît la première en courant.

LE PRINCE, *revenant à Tristan.*

Je ne la reconnais pas! Mais, mon cher, puisque vous êtes ici, tout est arrangé à l'amiable.

TRISTAN.

Oui, tout est arrangé! Je repars demain.

BOLESCO.

Ah! vous veniez faire vos adieux.

TRISTAN.

Précisément.

LE PRINCE.

C'est très désagréable ce qui vous est arrivé hier !

TRISTAN.

Oui, très désagréable.

BOLESCO.

Vous partez avec Régina?

TRISTAN.

Je pars seul !

LE PRINCE et BOLESCO.

Ah bah !

TRISTAN.

Régina se révolte contre l'humiliation que je lui ai infligée hier, en l'obligeant à quitter le bal, et elle me somme d'avoir à choisir entre ma femme et elle. Je ne suis pas homme à céder à de pareilles injonctions.

Henriette entre par le pan coupé de droite. — Les enfants viennent à elle.

MARIE.

Ah ! madame, comme on s'amuse chez vous !

GRÉGORY.

Ah ! madame quelle jolie fête, et que Geneviève est gentille !... Ça durera longtemps, n'est-ce pas, madame ?

TOUS.

Oh ! oui, madame !

HENRIETTE.

Tant qu'il vous plaira, mes enfants : je suis si heureuse de votre joie.

GRÉGORY.

Et puis Geneviève a tant de succès !

HENRIETTE.

La pauvre mignonne !... Ce qui me charme, c'est que vous l'aimez bien tous.

LES ENFANTS.

Oh ! oui, madame.

Tous les enfants disparaissent. — Henriette fait un pas et s'arrête interdite en reconnaissant Tristan. — Balesco et le prince se retirent discrètement.

SCÈNE X

TRISTAN, HENRIETTE, puis GENEVIÈVE,
SUZANNE.

HENRIETTE.

Comment êtes-vous là, monsieur ?

TRISTAN, très simplement.

J'ai voulu revoir ma fille.

HENRIETTE.

Votre fille !

TRISTAN.

J'attendais une autorisation que vous ne m'avez pas
donnée ; j'attendais devant votre porte ; mademoiselle de
Rochetin n'a pas osé vous le dire. Je lui avais recommandé
de ne pas insister. J'étais là, regardant passer vos invités,
— des indifférents, — je n'y ai pas tenu, je suis entré ; ne
me le pardonnerez-vous pas ?

HENRIETTE.

Qu'attendez-vous donc de moi ?

TRISTAN.

J'ai des torts que rien ne saurait expier, et je n'aurais
jamais osé paraître devant vous, si je ne cédais à un sentiment nouveau pour moi et irrésistible : ce n'est pas le mari
qui vous revient, c'est le père,

HENRIETTE.

Le père ?

TRISTAN.

Qui vous demande à voir sa fille.

HENRIETTE.

Je l'ai élevée! je n'ai vécu que pour elle... Elle a depuis six ans toutes mes pensées, elle n'a jamais reçu d'autres caresses que les miennes!... Elle est à moi... à moi seule!

TRISTAN.

Et je ne compte pas! Vous êtes là, vous, attentive et dévouée : je ne peux être d'aucun secours ni à elle ni à personne, je le sais bien et je repars demain seul. Je n'ai pas à vous adresser une plainte, j'aurais cependant le droit peut-être de vous reprocher de m'avoir laissé ignorer que j'avais une fille.

HENRIETTE.

Il m'était bien permis de supposer que cela ne vous intéressait pas.

TRISTAN.

Mais on n'a jamais condamné un père, quels que soient ses torts, quel que soit son crime, à ne pas voir son enfant!

HENRIETTE.

Non, vous ne la verrez pas. Je ne veux pas que cette enfant m'interroge, puisqu'il me serait impossible de lui répondre.

TRISTAN.

Je sais que, le jour de mon départ, vous avez pris des vêtements de deuil.

HENRIETTE.

N'avais-je pas le droit de me dire veuve? Et pour me rappeler que vous vivez, fallait-il attendre l'humiliation que j'ai subie hier?

TRISTAN.

Quel châtiment plus cruel auriez-vous pu rêver? Je
n'existe pas pour ma fille. Je ne viens pas vous la prendre.
Je ne suis pas bien exigeant... Je vous supplie seulement
de me la désigner des yeux et de me dire : la voilà, c'est elle.

HENRIETTE.

Non.

TRISTAN.

Mais songez donc que je n'aurai plus dans mon existence
que la pensée de ma fille, et vous voulez que je parte sans
l'avoir vue?... Mais vous ne pouvez pas me la cacher; je la
verrai malgré vous... Je veux la voir.

HENRIETTE.

Je l'emmènerai.

TRISTAN.

Ah ! vous êtes impitoyable !

HENRIETTE, voyant Geneviève revenir.

Ah !

GENEVIÈVE, entrant.

Oh ! maman ! maman, que je m'amuse !

HENRIETTE, la serrant contre elle et lui cachant le visage.

Viens, Geneviève, viens !

Suzanne paraît au fond.

TRISTAN, suppliant.

Madame... madame...

HENRIETTE.

Que voulez-vous que je lui dise ?

TRISTAN.

Ah ! c'est horrible ! adieu !

Il s'éloigne par la gauche. — Henriette et Geneviève sortent par la droite.

SCÈNE XI

TRISTAN, SUZANNE, puis GENEVIÈVE.

SUZANNE, qui est allée chercher Tristan.

Restez !... vous la verrez seule... vous avez été si bon pour mon père et vous aimerez si bien votre fille ! Je vous l'amènerai dès qu'elle aura quitté sa mère.

TRISTAN.

Oui... oui... oh ! je vous jure que je ne me trahirai pas...

SUZANNE, regardant au fond.

Elle est là ! (Elle va chercher Geneviève, puis revient avec elle et lui montre Tristan resté au premier plan.) Voilà un monsieur qui est un grand peintre.

GENEVIÈVE, étonnée.

Ah !

SUZANNE.

Il voudrait esquisser ton portrait dans ce costume.

GENEVIÈVE, de même.

Mon portrait ?

SUZANNE.

Pour faire une surprise à ta mère.

GENEVIÈVE, courant à Tristan.

Oh ! tout de suite, monsieur, tout de suite.

Suzanne reste à l'écart.

TRISTAN, pouvant à peine contenir son émotion.

Oui, mon enfant, oui ! (A part et la regardant.) Ma fille !

GENEVIÈVE.

Comment faut-il me placer ?

TRISTAN.

Là ! ainsi. C'est une bonne pensée qu'a eue mademoiselle de Rochetin.

GENEVIÈVE.

Oh ! Elle n'a que de bonnes pensées, Suzette.

TRISTAN.

Voulez-vous, pour la remercier, lui annoncer une bonne nouvelle ?

GENEVIÈVE.

A Suzette ?

TRISTAN.

Dites-lui qu'en ce moment son père et sa mère parlent d'elle ensemble.

SUZANNE.

Comment ?

TRISTAN.

Son père, en la quittant, est allé chez madame de Rochetin.

SUZANNE.

Est-ce possible ?

TRISTAN.

Et ils causent de son prochain mariage.

GENEVIÈVE.

Tu vas te marier, Suzette ?

SUZETTE.

Peut-être.

GENEVIÈVE, avec regret.

Et ce ne sera pas avec mon oncle Lucien

SUZANNE.

Si, si, Geneviève. Lui ou personne !

GENEVIÈVE.

Oh ! que je suis contente !

SUZANNE, la prenant dans ses bras.

Geneviève !... Mais n'oublie pas que tu dois être tout entière à ce monsieur qui fait ton portrait.

GENEVIÈVE.

Oh ! oui !... (Revenant à Tristan.) Suis-je bien ainsi ?

TRISTAN.

Tournez-vous de ce côté... baissez la tête... relevez un peu vos cheveux... pliez le bras et regardez-moi bien.

GENEVIÈVE.

Votre main tremble, vous ne pourrez jamais dessiner.

TRISTAN.

Si, si, je dessinerai ; alors ce sera un grand plaisir pour vous, si votre oncle Lucien se marie ?

GENEVIÈVE. vivement.

Avec Suzette.

TRISTAN.

Mais votre mère restera seule... avec vous ?

GENEVIÈVE, prenant un air fin et à mi-voix.

Oh ! pas toujours.

TRISTAN.

Ah!

GENEVIÈVE.

Vous trouvez que je remue trop?

TRISTAN, avec agitation.

Oh! non, non... maintenant je vous dessinerai sans vous voir. (S'approchant d'elle et avec effort.) J'ai beaucoup connu monsieur votre père; j'ai été son meilleur ami.

GENEVIÈVE, se penchant à son oreille et prenant un air fin.

Comment va-t-il?

TRISTAN, la regardant avec stupeur

Quoi?

GENEVIÈVE

Puisque vous avez été l'ami de papa, vous savez bien que maman fait exprès de dire qu'elle est veuve. Papa est exilé, à cause de la politique, mais il reviendra.

TRISTAN.

Qui vous a dit cela?

GENEVIÈVE.

C'est maman. Elle ne me cache rien, maman. Nous nous aimons tant!

TRISTAN.

Elle vous a dit que votre père...

GENEVIÈVE, finement.

Nous l'attendons.

TRISTAN.

Ah!

SCÈNE XII

LES MÊMES, HENRIETTE,
puis LUCIEN, puis DOMINOIS, MADAME DOMINOIS.

HENRIETTE.

Où est Geneviève? je ne vois plus Geneviève?

GENEVIÈVE.

Ah! quel dommage, maman! nous voulions te faire une surprise.

TRISTAN, bas.

Oh! madame, ne regrettez rien; vous lui avez dit, à elle, que je reviendrais.

HENRIETTE.

Elle vous a répété... qu'as-tu dit, Geneviève?

GENEVIÈVE.

Je lui ai dit notre secret... c'est... la première fois que j'en parle; mais j'ai vu tout de suite que ce monsieur était ton ami, puisqu'il a fait mon portrait pour toi.

TRISTAN, à Henriette.

J'existe donc pour elle!

HENRIETTE.

Je n'ai pas eu le courage de lui laisser pleurer son père.

TRISTAN.

Elle pense à moi!... elle vous parle de moi! Ah! que j'avais eu tort de vous accuser de cruauté!

HENRIETTE.

Monsieur!

TRISTAN.

Je n'ai plus rien à vous demander... c'est elle qui vous parlera de moi maintenant... Elle m'attend!

GENEVIÈVE, bas.

Maman, j'ai bien cru un instant que c'était papa.

HENRIETTE.

Geneviève! Et alors?

GENEVIÈVE.

J'aurais été bien contente!

HENRIETTE, à demi-voix, un peu émue.

Ah!... Eh bien! Sois tranquille, ton père reviendra.

DOMINOIS, entrant avec sa femme.

Madame, nous venons, madame Dominois et moi, pour vous annoncer une bonne nouvelle. Nous nous sommes raccommodés!

· LUCIEN.

Je vous en félicite.

MADAME DOMINOIS.

Et si notre exemple...

DOMINOIS.

Oui, si notre exemple...

LUCIEN.

Ne continuez pas, vous allez tout gâter! Vous ne voulez donc plus renoncer à madame Dominois!

DOMINOIS.

Non, maintenant que je suis sûr que nous aurons le divorce, je peux attendre.

LUCIEN.

Eh bien, voilà le véritable argument. Quand on saura que l'on peut se séparer, on ne se quittera plus !

GENEVIÈVE, à Lucien.

Mon oncle, tu te maries donc avec Suzette ?

SUZANNE.

M. de Morangis m'a dit que maman consentirait.

LUCIEN.

Oh ! ma mignonne Suzanne... ou Suzette... ou Suzon !... quelle est celle que j'épouserai ?

SUZANNE.

Celle que vous aimerez le mieux.

LUCIEN.

Toutes les trois alors !

GENEVIÈVE, à Tristan.

Il faudra finir mon portrait.

TRISTAN.

Il est fini !...

GENEVIÈVE.

C'est moi qui suis si mignonne ! oh ! il faut que je vous embrasse !

Tristan la soulève et l'embrasse avec frénésie.

Rentrée des enfants. — Galop.

FIN DES GRANDS ENFANTS

L'ALOUETTE

COMÉDIE

Représentée pour la première fois, à Paris, sur le théâtre
du Gymnase-Dramatique, le 14 février 1881.

COLLABORATEUR : M. ALBERT WOLFF

PERSONNAGES

SAINT-HICARD . . . . MM. SAINT-GERMAIN.

ANDRÉ . . . . CANDÉ.

LA BARONNE. . . . . Mmes PASCA.

JEANNE. . . . . JEANNE BRINDEAU.

FANNY , ... HENRIOT.

———————

L'ALOUETTE

Un salon parisien. — Entrée au fond. — Chambre de Madame de Lormel à gauche. — Cabinet d'André à droite. — Table à gauche. — Cheminée à droite. — Petit guéridon devant la cheminée.

SCÈNE PREMIÈRE

JEANNE, FANNY.

Jeanne, en peignoir, avec une coiffure de bal, a l'air d'attendre avec impatience. Fanny entre.

FANNY.

Madame !...

JEANNE.

Oh ! c'est insupportable !... Eh bien ?... cette robe ?

FANNY.

Madame, j'ai vu la couturière elle-même ; elle m'a juré que madame aurait sa robe dans dix minutes.

JEANNE.

Ce qui veut dire une heure.

FANNY.

Non, madame, dans dix minutes. Et madame sera bien vite habillée, madame n'est pas coquette.

JEANNE.

Mais si, je suis coquette, très coquette même, puisque
j'ai voulu prendre une des grandes couturières à la mode,
et vous voyez ce qu'il m'en coûte : je n'ai pas ma robe au
moment de partir.

FANNY.

On va si tard au bal, maintenant.

JEANNE.

Oui, mais je ne veux pas que mon mari m'attende.

FANNY.

C'est monsieur qui fera attendre madame, il n'est pas
encore rentré.

JEANNE.

Mon mari est sorti ?

FANNY.

Depuis une heure. Monsieur avait déjà son habit noir et
sa cravate blanche.

JEANNE.

Vous voyez qu'il est prêt, lui. (Changeant de ton.) N'a-t-on
pas apporté un bouquet ce soir ?

FANNY, d'un air mystérieux.

Si, madame, un bouquet superbe.

JEANNE.

Où est-il ?

FANNY.

Dans la chambre de monsieur.

JEANNE.

Comment, dans la chambre de monsieur ? Pourquoi dans
la chambre de monsieur ?

FANNY.

Parce qu'il y avait la facture.

JEANNE.

Ah!

FANNY.

Alors, j'ai pensé, naturellement...

JEANNE, l'interrompant.

Allez vite chercher ce bouquet.

FANNY.

Oui, madame.

Elle sort.

JEANNE.

Je ne suis pas encore habituée à Paris. J'ai voulu acheter, comme à Poitiers, où tous les marchands me con-
naissaient, et on m'envoie la facture! — J'irai payer
demain.

FANNY, revenant avec le bouquet.

Voici, madame.

JEANNE, le prenant.

Bien. Je vous préviens qu'on doit aussi apporter un
bracelet.

FANNY.

On l'a apporté, madame.

JEANNE.

Qu'en avez-vous fait?

FANNY.

Il est dans la chambre de monsieur.

JEANNE.

Encore?

IV.   25.

FANNY.

Il y avait la facture, alors, j'ai pensé, naturellement...

JEANNE.

Vous vous êtes trompée.

FANNY.

Je demande pardon à madame. Je n'aurais jamais cru que madame...

JEANNE.

J'ai eu un caprice.

FANNY.

Et madame disait l'autre jour à madame de Cernay que c'était monsieur...

JEANNE.

Vous écoutez ce que je dis?

FANNY.

Madame sait bien que je lui suis dévouée, et que je ne la trahirai pas. (Avec émotion.) C'est si gentil! une femme qui achète des bijoux pour faire croire que c'est son mari qui les lui donne.

JEANNE.

Mon mari me les donnerait si je les lui demandais. Cela revient au même.

FANNY, toujours émue.

Oh! non, quand on n'est marié que depuis six mois!

JEANNE.

Allez vite reprendre le bracelet, et portez-le dans mon cabinet de toilette.

FANNY.

Oui, madame.

Elle sort.

JEANNE.

Voilà comment je laisse surprendre mes secrets ! — Mais
Fanny est une brave fille, elle se taira. Non, je ne veux
pas qu'on dise que mon mari ne gâte pas sa femme, quand
tous les autres maris gâtent la leur.

SCÈNE II

JEANNE, SAINT-HICARD.

SAINT-HICARD, ouvrant la porte du fond, et entrant comme s'il n'y
avait personne.

Oh ! pardon, madame, pardon.

JEANNE.

Monsieur de Saint-Hicard !

SAINT-HICARD.

Je suis désolé, madame, désolé qu'on m'ait laissé entrer
ainsi.

JEANNE.

C'est moi, monsieur, qui suis confuse de vous recevoir
dans ce costume.

SAINT-HICARD

Je vous croyais occupée à votre toilette, et j'en ai conclu
étourdiment que je pouvais attendre M. de Lormel dans
ce salon.

JEANNE.

Vous avez à parler à mon mari ?

SAINT-HICARD.

C'est lui, au contraire, qui est venu deux fois chez moi

ce soir, mais nous nous retrouverons au bal et je ne veux pas vous condamner à me recevoir.

JEANNE.

Vous savez bien que je ne me gênerais pas avec vous.

SAINT-HICARD.

C'est là mon excuse. Je n'en abuserai pas.

Il fait mine de se retirer.

JEANNE, très affectueuse.

Nous ne sommes pas de très vieux amis, monsieur, mais ma belle-mère m'avait si souvent parlé de vous...

SAINT-HICARD, revenant et déposant son chapeau.

Vraiment? La baronne de Lormel n'a pas oublié?

JEANNE.

Vous avez été un de ses danseurs favoris quand elle était demoiselle.

SAINT-HICARD.

Oui. Il paraît que personne n'a jamais valsé plus en mesure que moi. Cela m'a valu dans le monde les seuls succès dont je puisse m'enorgueillir. On me recherchait comme métronome.

JEANNE.

Elle ne vous a pas perdu de vue, et elle nous demandait dans sa dernière lettre si vous étiez marié.

SAINT-HICARD.

Je n'ai jamais eu l'aplomb nécessaire pour demander à une femme si elle consentirait à m'épouser. Cela me paraît le comble de l'outrecuidance.

JEANNE.

On le fait demander.

SAINT-HICARD.

Mais après, je n'en aurais été que plus embarrassé. J'ai
été notaire douze ans. Tous les notaires se marient, c'est
dans le règlement. Il faut avoir une femme pour donner de
la confiance aux clientes. Je n'en ai pas eu besoin, moi,
mon physique m'a suffi. J'ai l'air grave naturellement.
Jamais notaire n'a reçu tant de confidences délicates. Je
n'étais pas dangereux; et alors... cela m'a permis de faire
fortune très vite, et de revendre mon étude à mon premier
clerc qui s'est marié le lendemain.

JEANNE.

Eh bien! ce que vous me dites là me fait un grand
plaisir !

SAINT-HICARD.

Vraiment, madame?

JEANNE.

Je m'imaginais que vous étiez un célibataire endurci, et
comme vous êtes très lié avec mon mari...

SAINT-HICARD.

Vous supposiez que je lui donnerais de mauvais conseils?

JEANNE.

Oh! non, seulement André était toujours resté en province avec sa mère, dans un château très beau, mais fort
triste. Il ne connaît Paris que depuis notre mariage. Moi,
j'ai plus d'expérience, j'ai été élevée aux Oiseaux. Je suis
heureuse de voir près de lui un Parisien qui regrette de
ne pas être marié, c'est si rare ! Je vous assure, monsieur
de Saint-Hicard, que je vous aime beaucoup.

SAINT-HICARD.

Madame...

FANNY, revenant.

Madame, voici la robe.

JEANNE, avec joie.

Enfin ! — (a Saint-Hicard.) Vous m'excusez ?

SAINT-HICARD.

Certes !

FANNY.

Et monsieur est dans l'escalier.

JEANNE.

Alors, vite, vite, Fanny, suivez-moi. — A tout à l'heure, monsieur de Saint-Hicard, nous reprendrons notre conver·sation...

SAINT-HICARD.

Où nous l'avons laissée? Avec grand plaisir, madame. — (Seul.) Elle est ravissante, cette petite femme-là! (Au moment où André entre.) Et voici un gaillard qui n'est pas à plaindre. mais il est beau, lui!

SCÈNE III

ANDRÉ, SAINT-HICARD.

ANDRÉ, entrant, très agité.

Je vous remercie d'être venu, j'aurais préféré vous voir chez vous, dans votre cabinet. Ce que j'ai à vous dire est très confidentiel.

SAINT-HICARD.

Alors, remettons à demain.

ANDRÉ.

C'est impossible. (Changeant de ton.) J'ai à vous demander le plus grand service que l'on puisse demander à un ami.

SAINT-HICARD.

Vous avez perdu au jeu?

ANDRÉ.

Ce ne serait rien. — Asseyons-nous. (Baissant la voix.) J'ai été surpris en tête à tête avec une femme que j'aime...

SAINT-HICARD, stupéfait.

Vous avez une maîtresse?

ANDRÉ.

Elle me permettait de lui avouer mon amour pour la première fois, et j'étais à ses genoux, quand le mari est entré.

SAINT-HICARD.

Le maladroit!

ANDRÉ.

Je vous supplie de ne pas rire.

SAINT-HICARD.

Je ne ris pas. Mais avez-vous la prétention d'étonner, avec votre petite histoire, un homme qui a été douze ans notaire à Paris? Je la sais par cœur, votre aventure, et je vous dis que le mari est un maladroit. J'ai acquis la conviction que les maris ont toujours tort d'entrer quand on les trompe. — Ah! s'ils n'entraient jamais, vous verriez comme ça finirait vite. Essayez, le cas échéant.

ANDRE, avec dépit.

Il ne s'agit pas de moi.

SAINT-HICARD, continuant.

Un amant qu'on ne dérange pas n'est plus un amant.

C'est un mari en second, un sous-mari, une doublure, on revient vite au chef d'emploi.

ANDRÉ.

Je vous affirme que si vous saviez ce qui s'est passé, vous prendriez un autre ton.

SAINT-HICARD.

Vous tenez à m'étonner, vous n'y arriverez pas, j'ai tout vu.

ANDRÉ, exaspéré.

Alors, il est inutile que je continue.

SAINT-HICARD.

Et remarquez que je ne vous fais aucun reproche. Je ne vous dis pas que vous êtes marié depuis six mois à peine, que vous avez une femme charmante.

Ils se lèvent.

ANDRÉ.

Charmante, je le sais.

SAINT-HICARD.

Qui vous adore, vous le savez aussi. Je connais votre cas. Vous avez une mère extrêmement distinguée, qui vous a élevé avec un soin exagéré ; elle vous a donné une femme accomplie au moral comme au physique, qu'elle vous préparait depuis le berceau. Elle a réuni sur vos deux têtes tout ce qui doit assurer le bonheur d'un jeune ménage. Ça ne pouvait pas réussir, ça ne réussit jamais.

ANDRÉ.

Si l'on m'avait prédit, il y a un mois que j'aimerais une autre femme que la mienne, je me serais indigné. Je sais bien ce que vaut ma femme et je ressens, auprès d'elle, le même charme, le charme calme et incolore du bonheur tranquille. C'est la province ; tandis que l'autre, c'est Paris, c'est le mouvement, la vie, la passion entraînante, la fascination, l'éblouissement.

SAINT-HICARD.

Et puis, le mari est entré ; grâce à lui, votre héroïne a gardé le charme de la femme qui résiste, en cédant. Vous allez faire des folies. Oh ! si elle était coupable, tout à fait coupable, coupable à souhait !

ANDRÉ.

Je ne me trouverais que plus engagé vis-à-vis d'elle.

SAINT-HICARD.

Ne croyez pas ça. — Enfin, le mari est entré, — inutilement, au moins, puisqu'il n'a tué personne.

ANDRÉ.

Nous nous battons demain matin, au pistolet.

SAINT-HICARD.

Au pistolet ?

ANDRÉ.

Il y est très fort. Mais ce n'est pas à lui que je pense, ni à moi, c'est à la malheureuse jeune femme que j'ai compromise.

SAINT-HICARD.

Il va plaider en séparation ?

ANDRÉ.

Non. Il l'a chassée ; il lui a donné vingt-quatre heures pour quitter Paris.

SAINT-HICARD.

En termes plus simples, il la renvoie à sa famille.

ANDRÉ.

Elle n'a plus qu'un oncle, qui est trappiste.

SAINT-HICARD.

Oh! ce n'est pas une ressource.

ANDRÉ.

Et il a eu l'impertinence de me dire, devant sa femme, qui était là, entre nous, plus morte que vive, (Avec rage.) il m'a dit qu'il se bornerait à me casser un bras pour ne la priver qu'à demi du seul soutien qui lui reste.

SAINT-HICARD.

Charmant, ce mari-là.

ANDRÉ, avec rage.

Je l'aurais tué.

SAINT-HICARD.

Comment l'appelez-vous?

ANDRÉ.

C'est un Américain, Georges Fulston.

SAINT-HICARD.

C'est madame Fulston?

ANDRÉ.

Vous la connaissez?

SAINT-HICARD.

La belle Américaine? Je ne l'ai jamais vue, mais j'en ai beaucoup entendu parler, et si ce qu'on dit est vrai...

ANDRÉ.

C'est vrai.

SAINT-HICARD.

C'est une femme merveilleuse.

ANDRÉ.

Ah! vous me comprenez, et vous m'excusez?

SAINT-HICARD, avec force.

Non, je ne vous excuse pas, non certes; mais je vous envie. — Une femme dont la taille, dit-on... Si ça ne vous coûte qu'un bras, ce n'est pas payé.

ANDRÉ.

Vous devinez maintenant ce que j'ai à vous demander.

SAINT-HICARD.

Vous voulez que je vous serve de second?

ANDRÉ.

Non, j'ai mes deux témoins.

SAINT-HICARD.

Alors?

ANDRÉ.

Je veux vous prier de remettre demain cette lettre à ma femme.

SAINT-HICARD, prenant la lettre.

Vous écrivez à votre femme?

ANDRÉ.

Pour lui demander pardon du chagrin que je vais lui causer.

SAINT-HICARD.

En la trompant.

ANDRÉ.

En partant!

SAINT-HICARD.

Comment! en partant?

ANDRÉ.

Est-ce que je peux hésiter maintenant? Puis-je aban-
donner celle que j'ai compromise, celle que j'ai perdue?
Et puisque M. Fulston chasse sa femme...

SAINT-HICARD.

Vous quittez la vôtre, c'est logique.

ANDRÉ.

La mienne n'est pas seule au monde. Elle a un mari.

SAINT-HICARD.

Parlons-en.

ANDRÉ.

Un mari qui l'aime et qui l'aimera toujours, de près ou
de loin. Elle n'est pas compromise, elle peut aller partout,
le front haut, elle n'a besoin de personne, je n'ai pas à me
sacrifier pour elle.

SAINT-HICARD.

Vous êtes convaincu.

ANDRÉ.

Je me sacrifierais, s'il le fallait.

SAINT-HICARD.

Mais il ne faut vous sacrifier que pour l'autre, vous n'en
êtes pas fâché.

ANDRÉ.

Elle aura ma mère qui la recueillera. Enfin, il n'y pas à
combattre ce qui est le devoir et l'honneur.

SAINT-HICARD.

Je ne combats rien. Quand on a dit l'honneur, on a tout

dit. Les uns le mettent à droite, les autres à gauche, et
c'est quand il est à gauche qu'il est le plus exigeant. Donc,
vous n'en voudrez pas démordre. Je remettrai cette lettre
à madame de Lormel.

ANDRÉ.

Demain matin seulement.

SAINT-HICARD.

Oh! rassurez-vous, je ne veux pas vous exposer à la
scène des larmes, ça ne vous arrêterait pas, au contraire. —
Une femme qui pleure est si laide quand on ne l'aime
plus et si jolie quand on l'aime! — Je ne dirai rien.

ANDRÉ.

Je compte aussi sur les ressources de votre esprit.

SAINT-HICARD.

Vous êtes bien bon. Vous voulez que je la console?

ANDRÉ.

Je ne vous demande pas l'impossible.

SAINT-HICARD.

Vous êtes le cinquième mari qui me chargez de cette
mission. Je dois vous avouer que je n'ai pas eu beaucoup
de peine avec les femmes des quatre premiers, elles ont été
assez vite consolées. Pas par moi, par d'autres.

ANDRÉ.

Oh! moi, je suis sûr de Jeanne.

SCÈNE IV

Les Mêmes, JEANNE.

JEANNE, entrant gaiment et allant à André.

Me voici prête. Êtes-vous content de ma toilette?

ANDRÉ.

Très content. Elle vous va à ravir.

JEANNE.

Bien vrai ? (Se regardant.) Oui, il me semble que ce n'est pas trop mal.

ANDRÉ.

Très joli, je vous assure.

JEANNE.

Monsieur de Saint-Hicard, donnez-moi votre opinion sincère.

SAINT-HICARD.

Mon opinion sincère est que je suis émerveillé.

JEANNE.

Vous me dites cela sans regarder ma robe.

SAINT-HICARD.

Je juge l'ensemble.

JEANNE, souriant.

Oh ! l'ensemble ! — (Plus bas, à son mari.) Et vous, André, que dites-vous de l'ensemble ?

ANDRÉ.

Je dis que vous êtes charmante.

JEANNE.

Et vous le pensez ?

ANDRÉ.

Certes, je le pense.

JEANNE.

Savez-vous ce que je voudrais ? — (Très tendrement.) Vous faire oublier un instant, pas longtemps, que je suis votre femme, et vous plaire encore.

ANDRÉ, très ému, malgré lui.

Vous ne remarquez pas que nous ne sommes pas seuls ?

JEANNE.

Nous ne nous gênons pas avec M. de Saint-Hicard.

SAINT-HICARD.

Mais non, non certes. Ce sont des épanchements auxquels j'ai souvent assisté, comme notaire, ami de la famille.

JEANNE, souriante, à André.

Je peux bien dire devant M. de Saint-Hicard pourquoi je tenais à me faire très belle. Il y a aujourd'hui six mois que nous sommes mariés.

ANDRÉ.

Ah !

JEANNE.

C'est un demi-anniversaire.

SAINT-HICARD, à part, très ému.

Pauvre petite femme !

JEANNE.

Et je m'attends à voir arriver la baronne de Lormel d'un moment à l'autre.

ANDRÉ.

Ma mère !

SAINT-HICARD.

Sa mère ! — Ah ! cela n'empêchera rien.

JEANNE.

Ma belle-mère est l'exactitude même : elle nous a dit
qu'elle ne voulait pas prendre une heure à notre lune de
miel, mais qu'elle ferait une simple apparition au sixième
mois pour savoir où nous en étions, et voilà le sixième mois
écoulé. (a André.) Il faut, n'est-ce pas, qu'en arrivant elle
nous voie très heureux tous les deux ? C'est la plus grande
joie que nous puissions lui donner. (Donnant le bras à son mari.
— a Saint-Hicard.) Avez-vous connu un ménage meilleur que
le nôtre ?

SAINT-HICARD.

Mon Dieu ! j'en ai connu d'aussi bons.

JEANNE, vivement.

Mais pas meilleurs ! voilà ce qu'il faudra dire à notre
mère. — L'avez-vous vue depuis longtemps ?

SAINT-HICARD.

Je n'ai pas vu la baronne de Lormel depuis seize ans.

JEANNE.

Vous la trouverez toujours aussi jeune, toujours un peu
triste, mais toujours aussi aimable.

FANNY, entrant.

Voici une dépêche pour monsieur.

ANDRÉ, vivement en prenant la dépêche.

Ah !

JEANNE, avec joie.

C'est elle qui nous annonce son arrivée.

ANDRÉ, pâlissant.

Non, non, c'est d'un ami. Voyez, Saint-Hicard. (Il donne la dépêche à Saint-Hicard et s'adressant à Jeanne.) Il le connaît.

SAINT-HICARD, lisant, à part.

« Monsieur a quitté la maison pour s'installer au club. Madame a une crise de nerfs. Elle en mourra. Que faut-il faire? *Ambroisine.* »

ANDRÉ, bas.

C'est la femme de chambre.

SAINT-HICARD.

De l'Américaine.

ANDRÉ, en reprenant la dépêche, à Jeanne.

C'est un ami qui désire me parler.

JEANNE, étonnée.

Ce soir?

ANDRÉ.

A l'instant même.

JEANNE.

Et le bal?

ANDRÉ.

Nous irons une demi-heure plus tard. Je vais me hâter. Je vous assure que je vais me hâter.

Il sort vivement.

.

SCÈNE V

SAINT-HICARD, JEANNE.

SAINT-HICARD, à part, en le regardant partir, pendant que Jeanne
s'est détournée pour cacher son émotion.

Pas de remède. Il n'y a pas de remède. Et me voilà seul
avec une femme charmante, qui est très contrariée et à
laquelle je n'ai rien à dire. Il aurait bien dû m'emmener.

JEANNE, qui a essuyé ses yeux en cachette et qui a repris son air souriant.

André est préoccupé depuis quelques jours.

SAINT-HICARD.

Les hommes passent leur vie à se préoccuper de choses
inutiles.

JEANNE.

Mais ça ne l'empêche pas de penser à sa femme.

SAINT-HICARD.

Au contraire, au contraire.

JEANNE.

J'ai une amie de pension qui s'est mariée en même temps
que moi. Elle ne cesse de me faire l'éloge de son mari. Il
est aux petits soins, il l'accable de cadeaux. Je ne la rencontre pas sans qu'elle me dise : « Vois ce qu'il m'a encore
donné, et ceci et cela. » (Affectant de montrer le bracelet qu'elle a au
bras.) Moi, je suis plus modeste, je ne fais jamais parade de
mes petites bonnes fortunes matrimoniales.

SAINT-HICARD.

Vous avez là un bien joli bracelet.

JEANNE.

N'est-ce pas? Et de bon goût !

SAINT-HICARD, à part.

Il lui fait des cadeaux, le traître !

JEANNE, allant reprendre son bouquet.

Henriette s'imagine qu'elle est la seule femme aimée.

SAINT-HICARD.

Ce bouquet est admirable.

JEANNE.

N'est-ce pas ? Et avec les fleurs que je préfère ! (Changeant de ton et avec gentillesse.) Vous connaissez mon mari depuis très longtemps ?

SAINT-HICARD.

Depuis qu'il est né.

JEANNE.

Sauriez-vous rattacher ce bouton de gant ?

SAINT-HICARD.

Je vais essayer.

JEANNE.

Vous parle-t-il de moi quelquefois ?

SAINT-HICARD.

Votre mari ? Très souvent.

JEANNE.

Il ne vous a jamais dit qu'il me trouvait un peu... un peu... réservée avec lui ?

SAINT-HICARD.

Le reproche ne serait pas grave.

JEANNE.

Oh ! si. Je vais vous faire une confidence.

SAINT-HICARD.

Ah !

JEANNE.

Il m'intimidait quand j'étais jeune fille.

SAINT-HICARD.

Et depuis que vous êtes sa femme ?

JEANNE.

Il m'intimide encore davantage.

SAINT-HICARD.

Cependant...

JEANNE.

Il s'imagine peut-être que je ne l'aime pas assez ; il
se trompe, c'est que je l'aime trop, et ça me rend toute
confuse devant lui.

SAINT-HICARD, à part.

Voilà bien le mal. (Haut.) Vous avez tort, je vous affirme
que vous avez tort ; il me semble qu'un peu d'abandon...

JEANNE.

Oh ! je le vois bien, il n'ose pas me confier ses peines. Je
suis sûre que depuis plusieurs jours quelque chose l'inquiète. Il ne me le dit pas. Vous devez le savoir, vous ?

SAINT-HICARD, vivement.

Oh ! non, non, pas du tout. Je ne sais rien.

JEANNE.

Vous me mentez.

SAINT-HICARD.

Je vous jure...

JEANNE.

Vous ne voulez pas m'attrister avant le bal ! — Vous êtes
si bon. — Sauriez-vous rattacher cette fleur qui ne tient
plus, là, dans mes cheveux ?

SAINT-HICARD.

Je vais essayer.

JEANNE, elle s'assied devant la cheminée.

Prenez garde, c'est une fleur naturelle.

SAINT-HICARD.

Malheureusement, je suis un peu myope.

JEANNE.

Approchez-vous, s'il le faut, vous ne me gênez pas du tout. (Après une pause.) Vraiment vous avez eu bien tort de ne pas vous marier.

SAINT-HICARD, à genoux, et rattachant la fleur.

Je n'aurais pas intimidé ma femme, moi?

JEANNE.

Oh! non.

Saint-Hicard arrange la coiffure qu'il touche presque du nez, comme un homme consciencieux et myope, quand la baronne paraît à la porte.

SCÈNE VI

LES MÊMES, LA BARONNE.

LA BARONNE, gaiement.

En pleine lune de miel!

JEANNE, avec joie.

Ma belle-mère!

SAINT-HICARD.

La baronne!

Il se relève.

LA BARONNE, étonnée.

Ce n'est pas mon fils?

JEANNE.

Non, ma mère.

LA BARONNE.

M. de Saint-Hicard!

SAINT-HICARD.

Vous m'avez reconnu, madame?

LA BARONNE.

Je crois bien, vous n'avez pas changé, (A Jeanne.) Rassurez-
vous, chère mignonne, je ne vous empêcherai pas d'aller au
bal.

JEANNE.

J'aime bien mieux rester avec vous.

LA BARONNE.

Oh! non, non, à aucun prix. Je ne suis pas une belle·
mère comme les autres, moi, c'est ma prétention. J'embrasse mon fils et je repars. — Où est-il?

JEANNE, embarrassée.

André a été obligé de sortir pour quelques minutes.

LA BARONNE.

Alors je vais l'attendre. Ne vous effrayez pas si j'ôte mon
manteau, ce n'est pas pour m'installer.

JEANNE.

Mais vous avez votre chambre.

LA BARONNE.

Ma chambre? Elle est au Continental, n° 119.

JEANNE.

Comment ?

LA BARONNE.

Vous viendrez m'y voir demain, avec votre mari, si vous avez le temps.

JEANNE, se récriant.

Si nous avons le temps ?

LA BARONNE.

Et je vous recevrai de mon mieux. — J'espère ne pas vous paraître trop ennuyeuse.

JEANNE.

Vous !

LA BARONNE.

Je suis résolue à être gaie avec vous, si gaie que vous oublierez que je suis votre belle-mère. — Au Continental, 119, voilà qui est convenu.

JEANNE.

Vous êtes sévère pour nous.

LA BARONNE.

Je suis prudente pour moi. Quand j'aurai constaté que vous vous portez bien tous les deux, — je suis déjà fixée à votre égard, — ma mission sera remplie.

JEANNE.

Vous nous ferez beaucoup de chagrin.

LA BARONNE.

Savez-vous que si j'arrivais à me faire regretter, ce serait un joli succès pour une belle-mère. J'y parviendrai peut-être en ne me montrant jamais. Je veux être une belle-mère modèle, une belle-mère invisible, ce qui est l'idéal, n'est-ce pas, monsieur de Saint-Hicard ?

SAINT-HICARD.

Je ne suis pas de votre avis, madame.

LA BARONNE, étonnée.

Ce n'est pas votre avis?

JEANNE.

Ni le mien.

SAINT-HICARD.

J'ai eu beaucoup à m'occuper des belles-mères pendant mon notariat, et j'ai un cahier d'observations, de documents, comme on dit à présent.

LA BARONNE.

Mais, mon cher ami, je ne vous apprendrai pas ce qu'on pense des belles-mères en France, et ailleurs, sans doute. — Je ne parle pas de vous, ma mignonne, vous avez un cœur d'or et vous m'aimez beaucoup, je le sais bien. — Mais ouvrez un roman, allez au théâtre, et vous verrez comment on traite les belles-mères. D'abord, elles sont toujours jouées par des duègnes abominables. On n'admet pas qu'elles soient jeunes et encore passables.

SAINT-HICARD, galamment.

Quelquefois charmantes.

LA BARONNE.

Frauduleusement alors, car ça ne leur est pas permis. Nous ne sommes pas mieux traitées dans le monde. On n'a qu'à plaisanter sa belle-mère pour y paraître spirituel.

JEANNE, se récriant.

Oh! madame!

LA BARONNE.

Est-ce assez commode? Ce n'est pas le trait qui fait l'esprit, c'est la cible! Et tout le monde rit par tradition. La gaieté, avec nous, n'a pas de limites. Si l'on jouait sa belle-mère au baccara dans l'espoir de la perdre, ça paraîtrait extrêmement drôle, car la perte d'une belle-mère n'éveille que des idées souriantes. Vraiment, c'est à se demander comment une femme ose marier ses enfants. Il faut une abnégation qu'on n'admire pas assez. Elle était mère, c'était charmant. Elle devient belle-mère — belle par ironie, — et c'est horrible! En ce moment, ma bonne petite Jeanne, chez vous, je suis votre belle-mère, il n'y a pas à le cacher, mais chez moi, rien ne me ferait dire que j'ai un fils marié. Je dis que j'ai deux enfants, un fils et une fille.

JEANNE.

C'est bien la vérité.

LA BARONNE.

Maintenant, j'ajouterai qu'on a peut-être raison de les redouter.

SAINT-HICARD.

Non, madame, cent fois non, croyez-en un homme qui a longtemps expérimenté la question sur ses clients; non seulement une belle-mère n'est jamais nuisible dans un jeune ménage, mais elle y est utile, elle y est nécessaire.

LA BARONNE.

Voilà qui est nouveau, par exemple, et qui mérite d'être démontré.

SAINT-HICARD.

Mon Dieu, madame, supposez que le duo de Roméo et Juliette n'ait pas été interrompu par le chant de l'alouette, que serait-il arrivé? — Roméo se serait endormi, Juliette aussi, rien ne les troublait, on se serait réveillé au grand jour, on écarquillait les yeux, on bâillait, on se levait, on déjeunait, c'était fini. Sans l'alouette, plus de Roméo, plus de Juliette, plus de duo, — le joli duo des amoureux, recommençant toujours parce qu'il est toujours interrompu Eh bien, dans un jeune ménage, il faut que la belle-mère

joue le rôle de l'alouette : on redoute une surprise, elle va
entrer ! Non, non, c'est le rossignol qui dit son chant d'a-
mour, — on s'embrasse, elle entre, on rougit devant elle,
et c'est charmant. — Tout le temps qu'elle est là, on pense
au baiser qu'elle fait attendre ; — quand elle est partie, on
se réunit pour la maudire, et c'est encore charmant.

LA BARONNE.

Vous supposez une belle-mère de beaucoup d'esprit.

SAINT-HICARD.

Toutes les femmes ont de l'esprit quand elles jouent avec
l'amour des autres. Et puis les hommes, les femmes elles-
mêmes ne sont pas toujours des anges, on devient si ner-
veux à notre époque ! Quand l'orage gronde, si la belle-mère
est là...

LA BARONNE.

Elle attire la foudre, les belles-mères ont cette propriété.

SAINT-HICARD.

Précisément, j'ai étudié la question sous toutes ses
faces.

LA BARONNE.

Eh bien, — j'aime mieux ne pas essayer. (A Jeanne.) Comment André vous fait-il attendre si longtemps quand vous
êtes prête ?

JEANNE, vivement.

C'est moi qui l'ai obligé à sortir. Il s'agissait de rendre
service à un ami, n'est-ce pas, monsieur de Saint-Hicard ?
André sait que j'aime à arriver tard dans le monde.

LA BARONNE.

Il devrait être ici et pas ailleurs. J'espère que ce n'est
pas mon influence qui se fait sentir déjà.

JEANNE.

Oh! ne dites pas cela.

LA BARONNE.

Il n'en faudrait pas jurer. Enfin, je l'attendrai encore, — je vais ôter mon chapeau.

SAINT-HICARD.

Elle a rajeuni. — Quand je songe que je l'ai adorée quand elle était jeune fille, et que je n'ai jamais osé le lui dire ! Voilà pourquoi ça dure encore ; personne ne se doute qu'il y a là un volcan. (Il frappe sa poitrine.) Un volcan !

JEANNE, qui s'est approchée de lui.

Vous devez savoir où est mon mari ?

SAINT-HICARD.

Non, madame.

JEANNE.

Allez lui dire que sa mère est ici et ramenez-le.

SAINT-HICARD.

Mais...

JEANNE, lui tendant la main affectueusement.

Je vous en prie.

SAINT-HICARD, transporté.

J'y vais. Je ne sais pas où... mais j'y vais.

LA BARONNE, se retournant étonnée.

Qu'avez-vous donc, monsieur de Saint-Hicard ?

SAINT-HICARD.

Moi ? — Rien, madame, rien. Je ne veux pas troubler la joie de vos enfants par ma présence.

LA BARONNE.

Vous paraissez tout ému ?

SAINT-HICARD.

C'est une habitude que j'ai prise dans le notariat.

LA BARONNE.

Vraiment ?

SAINT-HICARD.

Oui, je reflétais toujours, en instrumentant, la joie ou la tristesse de mes clients.

LA BARONNE.

Vous étiez un notaire impressionniste.

SAINT-HICARD.

Oui.

LA BARONNE.

Mais alors, comment ne vous êtes-vous pas marié, en mariant les autres?

SAINT-HICARD.

Je n'en sais rien. Douze ans notaire, deux mille cent cinquante-trois contrats de mariage, et j'ai résisté! Je suis le seul. (Bas, à Jeanne.) Je vous le ramènerai. — (Haut en sortant.) Je suis le seul.

Il sort.

SCÈNE VII

LA BARONNE, JEANNE.

LA BARONNE.

Toujours aimable, ce bon M. de Saint-Hicard.

JEANNE.

C'est le meilleur des hommes.

LA BARONNE.

Vous le voyez souvent?

JEANNE.

Très souvent, il aime beaucoup mon mari.

LA BARONNE, assise à gauche.

Venez vous asseoir près de moi, Jeanne. Je ne veux pas tout à fait renoncer à mes prérogatives, et je peux bien vous avouer en tête à tête que vous êtes, tous les deux, la seule préoccupation de ma vie. Causons un peu de monsieur mon fils; comment se conduit-il?

JEANNE, assise sur la chaise basse, en face de la baronne.

On ne peut mieux.

LA BARONNE.

S'occupe-t-il beaucoup de sa femme?

JEANNE.

Il est aux petits soins.

LA BARONNE.

A la bonne heure. C'est moi qui vous ai mariés, je ne me consolerais jamais si je ne vous voyais pas très heureux tous les deux.

JEANNE.

Moi, je suis très heureuse, il me comble de prévenances.

LA BARONNE, regardant sa coiffure.

Mais voilà des perles qui n'étaient pas dans la corbeille.

JEANNE.

Elles sont belles, n'est-ce pas?

LA BARONNE.

Et un très beau bracelet.

JEANNE.

Il vous plaît?

LA BARONNE.

Est-ce aussi André qui a commandé ce magnifique bouquet?

JEANNE.

Avec les fleurs que je préfère.

LA BARONNE.

Mais ce n'est pas un bouquet du lendemain. C'est un bouquet de la veille, de l'avant-veille même.

JEANNE, se levant pour montrer sa toilette.

Voyez : il veut que je m'habille chez la couturière à la mode.

LA BARONNE.

Oh! cela, c'est un très bon symptôme. Je savais bien que mon fils ferait un mari excellent, et vous méritez si bien qu'on vous aime. Regardez-moi donc, vous avez embelli depuis votre mariage.

JEANNE, avec une joie naïve.

Vous trouvez?

LA BARONNE.

Vos yeux ont pris un éclat qu'ils n'avaient pas. Votre sourire a je ne sais quel charme nouveau.

JEANNE.

Ah! tant mieux. Quand je vais au théâtre avec André et que je vois dans les loges autour de moi tant de jolies figures, j'ai toujours peur d'être laide. — Et il ne faut pas être laide, à Paris, c'est le pire de tous les péchés.

LA BARONNE.

Est-ce que vous deviendriez coquette?

JEANNE.

Oh! je fais tout ce que je peux pour plaire.

LA BARONNE.

A tout le monde?

JEANNE.

A tout le monde, c'est plus sûr.

LA BARONNE.

Voilà au moins de la franchise. Sortez-vous souvent avec André?

JEANNE.

Presque toujours.

LA BARONNE.

Il doit être fier de vous.

JEANNE.

Je l'espère.

LA BARONNE.

Vous devez le savoir, c'est à cela qu'une femme reconnaît si elle est aimée.

JEANNE.

Oh! alors, j'en suis sûre.

LA BARONNE.

C'est donc une lune de miel sans nuages?

JEANNE.

Sans nuages.

LA BARONNE.

Embrassez-moi, Jeanne, je vous remercie pour mon fils.

SCÈNE VIII

LES MÊMES, ANDRÉ.

André entre sombre et abattu.

JEANNE, avec joie.

Ah! André!

ANDRÉ, stupéfait.

Ma mère!

LA BARONNE.

Oui, mon grand enfant, ta mère qui a vou'u vous surprendre tous les deux.

Elle l'embrasse.

ANDRÉ.

Tu es ici depuis longtemps?

LA BARONNE.

J'ai causé avec ta femme et le temps ne m'a pas semblé
long, je te le jure.

ANDRÉ.

Tu ne t'imagines pas le plaisir que j'ai à te revoir.

LA BARONNE.

Si, vraiment, je me l'imagine.

ANDRÉ.

Non.

JEANNE, à André.

Ce que notre mère ne vous dit pas, c'est qu'elle ne fait
que passer.

ANDRÉ.

Vous la garderez.

JEANNE.

Et qu'elle est descendue à l'hôtel.

ANDRÉ.

A l'hôtel! Vous ne lui avez pas dit que nous avions une chambre pour elle?

JEANNE.

Si vraiment!

LA BARONNE.

J'ai refusé.

ANDRÉ.

Et vous n'avez pas encore donné des ordres pour envoyer prendre vos malles?

JEANNE.

Je vais les donner.

LA BARONNE, la retenant.

Je m'y oppose formellement!

ANDRÉ, à Jeanne.

Il ne fallait pas attendre. — Et comment gardez-vous votre toilette? Ma mère va croire que vous tenez à aller au bal, le jour où elle arrive.

JEANNE, à André.

Oh! André!

LA BARONNE.

C'est moi qui exige que vous alliez dans le monde, tous les deux, comme si je n'étais pas là! — Si tu étais arrivé plus tôt, tu aurais entendu ma profession de foi et tu n'insisterais pas.

ANDRÉ.

Tu n'y songes pas, ma mère, et je m'étonne que Jeanne ne se soit pas récriée?

JEANNE, de plus en plus émue.

Mais je me suis récriée.

LA BARONNE.

Allons, bon, une querelle! Et je ne suis chez eux que depuis vingt-cinq minutes. C'est effrayant. (A André.) Et tu t'imagines que je vais rester?

ANDRÉ.

Tu as peur de contrarier Jeanne en la privant d'un plaisir qu'elle peut bien te sacrifier.

JEANNE.

Mais je ne demande pas mieux et vous savez que mon plus grand plaisir sera toujours de rester près de vous.

ANDRÉ.

Il ne s'agit pas de moi, en ce moment. Vraiment, Jeanne, vous êtes maladroite.

LA BARONNE.

André!

André remonte et va devant la cheminée.

JEANNE, bas, à la baronne.

Oh! ce n'est rien, madame, il m'embrassera tout à l'heure pour me demander pardon.

Elle sort en s'essuyant les yeux.

SCÈNE IX

LA BARONNE, ANDRÉ.

LA BARONNE.

Voilà l'effet que je produis ! — C'est une indication. (A André.) Tu ne t'es pas aperçu que tu parlais à ta femme d'un ton très sévère, pour ne pas dire plus ?

ANDRÉ, froidement.

Ce serait la première fois.

LA BARONNE.

Alors, c'est ma présence qui t'inspire.

ANDRÉ, il l'embrasse.

Je suis pourtant bien heureux, maman. — Tu arrives, tu ne veux rien prendre ?

LA BARONNE.

Un peu de thé seulement.

André sonne. Un domestique entre.

ANDRÉ, au domestique.

Faites préparer du thé. (A la baronne.) Je t'assure que j'avais besoin de te voir.

LA BARONNE.

As-tu donc quelque chagrin à me confier ?

ANDRÉ.

Oh ! non.

LA BARONNE.

Les mères ne sont très nécessaires que dans ces moments-là. Tu n'as pas à te plaindre de ta femme ?

ANDRÉ.

Je n'ai pas un reproche à lui adresser.

LA BARONNE.

Je lui disais tout à l'heure qu'elle avait embelli depuis son mariage.

ANDRÉ.

Elle était déjà très jolie.

LA BARONNE.

Je trouve qu'elle est en ce moment tout à fait séduisante.

ANDRÉ.

Tout à fait. Mais à Paris, où l'on coudoie tant de femmes séduisantes, le mot est très relatif. Ce n'est pas comme en province, où tout ce qui est à peu près bien plaît, et où tout ce qui plaît un peu séduit.

LA BARONNE.

Je sais qu'à Paris on passe difficilement pour une jolie femme, à moins d'en faire profession. On a toutes les indulgences pour les beautés qui s'affichent. Elles peuvent vieillir dans les vitrines, ça les conserve. Mais toi tu es un homme sérieux et tu es bien fait pour apprécier Jeanne.

ANDRÉ.

Je l'apprécie, je vous le jure.

LA BARONNE.

Sais-tu bien que ce n'est pas là de l'enthousiasme?

ANDRÉ.

L'enthousiasme serait bien déplacé entre mari et femme.

Il va à la cheminée.

LA BARONNE.

Pourquoi ? — C'est surtout l'enthousiasme qui distingue l'amour de l'amitié, et j'aime à croire que dans une lune de miel qui n'a été troublée par aucune belle-mère, ce n'est pas l'amitié qui domine. Je n'ai jeté aucune goutte d'eau sur votre flamme. — Sois sincère... (Elle s'assied près de la cheminée.) Comment trouves-tu ta femme ?

ANDRÉ.

Elle est parfaite.

LA BARONNE.

Oh ! parfaite ! On trouve une femme parfaite quand elle a toutes les qualités qu'on n'aime pas et aucun des défauts qu'on aime. — Je serais très inquiète si Jeanne ne m'avait pas affirmé que tu l'adorais.

ANDRÉ.

Et c'est exact.

LA BARONNE.

Exact ! Il trouve des mots de glace ! — Je sais que tu es aux petits soins pour ta femme.

ANDRÉ.

Autant que je le peux.

LA BARONNE.

Elle m'a montré les cadeaux que tu lui avais faits.

ANDRÉ.

Quand ?

LA BARONNE.

Je ne sais... tout récemment... un bracelet.

ANDRÉ.

Vous vous trompez, je ne lui ai jamais donné de bracelet.

IV. 27.

LA BARONNE.

Ou un autre bijou.

ANDRÉ.

Pas davantage. Je trouve ridicule, moi, de faire des cadeaux à sa femme comme à une maîtresse.

LA BARONNE, étonnée,

Ah ! — (A part.) Pourquoi m'a-t-elle menti ? (Haut.) Il
m'avait paru que Jeanne avait de nouveaux bijoux.

ANDRÉ.

Non. Ils doivent venir de la corbeille, c'est toi qui l'as
organisée, je ne sais plus ce qu'elle contenait.

LA BARONNE, à part.

Mais je le sais, moi. — (Haut.) En tout cas, c'est toi qui
lui as envoyé ce superbe bouquet ?

ANDRÉ.

Un bouquet ! — Tiens, je ne l'avais pas remarqué. Je
parie que c'est Saint-Hicard qui l'a envoyé. Il doit avoir
de ces galanteries-là.

LA BARONNE.

Vraiment ? (Le domestique revient avec le thé. — A part.) Mais si
c'est M. de Saint-Hicard, pourquoi Jeanne m'a-t-elle dit que
c'était son mari ?

ANDRÉ.

Voulez-vous permettre que je vous serve ?

La baronne est assise près du guéridon, quand Saint-Hicard se précipite joyeux.

SCÈNE X

LES MÊMES, SAINT-HICARD.

SAINT-HICARD, à André.

Ah! vous êtes rentré? (A la baronne.) Je vous demande pardon, je cherchais André. — J'ai à lui annoncer une bonne nouvelle.

ANDRÉ, étonné.

A moi?

LA BARONNE.

Ce n'est pas un mystère?

SAINT-HICARD.

Pas du tout, pas du tout. — (Embarrassé.) Je... j'ai vu... c'est une idée qui m'est passée par la tête... (A André.) Je suis venu avec le jeune Calmeil.

ANDRÉ, à part.

Un de mes témoins!

SAINT-HICARD.

Qu'on a introduit dans votre cabinet : il vous mettra au courant. (Se retournant vers la baronne.) Vous voyez, madame, c'est très simple.

LA BARONNE, à part.

Il ne veut rien dire devant moi, mais je le forcerai bien à parler.

André est remonté quand Saint-Hicard le prend à part, laissant la baronne qui affecte d'être très occupée de sa tasse de thé.

SAINT-HICARD, bas.

Vous ne vous battez pas.

ANDRÉ, stupéfait.

Pourquoi?

SAINT-HICARD.

Je n'ai pu me faire à l'idée que votre mère arrive ce soir et que vous pourriez être tué demain.

ANDRÉ, inquiet.

Qu'avez-vous fait?

SAINT-HICARD.

J'ai vu l'Américain, c'est un homme pratique. Je lui ai parlé en homme pratique, nous nous sommes compris.

ANDRÉ, vivement.

Mais, sa femme?

SAINT-HICARD.

Vous la lui enlevez, sa femme, plus que jamais, demain à la première heure, je m'en suis porté garant, et c'est parce que vous la lui enlevez, qu'il ne veut plus s'exposer à vous tuer : elle lui reviendrait.

ANDRÉ, haut.

Je vais voir Calmeil puisqu'il m'attend. Je suis à toi dans un instant, ma mère.

LA BARONNE.

Si tu veux bien me laisser M. de Saint-Hicard?

SAINT-HICARD.

Je n'aurais pas osé demander à rester.

LA BARONNE.

Prendrez-vous une tasse de thé avec moi, en tête à tête?

SAINT-HICARD.

Très volontiers, madame.

LA BARONNE, à part.

Il s'agit maintenant d'être habile.

Saint-Hicard s'assied.

SCÈNE XI

SAINT-HICARD, LA BARONNE.

LA BARONNE.

Savez-vous, monsieur de Saint-Hicard, ce qui me hante
la cervelle, pendant que j'ai l'air d'avaler avec plaisir ce
thé, — qui ne vaut rien d'ailleurs, — un thé de belle-
mère? — J'ai envie de remettre mon chapeau et de repartir
immédiatement pour le Poitou.

SAINT-HICARD, assis sur la chaise.

Repartir! — Et pourquoi, madame?

LA BARONNE.

Parce que j'ai à peine mis le pied dans le ménage de mes
enfants, et il me semble déjà que tout se détraque; on se
querelle, on se boude, on ne s'aime plus, on... je n'ose pas
dire tout ce que j'entrevois.

SAINT-HICARD.

Oh! madame, oh! — (A part.) Est-ce qu'elle va m'interroger?

LA BARONNE.

Il me semble qu'André néglige sa femme.

SAINT-HICARD, à part.

Nous y voilà.

LA BARONNE.

Et que Jeanne en prend son parti, puisqu'elle ne s'en plaint pas; elle prétend que son mari est aux petits soins pour elle. — C'est à croire qu'elle ne cherche plus le bonheur à son foyer.

SAINT-HICARD.

Vous vous trompez absolument, madame, absolument!... et s'il fallait défendre madame de Lormel...

Il se lève.

LA BARONNE.

Vous prenez son parti avec une bien grande vivacité.

SAINT-HICARD.

Ai-je manqué de mesure? — Je n'accuse pas André.

Il s'assied.

LA BARONNE.

Ce n'est pas André qui m'inquiète, c'est Jeanne... Je suis sûre que le mal n'est pas grand encore... c'est de la coquetterie de jeune fille...

SAINT-HICARD.

Coquetterie adorable.

LA BARONNE.

Parlons à cœur ouvert... vous êtes un ami de la famille... cette enfant vous intéresse plus que vous ne vous l'avouez peut-être, mais laissez-moi vous dire que vous jouez avec elle un jeu dangereux.

SAINT-HICARD.

Moi?

LA BARONNE.

Vous pourriez la compromettre.

SAINT-HICARD, avec un étonnement croissant.

Moi?

LA BARONNE.

Vous lui envoyez des bouquets... Je le comprends, à la rigueur.

SAINT-HICARD.

Elle le comprend?

LA BARONNE.

Cependant, si André était jaloux?

SAINT-HICARD, stupéfait.

De moi?

LA BARONNE.

J'admets les bouquets, mais le reste... (Ils se lèvent.) Le reste passe les bornes... vous allez trop loin.

SAINT-HICARD, la regardant avec ébahissement.

Moi?

LA BARONNE.

Voyons, Saint-Hicard, vous êtes un ami pour nous, vous ne voulez pas laisser croire que vous êtes aimé de Jeanne?

SAINT-HICARD, absolument ahuri.

Moi?

LA BARONNE.

Vous faites tout ce qu'il faut pour cela.

SAINT-HICARD, naïvement.

Et ce serait vraisemblable?

LA BARONNE.

Sans doute.

SAINT-HICARD.

On admettrait, vous admettriez que moi, Prosper de Saint-Hicard, ancien notaire, je pourrais plaire à madame de Lormel, votre belle-fille?

LA BARONNE.

Pourquoi pas?

SAINT-HICARD.

Comment, pourquoi pas?... mais parce que je n'ai jamais plu à personne.

LA BARONNE.

Qui a dit cela?

SAINT-HICARD.

On n'a pas eu à me le dire, je l'ai bien vu; j'ai toujours eu la conscience de mon manque absolu de séduction. C'est ce qui a fait le malheur de ma vie.

LA BARONNE.

Je ne prétends pas que vous puissiez plaire à la façon d'Antinoüs!

SAINT-HICARD.

Non! oh! non!... et c'est ce qui m'a rendu gauche et timide. Oh! les gens qui sont beaux! vraiment beaux! tout leur est facile.

LA BARONNE.

Mais vous avez la physionomie expressive!

SAINT-HICARD.

Moi?

LA BARONNE.

L'œil fin, le regard vif, de la grâce dans le sourire!

SAINT-HICARD, avec complaisance.

Moi?

LA BARONNE.

Une certaine élégance naturelle... vous valsiez très bien...
vous étiez aimable sans prétention, — au temps où j'étais
jeune fille, nous vous trouvions toutes charmant !

SAINT-HICARD, avec doute.

Moi?

LA BARONNE.

On prétendait que vous me faisiez la cour.

SAINT-HICARD.

Je l'ai laissé voir ?

LA BARONNE.

J'ai cru pendant près d'un an que vous alliez demander
ma main.

SAINT-HICARD.

Ah ! mon Dieu! — Si je vous l'avais demandée?...

LA BARONNE.

Je vous l'aurais accordée.

SAINT-HICARD.

Vous?

LA BARONNE.

Et de très grand cœur.

SAINT-HICARD, prêt à tomber en syncope.

Ah !

LA BARONNE.

Vous voyez bien que vous êtes un séducteur et qu'il faut
être moins empressé avec Jeanne. — Qu'avez-vous ?

SAINT-HICARD.

C'est l'étonnement, c'est la surprise... c'est l'émotion...
Pardonnez-moi, madame, je sens que je vais défaillir.

LA BARONNE.

Gardez-vous-en... c'est moi, maintenant, que vous allez compromettre.

SAINT-HICARD.

Vous!... (Se redressant.) Non!... oh! non!... jamais! je... je... (Retombant.) C'est plus fort que moi!

LA BARONNE.

Je n'ose pas appeler! (A part.) C'est ridicule! (Haut.) Remettez-vous!

SAINT-HICARD.

Oui, madame, oui... ne vous effrayez pas... je vais me remettre... je me remets... je peux maintenant répondre à vos accusations... car ce sont des accusations. — Vous m'avez appelé séducteur et vous avez cru que j'avais envoyé... Jamais, madame, jamais je n'ai osé envoyer une fleur à une femme. Venant de ma part, ça m'aurait paru le comble de l'outrecuidance, ce bouquet...

LA BARONNE.

Vous savez qui l'a offert à Jeanne?

SAINT-HICARD.

Parfaitement!... C'est son mari.

LA BARONNE.

Ah!

SAINT-HICARD.

Il est rempli d'attentions pour sa femme, il l'accable de cadeaux. C'est elle qui me l'a dit.

LA BARONNE.

A vous aussi?

SAINT-HICARD.

Cela arrive fréquemment aux maris dans ces cas-là.

LA BARONNE.

De quels cas parlez-vous?

SAINT-HICARD, se reprenant.

Je veux dire : c'est bien naturel... j'ai été si troublé tout
à l'heure que je n'ai plus la tête à moi. — Oh! ne craignez rien, je ne m'évanouirai plus... je suis fort! je suis
très fort! (Il reprend son mouchoir qu'il avait mis dans une poche de côté
et, le prenant, il laisse tomber une lettre.) Quand je pense que si je
vous avais demandé...

LA BARONNE.

Vous perdez une lettre!

SAINT-HICARD, continuant.

Vous m'auriez peut-être... — Non, je ne crois pas.

LA BARONNE.

A moins qu'elle ne soit tombée de ma poche. (Elle la ramasse.) Non, elle est cachetée. (La retournant.) Comment?...

SAINT-HICARD, cherchant à la reprendre vivement.

Ah je sais ce que c'est!

LA BARONNE.

Vous écriviez à ma belle-fille?

SAINT-HICARD.

Non, madame, non... ce n'est pas moi... c'est...

LA BARONNE.

Mais c'est l'écriture de mon fils!

SAINT-HICARD.

Vous voyez que ce n'est pas moi.

LA BARONNE.

Une lettre de mon fils pour sa femme?

SAINT-HICARD.

Oui, ce n'est pas compromettant.

LA BARONNE.

Et c'est vous qui êtes chargé de la remettre?

SAINT-HICARD.

Précisément!... Si vous vouliez bien me la rendre...

LA BARONNE.

Mon fils a un duel!

SAINT-HICARD.

Non, madame.

LA BARONNE.

Il va se battre demain et il vous a prié d'apporter à sa femme...

SAINT-HICARD, l'interrompant.

Je vous jure que non!... je vous jure sur l'honneur que vous vous trompez : il n'y a pas de duel, André ne se bat pas.

LA BARONNE.

Monsieur de Saint-Hicard, vous avez eu pour moi quelque affection, n'est-ce pas?

SAINT-HICARD.

Vous me le demandez?

LA BARONNE.

Je n'ouvrirai pas cette lettre, qui ne m'appartient pas. Je vous la rends. Mais je veux que vous me disiez la vérité, la vérité tout entière !

SAINT-HICARD.

Je ne peux pas, madame, je ne peux pas!

LA BARONNE.

C'est une mère qui sent que le bonheur de ses deux
enfants est menacé et qui vous supplie de l'aider à le défendre.

SAINT-HICARD.

Dieu m'est témoin que je le voudrais; mais c'est impossible. Je ne peux pas livrer le secret d'un ami!

LA BARONNE.

Si je vous avais demandé cela au temps où je vous plai-
sais?

SAINT-HICARD.

Mais vous me plaisez toujours... Mais je n'ai pas vieilli...
mais je vous donnerais mon sang... Seulement, le devoir...

LA BARONNE.

Votre devoir n'est-il pas de vous unir à moi, pour sauver
André?

SAINT-HICARD.

Oui, oui, ce serait aussi là mon devoir... m'unir à vous
pour sauver André!... Trahir un ami pour le sauver!... je
n'hésiterais pas... si je n'avais pas la conviction que ce serait
inutile.

LA BARONNE.

Gardez donc votre secret. Je le devinerai seule et je ne
vous devrai rien, — c'est Jeanne que je vais interroger.

SAINT-HICARD.

Non, non, restez... Madame de Lormel ne se doute de rien
et je vous dirai tout sans restriction... André s'est follement
épris d'une Américaine.

LA BARONNE.

André?

SAINT-HICARD.

Et il va partir demain, avec elle.

LA BARONNE.

Il abandonne sa femme!

SAINT-HICARD.

Oui!

LA BARONNE.

Et vous n'avez rien tenté pour le retenir?

SAINT-HICARD.

J'ai jugé tout de suite que rien ne le retiendrait, pas même vous, madame... C'est une passion aiguë avec complication de point d'honneur... J'ai l'expérience de ces situations-là, on n'en revient pas.

LA BARONNE.

Cette Américaine a un mari?

SAINT-HICARD.

Oui, mais tout est arrangé avec le mari.

LA BARONNE.

Vous la connaissez?

SAINT-HICARD.

De réputation.

LA BARONNE.

Où est-elle, en ce moment?

SAINT-HICARD.

Chez elle... le mari s'est installé au Club.

LA BARONNE.

Iriez-vous lui demander si elle voudrait me recevoir?

SAINT-HICARD.

Vous! — Elle refusera certainement.

LA BARONNE.

Elle saura au moins que j'existe et elle apprendra qu'il est plus difficile de prendre un fils à sa mère que d'enlever un mari à sa femme.

SAINT-HICARD, avec conviction.

Je vous obéirai, madame; tout ce que vous me demanderez, tout!... mais ça ne réussira pas.

LA BARONNE.

Je vous promets, moi, que je ne dirai rien à André.

SAINT-HICARD.

Merci!... (En sortant, à part.) Elle est pleine d'illusions!... C'est adorable... et elle me trouvait charmant autrefois!... et elle m'a dit que je n'avais pas changé...

Il sort avec de petits airs de triomphateur.

SCÈNE XII

LA BARONNE, puis ANDRÉ.

LA BARONNE, seule.

Mon fils! mon fils serait parti demain! Si j'étais venue un jour plus tard, le mal était irrémédiable. — Il l'est peut-être déjà. — M. de Saint-Hicard connaît bien les hommes! je le sais mieux que lui! Hélas! Plus ils ont à rougir de la passion qui les emporte, plus ils s'y cramponnent et rien ne les arrête! et ils vont sans rien entendre, comme s'ils n'osaient plus regarder en arrière!... En est-il là? — C'est lui!

ANDRÉ, entrant.

Ah! Saint-Hicard t'a laissée seule?

LA BARONNE.

Oui, je lui ai rendu sa liberté... Je lui en voulais un peu
de nous avoir dérangés. — Songes-tu bien que je ne t'avais
pas vu depuis six mois... depuis le jour même de ton mariage. Cela me semble tout étrange de me voir un grand
garçon marié. — Est-il donc bien loin le temps où tu étais
enfant et où je te trouvais si bon pour ta mère? Dès l'âge
de quatre ans... Ce sont de bien vieux souvenirs.

ANDRÉ.

Les souvenirs de cet âge-là ne m'ont jamais quitté.

LA BARONNE.

J'étais presque toujours seule, assise dans le grand salon
du château, comme pour mieux sentir le vide de ma vie.
— Tu venais derrière moi, marchant à pas de loup. — Tu
mettais tes deux petites mains sur mes yeux et quand tu y
sentais des larmes...

ANDRÉ.

Il y en avait toujours.

LA BARONNE.

Tu me sautais au cou en me couvrant de baisers et tu me
disais : Oh! maman, que faut-il faire pour grandir bien
vite? j'irai punir ceux qui te font tant de chagrin.

ANDRÉ.

Tu ne me répondais pas. — Tes larmes redoublaient, je
n'osais plus te questionner, je n'ai jamais osé, mais je te
revois toujours, dans ta douleur, silencieuse et résignée.
— Je me demande encore comment il est possible de souffrir autant.

LA BARONNE.

Tu ne l'aurais pas compris quand tu étais enfant. — Tu l'aurais compris à peine avant ton mariage, mais aujourd'hui... aujourd'hui, tu me comprendras. — Ton père m'avait abandonnée.

ANDRÉ.

Toi !

LA BARONNE.

Il avait subi l'entraînement de je ne sais quel amour indigne de lui, et il s'était enfui lâchement, sans oser même m'avouer en face qu'il ne m'aimait plus.

ANDRÉ, consterné.

Mon père !

LA BARONNE.

Je ne te dis pas cela pour que tu le juges, tu n'as pas à le juger. — Je veux seulement que tu saches d'où venait mon désespoir et ce qu'il devait être. J'y ai résisté parce que tu me restais ; sans toi, je serais morte. — Voilà ce qu'il fallait bien t'apprendre un jour : c'est toi qui as sauvé ta mère. — J'ai retrouvé le calme, non pas parce que j'avais oublié ou pardonné, mais parce que j'étais effrayée pour toi de ma tristesse. — Tes joues pâlissaient, tes yeux se creusaient, et j'ai eu peur un instant de te perdre. Alors, tu m'as vue sourire.

SCÈNE XIII

LES MÊMES, JEANNE, puis SAINT-HICARD.

Jeanne entre timidement. Elle a enlevé ses fleurs et ses bijoux.— André très ému la regarde et va à elle.

ANDRÉ.

Jeanne !... Jeanne, vous avez pleuré.

JEANNE.

C'est fini, c'est oublié.

ANDRÉ.

Ma mère m'a fait remarquer que je vous avais parlé presque durement tout à l'heure, je vous en demande pardon.

JEANNE, se retournant toute joyeuse, va vers la baronne.

Vous voyez, madame, comme il m'aime !

LA BARONNE, à part.

Chère enfant !

JEANNE.

Eh bien ! maintenant il faut qu'il ne me cache rien. André est très préoccupé depuis quelques jours, j'ai bien le droit de savoir pourquoi.

LA BARONNE.

Je vais vous le dire, il est préoccupé à cause de vous.

JEANNE.

A cause de moi ?

LA BARONNE.

Vous avez pour lui un très gros secret.

JEANNE

Un secret?

LA BARONNE.

Voulez-vous nous dire qui vous a offert ce superbe bouquet?

JEANNE, confuse.

Oh!

LA BARONNE.

Voilà que vous baissez les yeux. — Ce n'est pas votre mari?

JEANNE.

Non.

LA BARONNE.

Et le bracelet que vous m'avez montré... et les perles...

JEANNE.

Madame...

LA BARONNE.

Un mari qui découvre que sa femme reçoit des bijoux...

JEANNE.

Oh! oh! André!

LA BARONNE.

Avouez-lui donc que vous vouliez tromper votre belle-mère, en lui faisant croire que son grand étourdi de fils savait être galant pour sa femme.

JEANNE.

Ah! ne le grondez pas, il est marié depuis si peu de temps; il ne sait pas encore...

ANDRÉ.

Voilà votre façon de me punir quand je vous oubliais! —
Je voudrais tomber à vos genoux...

SAINT-HICARD, accourant et le retenant.

Non, non, il n'y a rien, n'avouez rien.

LA BARONNE.

Comment ?

JEANNE.

Qu'avez-vous, monsieur de Saint-Hicard?

SAINT-HICARD.

Rien, il n'y a rien, absolument rien. (Bas.) N'avouez pas.
(Haut.) Vous ne devineriez jamais ce qui vient de m'arriver.
Au temps où j'étais notaire, j'ai rendu un très grand service
à une jeune cliente qui en était très reconnaissante et... je
ne peux pas continuer devant madame de Lormel.

JEANNE.

Je me retire.

SAINT-HICARD.

Elle était reconnaissante de sa nature, et comme elle ne
me parlait jamais de mes honoraires... je... je ne peux pas
continuer devant madame la baronne.

LA BARONNE, souriant et se retirant.

J'en ai peur.

SAINT-HICARD, bas à André.

Ça été ma seule bonne fortune! et je viens de la retrouver,
beaucoup moins bien que sa photographie. — Madame
Fulston.

ANDRÉ.

Quoi!

SAINT-HICARD.

Jadis cocotte, aujourd'hui américaine. — J'ai juré de ne
rien dire, si elle va demain attendre son mari en Amérique,
et elle y va.

ANDRÉ.

J'étais décidé à tout quitter, à tout braver et à ne plus
vivre que pour ma femme !

SAINT-HICARD.

Ah bah ! Eh bien, sans remords, cher ami, sans remords.
Ma seule bonne fortune ! et encore ! c'était pour mes honoraires. — Peut-être était-ce pour moi ?

LA BARONNE.

Monsieur de Saint-Hicard, ne dépravez pas mon fils.

SAINT-HICARD.

Moi !

LA BARONNE.

J'ai réfléchi à ce que vous m'avez dit de l'alouette.

SAINT-HICARD.

Et vous restez ?

LA BARONNE.

J'hésite...

ANDRÉ.

Nous voulons te garder.

JEANNE.

Moi je ne me sens vraiment heureuse que depuis que
vous êtes là.

SAINT-HICARD.

Je vous assure, madame, qu'une belle-mère est indispensable.

LA BARONNE.

Vous avez peut-être raison.

SAINT-HICARD.

Et si, par surcroît, il y avait un beau-père...

LA BARONNE.

Monsieur de Saint-Hicard !

SAINT-HICARD, à part.

Elle a souri... je répéterai ma phrase.

FIN DE L'ALOUETTE

ET DU TOME QUATRIÈME

TABLE

—

PARIS. — IMPRIMERIE CHAIX. — 2398-2-91. — (Encre Lorilleur).

www.ingramcontent.com/pod-product-compliance
Lightning Source LLC
Chambersburg PA
CBHW060754030726
47503CB00002B/244